T0018182

La única historia

Julian Barnes

La única historia

Traducción de Jaime Zulaika

EDITORIAL ANAGRAMA

BARCELONA

Título de la edición original:
The Only Story
Jonathan Cape
Londres, 2018

Ilustración: «Tennis Ball», 1968 © Wayne Thiebaud, VEGAP, Barcelona, 2022

Primera edición en «Panorama de narrativas»: febrero 2019
Primera edición en «Compactos»: junio 2022

Diseño de la colección: Julio Vivas y Estudio A

© De la traducción, Jaime Zulaika, 2019

© Julian Barnes, 2018

© EDITORIAL ANAGRAMA, S. A., 2019
    Pau Claris, 172
    08037 Barcelona

ISBN: 978-84-339-6117-4
Depósito Legal: B. 8099-2022

Printed in Spain

Liberdúplex, S. L. U., ctra. BV 2249, km 7,4 - Polígono Torrentfondo
08791 Sant Llorenç d'Hortons

A Hermione

Novela: un cuento corto, por lo general de amor.

SAMUEL JOHNSON,
A Dictionary of the English Language (1755)

UNO

¿Preferirías amar más y sufrir más o amar menos y sufrir menos? Creo que, en definitiva, esa es la única cuestión.

Puedes puntualizar –certeramente– que no lo es. Porque no tenemos elección. Si la tuviéramos sí sería una cuestión. Pero no elegimos y en consecuencia no lo es. ¿Quién puede controlar cuánto ama? Si se puede controlar, entonces no es amor. No sé cómo podemos llamarlo, pero no es amor.

La mayoría de nosotros solo tiene una historia que contar. No quiero decir que solo nos sucede una vez en la vida: hay incontables sucesos que convertimos en incontables historias. Pero solo hay una que importa, solo una que a la postre vale la pena contar. La que cuento aquí es la mía.

Pero aquí surge el primer problema. Si se trata de tu única historia, entonces es la que has contado y vuelto a contar más veces, aunque sea –como es mi caso– principalmente a ti mismo. Así que la cuestión es la siguiente: ¿todas esas narraciones te acercan a la verdad de lo que sucedió o te alejan de ella? No estoy seguro. Una prueba podría ser si, a medida que pasan los años, sales mejor o peor parado de tu historia. Salir peor podría indicar que estás siendo más veraz. Por otro lado, existe el peligro de ser retrospectivamente antiheroico: fingir que te comportaste peor puede ser una forma de autobombo. De modo que tengo que ser cuidadoso. Bueno, andando el tiempo he aprendido a serlo. Tan cuidadoso ahora como descuidado entonces. ¿O quiero decir despreocupado? ¿Puede tener una palabra dos antónimos?

¿La época, el lugar, el medio social? No sé muy bien lo importantes que son en las historias de amor. Quizá en la antigüedad, en los clásicos, donde hay batallas entre el amor y el deber, el amor y la religión, el amor y la familia, el amor y el Estado. Esta no es una de esas historias. Pero bueno, si insisten... La época: hace más de cincuenta años. El lugar: a unos veinticinco kilómetros al sur de Londres. El medio: el cinturón residencial, como lo llaman, aunque nunca conocí a un corredor de bolsa en todos los años que pasé allí.[1] Casas individuales, algunas con armazón de madera, otras con tejado de tejas. Setos de alheña, laurel y haya. Calles con cunetas todavía sin líneas amarillas y vados para los vehículos de los residentes. Era una época en que se podía ir a Londres en coche y estacionar casi en cualquier sitio. Nuestra zona concreta de aglomeración suburbana se conocía con el bonito nombre de «el Village», y decenios antes quizá fue considerada un pueblo. Ahora disponía de una estación de tren desde la que hombres trajeados viajaban a Londres de lunes a viernes, y algunos también para media jornada extra el sábado. Había una parada de autobús Green Line; un paso de cebra con postes luminosos; una iglesia con el nombre nada original de St. Michael; un pub, una tienda donde vendían de todo, una farmacia,

1. En inglés, se denomina *stockbroker belt* (literalmente, cinturón residencial de corredores de bolsa) a la zona periférica donde viven muchos de ellos. *(N. del T.)*

una peluquería; una gasolinera donde hacían reparaciones básicas. Por la mañana oías el chirrido eléctrico de las furgonetas que repartían leche; escogías entre la lechería Express y la United; por la tarde, y los fines de semana (pero nunca las mañanas de domingo), el resoplido de los cortacéspedes de gasolina.

En el jardín público se jugaba un críquet ruidoso y torpe; había un campo de golf y un club de tenis. El suelo era lo bastante arenoso como para agradar a los jardineros; la arcilla de Londres no llegaba tan lejos. Poco antes había abierto una delicatessen que algunos consideraban subversiva porque ofrecía productos europeos: quesos ahumados y salchichas nudosas que colgaban de sus ristras como vergas de burro. Pero las casadas más jóvenes del Village empezaban a ser más audaces cocinando y sus maridos, en su mayoría, lo aprobaban. De las cadenas de televisión disponibles se veía más la BBC que la ITV, mientras que solo los fines de semana se consumía alcohol. La farmacia vendía emplastos para verrugas y champú seco en botellines globulares, pero no anticonceptivos; en la tienda encontrabas el soporífero *Advertiser & Gazette* local, pero ni la más pudorosa revista de chicas desnudas. Para artículos sexuales tenías que subir a Londres. Nada de esto me incomodó durante la mayor parte de mi estancia allí.

Bien, ya he cumplido mis deberes de agente inmobiliario (había uno de verdad a unos quince kilómetros). Y una cosa más: no me preguntes por el clima. No recuerdo bien qué tiempo ha hecho a lo largo de mi vida. Ciertamente me acuerdo de que un sol fuerte daba mayor ímpetu al sexo; de que la nieve repentina era una delicia y de que los días fríos y húmedos causaban esos síntomas tempranos que al final conducían a una doble operación de cadera. Pero nada relevante me ha sucedido nunca en un determinado clima, y no digamos a causa de él. Así que, si no te importa, la meteorología no desempeñará un papel en mi historia. Aunque puedes permitirte deducir que no

15

llovía ni nevaba cuando yo me encontraba jugando al tenis en una pista de hierba.

El club de tenis: ¿quién habría pensado que empezaría allí? Al ir creciendo, el lugar me parecía simplemente una rama exterior de las Juventudes Conservadoras. Tenía una raqueta y había jugado un poco, al igual que sabía lanzar con destreza la bola en el críquet *off spin*, y fui un guardameta sólido pero de temperamento a veces temerario. Era competitivo en los deportes sin ser excesivamente dotado.

Al acabar mi primer curso universitario, pasé tres meses en casa de mis padres visible e impenitentemente aburrido. A los que hoy tienen la misma edad les costará imaginar lo difícil que era la comunicación en aquel entonces. Casi todos mis amigos estaban muy lejos, y en virtud de un tácito pero claro mandato paterno no era habitual el uso del teléfono. Una carta, y a continuación la respuesta. Todo era lento y solitario.

Mi madre, quizá esperando que conocería a una bonita Christine rubia, o a una chispeante Virginia de tirabuzones negros –en cualquier caso, una chica de fiables tendencias conservadoras, aunque no muy acusadas–, sugirió que quizá me gustase ser socio del club de tenis. Hasta se brindó a pagarme la cuota. Me reí en silencio de su motivación: lo único que yo no pensaba hacer con mi vida era acabar en un barrio residencial con una mujer que jugara al tenis y 2, 4 niños, y observar cómo a su vez se reunían con sus amigos en el club, y así sucesivamente, a través de una resonante hilera de espejos, hasta un futuro interminable de alheña y laurel. Si acepté la propuesta de mi madre fue con ánimo puramente satírico.

Fui y me invitaron a «adaptarme». La adaptación consistía en una prueba en la que no solo mi juego sino mi comportamiento general y mi conveniencia social serían discretamente examinados al decoroso estilo inglés. Si no mostraba aspectos negativos, se me atribuirían los positivos: así funcionaba la cosa. Mi madre se había cerciorado de que mis camisetas blancas estaban lavadas y de que las rayas de mis pantalones eran paralelas y visibles; me recordé a mí mismo que no debía jurar, eructar ni tirarme pedos en la pista. Mi juego era de muñeca, optimista y en gran medida autodidacta; jugaba como cabía esperar que jugase, prescindiendo de los trallazos que a mí más me gustaban y sin lanzar nunca la pelota directamente contra el cuerpo del adversario. Servir, correr a la red, volea, segunda volea, dejada, lob, además de mostrar una rápida apreciación del rival –«¡Buenísimo!»– y la consideración debida al compañero –«¡Mía!»–. Yo era modesto después de un buen golpe, me complacía discretamente ganar un partido, movía la cabeza apesadumbrado después de perder finalmente un set. Podía fingir todo este rollo, así que me aceptaron como socio veraniego y me uní a los Hugos y las Carolines que jugaban todo el año.

A los Hugos les gustaba decirme que yo había subido el promedio del cociente intelectual del club y a la vez bajado el promedio de edad; uno de ellos insistía en llamarme «sabiondo» y «catedrático», aludiendo hábilmente a que había cursado un año completo en la Universidad de Sussex. Las Carolines eran bastante amistosas, pero precavidas; sabían muy bien a qué atenerse en su relación con los Hugos. En medio de aquella tribu yo sentía erosionada mi competitividad natural. Procuraba emplear mis mejores golpes, pero ganar no me interesaba. Hasta practicaba el engaño inverso. Si una pelota caía un par de centímetros fuera, levantaba los pulgares hacia el contrincante y le gritaba «¡Buenísima!». De un modo similar, si un servicio era una pizca demasiado largo o demasiado ancho asentía lentamente y me desplazaba fatigosamente para recibir el siguiente saque. «Un tío potable, el amigo Paul», entreoí una vez que un Hugo le decía a otro Hugo. Cuando estrechaba la mano de quienes me habían derrotado, elogiaba adrede algún rasgo de su juego. «Ese saque demoledor me ha dado muchos problemas», reconocía yo francamente. Llevaba allí solo un par de meses y no quería que me conocieran.

Al cabo de unas tres semanas de socio temporal hubo un torneo de dobles en forma de caja de sorpresas. Los emparejamientos se decidieron por sorteo. Recuerdo que pensé más tarde: suerte es otro nombre del destino, ¿no? Me tocó de pareja la señora Susan Macleod, que claramente no era una Caroline. Calculé que tendría unos cuarenta y pico y llevaba el pelo recogido por una cinta que le dejaba al descubierto las orejas, en las cuales no me fijé entonces. Un vestido de tenis blanco con un ribete verde y una hilera de botones verdes en la pechera del corpiño. Era casi exactamente de mi misma estatura, uno ochenta si miento y le añado dos centímetros.

–¿Qué lado prefieres? –preguntó.

–¿Lado?

–¿De derecha o de revés?

–Perdone. Me da igual, la verdad.

–Pues entonces empieza de derecha.

Nuestro primer partido, cuyo formato era a un solo set eliminatorio, fue contra el Hugo más grueso y la Caroline más rechoncha. Corrí mucho de un lado para otro, pensando que mi tarea era devolver la mayoría de las pelotas; y al principio, cuando subía a la red, me medio giraba para ver cómo se las apañaba mi compañera y si devolvía la pelota y cómo. Pero como siempre la devolvía, con suaves golpes de fondo, dejé de girarme, relajado, yo tenía muchas, muchísimas, ganas de ganar. Cosa que hicimos: 6-2.

Cuando nos sentamos a tomar agua de cebada con limón, dije:

–Gracias por salvarme el culo.

Me refería al número de veces que me había tambaleado por la red para interceptar pelotas que fallaba y que desconcentraban a la señora Macleod.

—Lo que se dice es «Bien jugado, compañero». —Sus ojos eran de un azul verdoso y su sonrisa serena—. Y procura abrir un poco el saque. Eso ensancha los ángulos.

Asentí, aceptando el consejo sin que se sintiera herido mi amor propio, como habría ocurrido si hubiese procedido de un Hugo.

—¿Algo más?

—En dobles el punto más vulnerable es siempre la mitad de la pista.

—Gracias, señora Macleod.

—Susan.

—Me alegro de que usted no sea una Caroline.

Soltó una risita, como si supiera perfectamente lo que yo quería decir. Pero ¿cómo podía saberlo?

—¿Su marido juega?

—¿Mi marido? Don Pantalón de Elefante. —Se rió—. No. Su deporte es el golf. Creo que no es nada deportivo pegarle a una pelota inmóvil, ¿no te parece?

Había en su respuesta demasiadas cosas como para que yo las interpretara al instante y me limité a asentir con un gruñido discreto.

El segundo partido fue más difícil, contra una pareja que lo interrumpía continuamente para mantener conversaciones tácticas, como si se preparasen para el matrimonio. Hubo un momento en que mi compañera sacaba y yo intenté la burda estratagema de agacharme más abajo de la altura de la red, casi en el centro de la pista, con el propósito de distraer al que restaba. Dio resultado durante un par de puntos, pero después, cuando estábamos 30 a 15, me alcé demasiado rápido, al oír el restallido del servicio, y la pelota se estrelló contra mi nuca. Me derrumbé melodramáticamente y rodé hasta debajo de la red. Caroline y Hugo corrieron hacia mí con un aire preocupado; a mi espalda, en cambio, solo se oyó una carcajada y un femenil «¿Repetimos el punto?», a lo cual, naturalmente, se opusieron nuestros rivales. Aun así, conseguimos ganar el set por 7-5 y meternos en los cuartos de final.

–El próximo será duro –me advirtió ella–. Son de nivel regional. En decadencia ya, pero no hacen regalos.

Y no nos hicieron ninguno. Nos dieron una paliza, a pesar de que corrí como un gamo. Cuando trataba de proteger el centro, la pelota venía por las bandas; cuando cubría las esquinas, la lanzaban al centro. Solo merecimos los dos juegos que ganamos.

Nos sentamos en un banco y encajamos las raquetas en sus prensas. La mía era una Dunlop Maxply; la suya una Grays.

–Siento haberle fallado –dije.

–Nadie le ha fallado a nadie.

–Creo que mi problema es quizá que soy muy ingenuo desde el punto de vista táctico.

Sí, era un poco pomposo, pero aun así me sorprendieron sus risitas.

–Eres un caso –dijo–. Voy a tener que llamarte Casey.

Sonreí. Me agradaba la idea de ser un caso.

Cuando nos separamos para ducharnos dije:

–¿Quiere que la lleve? Tengo coche.

Ella me miró de reojo.

–Bueno, no querría que me llevaras si no tuvieras coche. Sería contraproducente. –Lo dijo de tal forma que era imposible ofenderse–. Pero ¿y tu reputación?

–¿Mi reputación? –respondí–. Creo que no tengo.

–Vaya por Dios. Te tendremos que dar alguna. Todos los jóvenes deben tener una reputación.

Al escribir todo esto parece más cómplice de lo que era en aquel momento. Y «no ocurrió nada». Llevé a la señora Macleod a su casa de Duckers Lane, ella se apeó y yo me fui a la mía y les hice a mis padres una crónica abreviada de la tarde. Dobles mixtos. Elegidos por sorteo.

–Cuartos de final, Paul –dijo mi madre–. Si lo hubiera sabido habría ido a veros.

Comprendí que eso era probablemente lo último que quería, o que habría querido.

Quizá lo hayas entendido demasiado deprisa. Difícilmente podría reprochártelo. Tendemos a encasillar en una categoría preexistente cualquier relación nueva que entablamos. Vemos lo que hay de general o común en ella, mientras que los protagonistas solo ven –perciben– lo que es individual y particular para ellos. Nosotros decimos: era de esperar; ellos dicen: ¡qué sorpresa! Una de las cosas que pensaba de Susan y de mí –en aquel entonces y ahora de nuevo, tantos años después– era que a menudo no había *palabras* para nuestra relación; al menos, ninguna que encajase. Pero quizá esto sea una ilusión que todos los amantes tienen sobre sí mismos: que escapan a toda categoría y descripción.

Mi madre, por supuesto, tenía respuestas para todo.

Como he dicho, llevé a la señora Macleod a su casa y no ocurrió nada. Y otra vez, y una más. Solo que depende de lo que se quiere decir con «nada». Ni una caricia, ni un beso, ni una palabra, y no digamos un proyecto o un plan. Sin embargo, en el modo de estar sentados en el coche, antes de que ella dijera unas palabras divertidas y luego subiera andando por el camino de entrada a su casa, ya había complicidad entre nosotros. Insisto en que no era todavía una complicidad para *hacer* algo. Únicamente una complicidad que a mí me hacía ser un poco más yo y a ella un poco más ella.

De haber habido un proyecto o un plan nuestra conducta habría sido diferente. Podríamos habernos visto en secreto o disimulado nuestras intenciones. Pero éramos inocentes; y por eso me quedé desconcertado cuando mi madre, durante una cena de agobiante aburrimiento, me dijo:

–Así que ahora haces de taxista, ¿no?

La miré asombrado. Era siempre mi madre la que me vigilaba. Mi padre era más indulgente y menos dado a juzgarme. Prefería dejar que las cosas se calmasen, no enturbiar las aguas, no meter cizaña; mi madre, en cambio, prefería afrontar los hechos y no esconder cosas debajo de la alfombra. El matrimonio de mis padres, para la mirada implacable de mis diecinueve años, era el tópico del desastre, aunque tendría que admitir, ya que soy yo quien lo juzga, que «el tópico del desastre» es en sí mismo un tópico.

Pero como yo me negaba a ser un tópico, al menos a una edad tan temprana, miré a mi madre con una profunda hostilidad.

–La señora Macleod va a engordar, de tanto que la llevas en tu coche –fue la desagradable conclusión materna de su pensamiento inicial.

–No con todo el tenis que juega –contesté sin inmutarme.

–Señora Macleod –prosiguió ella–. ¿Su nombre de pila?

–No lo sé, de hecho –mentí.

–¿Conoces a los Macleod, Andy?

–Hay uno en el club de golf –respondió él–. Un tipo bajo y gordo. Le da a la pelota como si la odiase.

–Quizá deberíamos invitarlos a un jerez.

Como hice una mueca de disgusto ante la perspectiva, mi padre contestó:

–No hay un motivo suficiente para eso, ¿no?

–De todos modos –continuó mi madre, obstinada con su tema–, pensaba que ella tenía una bicicleta.

–De pronto parece que sabes mucho de ella –contesté.

–No empieces a ponerte impertinente conmigo, Paul.

Se estaba acalorando.

–Deja en paz al chico, Bets –dijo mi padre calmosamente.

–No soy *yo* la que debería dejarlo en paz.

–Por favor, ¿me pongo a gatas ya, mami? –pregunté con un gemido de niño de ocho años. Bueno, si iban a tratarme como a un crío...

–Quizá *deberíamos* invitarlos a un jerez.

No supe si mi padre estaba siendo estúpido o jocosamente irónico.

–No empieces *tú* también –dijo mi madre bruscamente–. No lo aprende de mí.

Fui al club de tenis la tarde siguiente y la siguiente. Cuando empezaba a pelotear con dos Carolines y un Hugo vi que Susan estaba jugando en la pista del fondo. No pasó nada mientras me encontraba de espaldas a su cancha. Pero cuando miré más allá de mis contrincantes y la vi balancearse suavemente hacia un costado sobre el pulpejo de los pies mientras se preparaba para devolver un saque, perdí al instante el interés por el punto siguiente.

Más tarde me ofrecí a llevarla.

–Solo si tienes coche.

Masculló una respuesta.

–¿Comoski, señor Casey?

Estamos frente a frente. Me siento al mismo tiempo confuso y a gusto. Ella lleva su ropa habitual de tenis, y yo me pregunto si sus botones verdes se desabrochan o si son meramente ornamentales. Nunca he conocido a nadie como ella. Nuestras caras se hallan exactamente a la misma altura, nariz con nariz, boca con boca, oreja con oreja. Está claro que ella se da cuenta de lo mismo.

–Si llevara tacones vería por encima de la red –dice–. Pero estamos a la par.

No capto si se siente segura o nerviosa; si siempre es así o solo conmigo. Por sus palabras podía parecer que coqueteaba, pero no me lo pareció en aquel momento.

Yo había bajado la capota de mi Mini Morris. Si estoy haciendo de puñetero taxista no veo por qué el puñetero Village no debería ver quiénes son los puñeteros pasajeros. O más bien quién es la pasajera.

–Por cierto –digo mientras reduzco para meter la segunda–.

Mis padres quizá os inviten a ti y a tu marido a tomar un jerez en casa.

–Vaya por Dios –contesta, y se pone la mano delante de la boca–. Nunca llevo a Pantalón de Elefante a ninguna parte.

–¿Por qué lo llamas así?

–Se me ocurrió un día. Yo estaba tendiendo su ropa y tiene unos pantalones de franela gris, varios pares, con una cintura de dos metros, y al sostener en alto un par me dije que eran como la parte trasera de un disfraz de elefante.

–Mi padre dice que le da a la pelota como si la odiase.

–Pues sí. ¿Qué más dicen?

–Mi madre dice que usted va a engordar de tanto llevarla yo en coche.

No responde. Paro el coche al final del camino de entrada y me vuelvo a mirarla. Está inquieta, casi solemne.

–A veces me olvido de los demás. De que existen. Me refiero a la gente que no conozco. Lo siento, Casey, tendría que... Quiero decir que no es como si..., madre mía.

–Tonterías –digo con firmeza–. Dijo que un chico como yo debería tener una reputación. Parece ser que ahora tengo la de taxista. Me vendrá bien durante el verano.

Ella sigue abatida. Después dice en voz baja:

–Oh, Casey, no me des por imposible todavía.

Pero ¿por qué iba a hacerlo cuando me estaba enamorando como un tonto?

¿Qué palabras, por tanto, podrían emplearse para describir hoy una relación entre un chico, o casi un hombre, de diecinueve años y una mujer de cuarenta y ocho? ¿Quizá esos términos de los tabloides, «asaltacunas» y «yogurín»? Pero estas palabras no se usaban entonces, aunque la gente se comportaba así adelantándose a lo que significaban. O podríamos pensar: novelas francesas, una mujer más mayor enseñando «las artes amatorias» a un hombre más joven, *ooh là là*. Pero no había nada francés en nuestra relación ni en nosotros. Éramos ingleses, y en consecuencia para explicarlo solo disponíamos de palabras inglesas, llenas de carga moral: palabras como mujer pública y adúltera. Pero no ha habido nunca una mujer menos pública que Susan; y, como me dijo un día, la primera vez que oyó hablar de adulterio pensó que se refería al hecho de aguar la leche.

Hoy día hablamos de sexo transaccional y sexo recreativo. En aquel entonces nadie practicaba el sexo recreativo. Bueno, tal vez sí, pero no lo llamaban así. En aquel entonces había amor, y había sexo, y había una combinación de ambas cosas, en ocasiones incómoda, en ocasiones fluida, que a veces funcionaba y a veces no.

Un diálogo entre mis padres (léase: mi madre) y yo, uno de esos diálogos ingleses que condensan párrafos de animosidad en un par de frases.

–Pero tengo *diecinueve años*.

–Exactamente…, *solo* tienes diecinueve años.

Los dos éramos el segundo amante del otro: casi vírgenes, de hecho. Yo tuve mi iniciación sexual –el típico combate de tierna e impaciente refriega y pifia– con una chica de la universidad, hacia el final del tercer trimestre; Susan, por su parte, a pesar de tener dos hijos y llevar casada veinticinco años, no tenía más experiencia que yo. Retrospectivamente, quizá habría sido distinto si uno de los dos hubiera sido más ducho. Pero ¿a quién, en el amor, le apetece mirar atrás? Y, de todos modos, ¿hablo de «más experimentado en el sexo» o «más experimentado en el amor»?

Pero veo que me estoy adelantando.

Aquella primera tarde, después de haber jugado con mi Dunlop Maxply y mi lavada ropa blanca, hubo una aglomeración en las dependencias del club durante el té con pastas. Comprendí que los socios permanentes seguían evaluando si yo reunía las condiciones de socio. Comprobando si formaba parte aceptable de la clase media, con todo lo que implicaba. Hubo algunas bromas sobre la longitud de mi pelo, casi siempre recogido con una cinta. Y casi como una continuación de ellas me preguntaron por mis opiniones políticas.

–Me temo que la política no me interesa lo más mínimo –respondí.

–Bueno, eso significa que eres conservador –dijo un miembro del comité, y todos nos reímos.

Cuando le cuento esta conversación, Susan asiente y dice:

–Yo soy laborista, pero es un secreto. Bueno, lo era hasta ahora. ¿Y a ti qué te parece, querido pollito?

Le digo que no me molesta en absoluto.

La primera vez que fui a casa de los Macleod, Susan me dijo que entrara por detrás y que subiera por el jardín; yo aprobé esta informalidad. Empujé una cancela sin llave y recorrí un irregular sendero de ladrillo entre montículos de compost y cubos de hojas podridas; un ruibarbo crecía en un cañón de chimenea y había un cuarteto de frutales raquíticos y un huerto. Un jardinero desaliñado cavaba en un cuadrado de tierra. Le saludé con el gesto de autoridad con que un joven universitario saluda a un campesino. Él me devolvió el saludo.

Miré a mi alrededor mientras Susan ponía a hervir la tetera. La casa era similar a la nuestra, salvo en que todo parecía tener un poco más de clase; o, mejor dicho, allí los objetos antiguos parecían heredados en vez de comprados de segunda mano. Había las lámparas clásicas con pantallas de pergamino amarillentas. Había también, no exactamente negligencia, sino más bien una despreocupación por el orden de las cosas. Vi palos de golf en una bolsa tirada en el suelo del recibidor y un par de vasos todavía sin lavar desde el almuerzo, quizá incluso desde la noche anterior. No había nada sin lavar en nuestra casa, todo tenía que estar ordenado, lavado, barrido y limpio por si alguien se presentaba de improviso. Pero ¿quién haría algo así? ¿El vicario? ¿El policía del barrio? ¿Alguien que quería hacer una llamada de teléfono? ¿Un vendedor ambulante? Lo cierto era que nadie venía nunca sin haber sido invitado, y yo consideraba que todo aquel orden y limpieza era un profundo atavismo social. Allí, por el contrario, alguien como yo llegaba de visita y parecía que la casa, como mi madre sin duda habría observado, no había visto una bayeta en quince días.

—Tu jardinero trabaja a conciencia —digo, a falta de un mejor inicio de conversación.

Susan alza la vista y se echa a reír.

—¿Jardinero? Es el amo de la casa, casualmente. Su señoría.

—Cuánto lo siento. Por favor, no se lo digas. Pensé que...

—Da igual, me alegro de que parezca un jardinero auténtico. Como uno de verdad. El viejo Adán. Precisamente. —Me tiende una taza de té—. ¿Leche? ¿Azúcar?

Espero que se entienda que lo estoy contando todo tal como lo recuerdo. Nunca he llevado un diario, y la mayoría de los protagonistas de mi historia —¡mi historia!, ¡mi vida!— han muertos o están desperdigados. Así que no necesariamente estoy relatando las cosas en el orden en que sucedieron. Creo que existe una autenticidad distinta de la memoria, y que no es inferior. La memoria clasifica y criba con arreglo a las exigencias de quien rememora. ¿Tenemos acceso al algoritmo de sus prioridades? Probablemente no. Pero yo presumiría que la memoria prioriza lo más útil para orientar al poseedor de esos recuerdos. De modo que habría un interés personal en que los más felices sean los que afloren antes. Pero es solo una conjetura.

Por ejemplo, recuerdo una noche en que estaba en la cama, desvelado por una de esas erecciones que te palmotean el estómago y que cuando eres joven das por sentado —o no te preocupa– que durarán el resto de tu vida. Pero aquella vez era diferente. Verán, era una especie de erección generalizada, sin ninguna conexión con una persona o un sueño o una fantasía. Se trataba más bien del puro gozo de ser joven. Joven de cerebro, corazón, polla y alma, y resultaba ser la polla lo que mejor expresaba aquel estado general.

Creo que cuando eres joven piensas en el sexo casi todo el tiempo, pero no reflexionas mucho al respecto. Estás tan enfrascado en el quién, el cuándo, el dónde, el cómo –o, más a menudo, en el gran y si...– que piensas menos en el por qué y el para qué. Antes de conocer el sexo has oído todo tipo de cosas sobre él; actualmente muchas más, y mucho antes y mucho más gráficamente que cuando yo era joven. Pero el resultado viene a ser el mismo: una mezcla de sentimentalismo, pornografía y tergiversación. Cuando vuelvo la mirada a mi juventud, la veo como una época de vigor genital tan insistente que impedía el examen de para qué servía tanta pujanza.

Quizá hoy no entiendo a los jóvenes: me gustaría hablar con ellos y preguntarles cómo lo ven ellos y sus amigos, pero entonces surge la timidez. Y quizá tampoco comprendía a los jóvenes cuando yo lo era. Esto también podría ser verdad.

Pero por si te lo preguntas, no envidio a los jóvenes. En mis tiempos de furia e insolencia adolescente, me preguntaba: ¿para qué sirven los viejos, si no para envidiar a los jóvenes? Me parecía su propósito principal y definitivo antes de extinguirse. Una tarde paseaba al encuentro de Susan y había llegado al paso de cebra del Village. Se acercaba un coche, pero impulsado por la impaciencia normal de un amante, empecé a cruzar. El coche frenó, más en seco de lo que el conductor evidentemente había pretendido, y tocó la bocina. Me paré donde estaba, justo delante del capó del coche, y miré fijamente al conductor. Reco-

28

nozco que quizá yo tenía una pinta irritante. El pelo largo, vaqueros color púrpura y joven, un sucio y puto joven. El conductor bajó la ventanilla y soltó unos juramentos. Me dirigí hacia él, sonriendo, y con ganas de pelea. Él era viejo, un puto y sucio viejo, con las estúpidas orejas rojas de un anciano. ¿Conoce esa clase de orejas tan carnosas, cubiertas de pelos por dentro y por fuera? Con cerdas densas dentro; finas y peludas fuera.

—Morirás antes que yo —le informé, y me marché contoneándome del modo más exasperante que pude.

Así que ahora que soy más mayor comprendo que una de mis funciones humanas es permitir que los jóvenes crean que los envidio. Pues es obvio que los envidio en la cruda cuestión de morir antes; por lo demás, sin embargo, no. Y cuando veo una pareja de jóvenes amantes, entrelazados verticalmente en la esquina de una calle, o entrelazados horizontalmente sobre una manta tendida en el parque, el sentimiento principal que me suscitan es una especie de impulso protector. No, no compasión: un sentimiento de protección. No se trata de que ellos la deseen. Y, no obstante (y resulta curioso), cuanto más bravucona es su conducta, más fuerte es mi reacción. Quiero protegerlos de lo que es probable que les depare el mundo y de lo que se harán probablemente el uno al otro. Por supuesto, esto no es posible. No solicitan mi asistencia, y su confianza es una insensatez.

Me proporcionaba cierto orgullo parecer que había entablado exactamente la relación que mis padres más hubieran desaprobado. No deseo demonizarlos, no, desde luego, en esta etapa tardía. Al igual que yo, fueron productos de su tiempo y su edad, su clase y sus genes. Trabajaban duro, eran sinceros y querían lo que ellos consideraban lo mejor para su hijo único. Los defectos que yo les encontraba, vistos a una luz distinta, eran virtudes. Pero en aquel entonces...

«Hola, mamá y papá, tengo algo que deciros. En realidad soy gay, cosa que probablemente suponíais, y la semana que viene me voy de vacaciones con Pedro. Sí, mami, Pedro, el que te peina en el Village. Bueno, me preguntó adónde me iba de vacaciones y yo solo le dije "¿Alguna propuesta?" y ahí empezó todo. Así que nos vamos juntos a una isla griega.»

Me imagino a mis padres disgustados y preguntándose qué dirían los vecinos, me imagino que se recluirían durante una temporada y que hablarían a puerta cerrada, teorizando las dificultades que me esperaban y que solo serían una proyección de su propia confusión afectiva. Pero luego decidirían que los tiempos estaban cambiando y verían un pequeño heroísmo silencioso en su capacidad de adaptarse a aquella situación imprevista, y mi madre se preguntaría hasta qué punto sería socialmente adecuado permitir que Pedro siguiera cortándole el pelo, y después –la peor fase de todas– se otorgaría a sí misma una medalla honorífica por su tolerancia recién adquirida, al mismo tiempo que daba gracias al Dios, en quien no creía, por que su padre no hubiese vivido para ver el día en que...

Sí, aquello habría estado bien, a la postre. Como también otra situación por entonces popular en los periódicos.

«Hola, papis, os presento a Cindy, mi novia, bueno, en realidad un poco más que eso, como podéis ver, va a ser una "madre colegiala" dentro de pocos meses. No os preocupéis, ya era totalmente adulta cuando me abalancé sobre ella en las verjas de la escuela, pero supongo que el reloj sigue avanzando y más vale que conozcáis a sus padres y pidáis hora en el registro civil.»

Sí, también habrían sobrellevado esto. Por supuesto, su perspectiva básica, como se ha señalado anteriormente, era que en el club de tenis conocería a una bonita Christine o Virginia cuyo carácter conciliador y optimista habría sido de su gusto. Y luego habría habido un noviazgo como es debido, seguido de una boda como se debe y la luna de miel correspondiente, que traería nietos como Dios manda. Pero en vez de esto yo me había inscrito en el club de tenis y había vuelto con Susan Macleod, una mujer casada de la vecindad y con dos hijas mayores que yo. Y –hasta el momento en que yo me liberase de aquel insensato amor adolescente– no habría noviazgo ni boda, y mucho menos un correteo de pies enanitos. Solo habría engorros y humillación y vergüenza y miradas mojigatas de vecinos y alusiones maliciosas a nuestra diferencia de edad. Así que yo me las había arreglado para presentarles un caso tan transgresor que ni siquiera era admisible ni se podía comentar sensatamente. Y a aquellas alturas la idea original de mi madre de invitar a los Macleod a un jerez había quedado definitivamente descartada.

Esta relación con los padres la vivían en distintos grados todos mis amigos de la universidad: Eric, Barney, Ian y Sam. Y no es que fuéramos una pandilla de hippies pirados y con lanudos abrigos afganos. Éramos chicos de clase media normales –tirando a normales–, irritados por las fricciones de crecer. Todos teníamos nuestras historias, casi todas intercambiables, aunque las de Barney eran siempre las mejores. No solo por lo insolente que era con sus padres.

–Pues hace unas tres semanas que he vuelto –nos dijo Barney cuando nos reagrupamos para el curso siguiente y estábamos contándonos penosos episodios de la vida en casa– y son las diez de la mañana y estoy todavía en la cama. Bueno, no hay nada en Pinner que te anime a levantarte, ¿no? Entonces oigo que se abre la puerta de mi cuarto y entran mi madre y mi padre. Se sientan en el extremo de la cama y mi madre va y me pregunta si sé la hora que es.

–¿Por qué no aprenden a llamar? –dijo Sam–. Podrías haber estado en mitad de una paja.

–Así que naturalmente les dije que según mis cálculos era probablemente la mañana. Y ellos van y me preguntan qué pienso hacer ese día, y les digo que me lo pensaré después de desayunar. Mi padre suelta esa especie de tos seca que siempre es señal de que empieza a mosquearse. Entonces mi madre sugiere que yo podría trabajar durante las vacaciones para ganar un poco de dinero extra. Entonces reconozco que realmente no se me había pasado por la cabeza buscar un trabajillo temporal.

—Esa es buena, Barney —decimos a coro.

—Y entonces mi madre preguntó si tenía intención de pasarme la vida sin dar golpe, y, bueno, yo empezaba a enfadarme, en esto soy como mi padre, de combustión lenta, solo que sin esa tos de advertencia. De todos modos, a él se le quita de pronto, se levanta, abre de un manotazo las cortinas y chilla: «¡No queremos que vivas aquí como si fuera un puto hotel!»

—Ah, lo *típico*. Todos hemos pasado por eso. ¿Y tú qué dijiste?

—Dije: «Si esto *fuera* un puto hotel, la puta dirección no irrumpiría en mi habitación a las diez de la mañana a sentarse en mi puta cama para echarme una bronca.»

—¡Genial, Barney!

—Bueno, me pareció de lo más provocador.

—¡Genial, Barney!

De modo que la familia Macleod se componía de Susan, Pantalón de Elefante, dos hijas, las dos en la universidad, a las que llamaban G y NG. También había una asistenta, la señora Dyer, que iba dos veces por semana; tenía mala vista para limpiar pero una visión perfecta para robar verduras y botellas de leche. Pero ¿quién más visitaba la casa? No hablaban nunca de amigos. Macleod jugaba un partido de golf todos los fines de semana; Susan iba al club de tenis. No me encontré con nadie ninguna de las veces que me invitaron a cenar.

Pregunté a Susan qué amigos tenían. Respondió, con un tono de indiferencia desdeñosa que yo no había advertido antes: «Oh, las chicas tienen amigas; las traen a casa de vez en cuando.»

No parecía una respuesta nada apropiada. Pero alrededor de una semana más tarde Susan me dijo que íbamos a visitar a Joan.

—Tú conduces —dijo, tendiéndome las llaves del Austin de los Macleod. Era como si me hubiesen ascendido, y fui puntilloso con el cambio de marchas.

Joan vivía a unos cinco kilómetros de allí y era la hermana superviviente de Gerald, que hacía siglos había sido cariñoso con Susan pero después había muerto de repente de leucemia, una mala suerte horrible. Joan había cuidado al padre de ambos hasta su muerte y no se había casado; le gustaban los perros y por la tarde se tomaba una o dos ginebras.

Aparcamos delante de una casa achaparrada y mitad de madera, cercada por un seto de haya. Joan fumaba un cigarrillo cuando nos abrió la puerta, abrazó a Susan y me dirigió una mirada inquisitiva.

—Te presento a Paul. Hoy conduce él el coche. La verdad es que necesito que me revisen la vista. Creo que es hora de una nueva receta. Nos conocimos en el club de tenis.

Joan asintió y dijo:

—He encerrado a los chuchos.

Era una mujerona con un traje chaqueta de color azul pastel; tenía tirabuzones firmes y los labios pintados de marrón y estaba someramente maquillada. Nos condujo al cuarto de estar y se desplomó en una butaca con un escabel delante. Seguramente Joan era unos cinco años mayor que Susan, pero me pareció como si fuera de la generación anterior. En un brazo de la butaca había un libro de crucigramas boca abajo, en el otro un cenicero de latón sujeto por unos pesos escondidos en una tira de cuero. El cenicero, en precario equilibrio, parecía apuntar hacia mí. Joan se levantó apenas se hubo sentado.

—¿Tomáis una conmigo?

—Demasiado temprano para mí, querida.

—No es que vayas a conducir —contestó Joan, enfurruñada. Y mirándome a mí—: ¿Una copa, joven?

—No, gracias.

Para mi sorpresa, Susan cogió un cigarrillo y lo encendió. Tuve la sensación de que aquella era una amistad cuya jerarquía se había establecido hacía mucho y en la que Joan era la que hablaba y Susan, aunque no servil, en cualquier caso la que escuchaba. El monólogo inicial de Joan consistió en un relato de su vida desde la última vez que había visto a Susan, y a mí me pareció en gran medida un catálogo de pequeños incordios triunfalmente superados, de perros y de bridge, que desembocó en la noticia estelar de que poco antes había descubierto un lugar a unos quince kilómetros donde podías comprar tu ginebra favorita por un precio irrisoriamente inferior al que costaba en el Village.

Más aburrido que una ostra, casi desaprobando el cigarrillo que Susan parecía estar disfrutando, me sorprendí formulando estas palabras:

—¿Has tenido en cuenta la gasolina?

Fue como si mi madre hubiera hablado por mi boca.

Joan me miró con un interés rayano en la aprobación.

—Bueno, ¿cómo la tengo en cuenta?

—¿Sabes cuántos kilómetros por litro hace tu coche?

—Desde luego —respondió Joan, como si fuese indignante y manirroto no saberlo—. Un promedio de doce por los alrededores y un poco más de trece en un trayecto más largo.

—¿Y cuánto pagas por la gasolina?

—Bueno, obviamente eso depende de dónde la compre, ¿no?

—¡Ajá! —exclamé, como si su respuesta hiciese el asunto aún más interesante—. Otra variable. ¿Tienes una calculadora de bolsillo, por casualidad?

—Tengo un destornillador —dijo Joan, riéndose.

—Papel y lápiz, al menos.

Fue a buscarlos y vino a sentarse cerca de mí en el sofá, apestando a tabaco.

—Quiero ver esto de cerca.

—A ver, ¿de cuántas tiendas de licores y cuántas gasolineras estamos hablando? —empecé—. Necesitaré todos los detalles.

—Cualquiera diría que eres de la puta Hacienda —dijo Joan, con una risa y un porrazo en mi hombro.

Así que anoté los precios, los lugares y las distancias, detectando un caso de falso ahorro, y encontré las dos mejores opciones de Joan.

—Está claro —añadí, radiante— que lo más ventajoso sería que fueras andando al Village en vez de con el coche.

Joan fingió un grito burlón.

—¡Pero andar me sienta mal! —Después cogió mi hoja de cálculo, volvió a su butaca, encendió otro cigarrillo y le dijo a Susan—: Veo que es muy útil tener al lado a este chico.

Cuando nos íbamos en el coche, Susan dijo:

—Casey Paul, no sabía que fueras tan fantástico. Al final la has tenido comiendo de tu mano.

—Lo que sea para ayudar a un rico a ahorrar dinero —contesté, cambiando de marcha con cuidado—. Soy tu hombre.

—Lo eres, por extraño que parezca —convino ella, deslizando la mano abierta por debajo de mi muslo izquierdo mientras yo conducía.

—A propósito, ¿qué problema tienes con la vista?

—¿Con la vista? Ninguno, que yo sepa.

—¿Entonces por qué has dicho que tenías que hacerte una revisión?

—Ah, ¿eso? Bueno, es una tapadera verbal para cubrirte.

Sí, lo comprendía. Y así me convertí en el «chico que me transporta» y «mi pareja de tenis», y más adelante en «un amigo de Martha» y hasta —lo más inverosímil— en «una especie de protegido de Gordon».

No recuerdo la primera vez que nos besamos. ¿No es extraño? Recuerdo 6-2; 7-5; 2-6. Recuerdo con espantoso detalle las orejas de aquel conductor viejo. Pero no recuerdo cuándo ni dónde nos besamos por primera vez, ni quién tomó la iniciativa ni si fuimos los dos al mismo tiempo. Ni si fue más una desviación que una decisión. ¿Fue en el coche o en su casa, fue por la mañana, al mediodía o por la noche? ¿Y qué tiempo hacía? Bueno, no se puede esperar que me acuerde de *eso*.

Lo único que puedo decir es que pasó un largo tiempo –según la velocidad moderna de las cosas– hasta que nos besamos, y otro largo tiempo hasta que nos acostamos juntos. Y que entre el beso y la cama la llevé en coche a Londres a comprar anticonceptivos. No para mí, para ella. Fuimos a la farmacia John Bell & Croyden de Wigmore Street; estacioné a la vuelta de la esquina mientras ella entraba. Volvió con una bolsa marrón sin nada escrito que contenía un diafragma y gelatina anticonceptiva.

–No sé si hay un folleto de instrucciones –dijo, despreocupada–. Me falta práctica en estas cosas.

En mi estado de ánimo –una especie de sombría excitación– dudo momentáneamente de si ella se refiere al sexo o al modo de colocarse el diafragma.

–Estaré presente para ayudarte –digo, pensando que mi respuesta abarca las dos interpretaciones.

–Paul –dice ella–, hay cosas que es mejor que un hombre no vea. O que no piense en ellas.

–Vale.

Eso significa claramente la segunda opción.

–¿Dónde lo vas a guardar? –pregunto, imaginando las consecuencias de que lo descubran.

–Oh, en algún sitio –responde. No es de mi incumbencia, por tanto.

Y prosigue rápidamente:

–No esperes demasiado de mí, Casey. Estamos en K. C. King's Cross. No te pondrás cascarrabias, ¿verdad? No te pondrás picajoso ni serás un cabrón, ¿eh?

Me inclino para besarla, delante de los transeúntes curiosos que pueda haber en Wimpole Street.

Sé ya que ella y su marido duermen en camas separadas, de hecho en dormitorios distintos, y que su matrimonio no se ha consumado –o, mejor dicho, no incluye sexo– desde hace casi veinte años, pero no la he presionado para que me explique motivos o detalles. Por un lado, tengo una enorme curiosidad por casi todo lo relacionado con su vida sexual pasada, presente y futura. Por otro, no me veo distrayéndome con otras imágenes mentales cuando estoy con ella.

Me sorprende que necesite anticonceptivos, que a los cuarenta y ocho años siga teniendo la regla y que no haya llegado todavía lo que ella llama la «temible». Pero estoy bastante orgulloso de que no haya llegado. Esto no tiene nada que ver con la posibilidad de que se quede embarazada –no hay nada más alejado de mis pensamientos o deseos–; más bien parece una confirmación de su feminidad. Iba a decir de su mocedad, y quizá sea más exacto. Sí, es mayor que yo; sí, conoce mejor el mundo. Pero en cuanto a... –¿cómo llamarlo?– su edad anímica quizá no estemos tan distanciados.

–No sabía que fumabas –digo.

–Oh, solo alguno suelto, de vez en cuando. Para hacer compañía a Joan. O cuando salgo al jardín. ¿Te molesta muchísimo?

–No, solo que me ha sorprendido. No me molesta. Lo único es que pienso...

–Que es estúpido. Sí, lo es. Lo único que hago es coger uno de los de Gordon cuando estoy harta. ¿Te has fijado en cómo fuma? Enciende el cigarrillo y da bocanadas como si le fuera la vida en ello, y después, cuando se ha fumado la mitad, lo aplasta con asco. Y el asco le dura hasta que enciende el siguiente. Unos cinco minutos más tarde.

Sí, me he fijado, pero lo paso por alto.

–Aunque lo que más me fastidia es que beba.

—¿Tú no bebes?

—Detesto el alcohol. Solo tomo una copa de jerez en Navidad, para que no me acusen de aguafiestas. Pero la bebida cambia a la gente. Y no a mejor.

Coincido. No me interesa el alcohol ni la gente que se «achispa» o está «piripi» o «camina haciendo eses», y todas las demás palabras y expresiones que les reconforta usar.

Y Pantalón de Elefante no era un modelo de las virtudes de la bebida. Mientras aguardaba la comida, se sentaba a la mesa rodeado de lo que Susan llamaba «sus jarras y sus jarros», y se iba sirviendo pintas con una mano cada vez más temblorosa. Tenía delante un tarro lleno de cebolletas que iba mascando. Luego, al cabo de un rato, eructaba bajito, tapándose la boca con un sucedáneo de buenos modales. En consecuencia he aborrecido las cebolletas durante la mayor parte de mi vida. Y tampoco he apreciado mucho la cerveza.

—¿Sabes?, el otro día estaba pensando que no le he visto los ojos desde hace años. La verdad es que no. Desde hace años y años. ¿No es extraño? Los tiene siempre escondidos detrás de las gafas. Y, por supuesto, nunca estoy presente cuando se las quita por la noche. No es que tenga ningún interés en verlos. Ya los he visto bastante. Supongo que a muchas mujeres les pasa lo mismo.

De esta forma me habla de sí misma, con observaciones oblicuas que no requieren respuesta. A veces una lleva a otra; a veces deja caer una declaración aislada, como si me instruyera sobre la vida.

—Lo que tienes que entender, Paul, es que somos una generación caduca.

Me río. La generación de mis padres no me parece caduca en absoluto: todavía poseen todo el poder y el dinero y la seguridad en sí mismos. *Ojalá* estuviera caduca. Al contrario, representan un gran obstáculo para mi desarrollo. ¿Qué palabra emplean para esto en los hospitales? Sí, usurpadores de camas. Eran usurpadores espirituales.

Le pido a Susan que lo explique.

–Vivimos una guerra –dice–. Nos arrebató muchas cosas. Ya casi no valemos para nada. Es hora de que vosotros toméis el relevo. Mira a nuestros políticos.

–¿Me estás sugiriendo que me meta en política?

La miro incrédulo. Desprecio a los políticos, los considero lameculos rastreros y pagados de sí mismo. Aunque no he conocido a ningún político, por supuesto.

–Estamos en el desastre en que estamos precisamente porque las personas como tú no quieren intervenir en política –insiste Susan.

De nuevo me desconcierta. Ni siquiera estoy seguro de lo que significa «personas como tú». Para mis amigos del instituto y la universidad era como un sello honroso *no* interesarse por todas las cuestiones que los políticos debatían constantemente. Y además sus grandes preocupaciones –la amenaza soviética, el final del imperio, los tipos impositivos, los impuestos de sucesión, la crisis de la vivienda, el poder de los sindicatos– repercutían continuamente en los hogares.

A mis padres les gustaban las comedias de enredo de la televisión, pero la sátira los incomodaba. No se podía comprar *Private Eye* en el Village, pero yo llevaba a casa los de la universidad y los dejaba a la vista, provocativamente. Recuerdo un número en cuya cubierta había un disco de 33 revoluciones muy mal pegado. Despegando el disco se veía la foto de un hombre sentado en la taza del inodoro, con los pantalones y los calzoncillos alrededor de los tobillos y las partes pudendas protegidas por el faldón de la camisa. Encima del cuello de este individuo anónimo habían hecho un montaje con la cabeza del primer ministro, Sir Alec Douglas-Home, de cuya boca salía este bocadillo: «¡Pon el disco en su sitio inmediatamente!» Me pareció divertidísimo y se lo enseñé a mi madre; ella lo consideró una estupidez pueril. Luego se lo enseñé a Susan, que se partió de risa. Total, que todo quedó claro de una tacada: yo, mi madre, Susan y la política.

Se ríe de la vida, forma parte de su naturaleza. Y ningún otro miembro de su generación caduca hace lo mismo. Se ríe de lo que yo me río. También se ríe cuando me da en la cabeza con una pelota de tenis; se ríe de la idea de tomar un jerez con mis padres; se ríe de su marido y se ríe también cuando destroza las marchas del Austin cupé. Naturalmente, yo doy por sentado que se ríe de la vida porque ha vivido mucho y la comprende.

–A propósito –digo–, ¿qué es «comoski»?

–¿A qué te refieres con «Qué es comoski»?

–Me refiero a que no sé qué significa «comoski».

–Ah, ¿te refieres a «comoski es comoski»?

–Como tú quieras.

–Es lo que se dicen los espías rusos, tonto –contesta.

La primera vez que estuvimos juntos –sexualmente, me refiero–, los dos nos dijimos las mentiras necesarias y luego fuimos en coche hasta el corazón de Hampshire y alquilamos dos habitaciones en un hotel.

Mientras estamos mirando a una extensión de colcha de chenilla magenta, ella dice:

–¿Qué lado prefieres? ¿Delante o atrás?

Nunca he dormido en una cama de matrimonio. Nunca he dormido con nadie una noche entera. La cama parece enorme, la luz desoladora y del cuarto de baño llega un olor a desinfectante.

–Te quiero –digo.

–Es tremendo decirle eso a una chica –responde ella, y me coge del brazo–. Mejor que cenemos algo antes de amarnos.

Yo tengo ya una erección y no hay nada generalizado en ella. Es muy muy específica.

Susan tiene su pudor. Nunca se desviste delante de mí; siempre está en la cama con el camisón puesto cuando entro en la habitación. Y ha apagado la luz. A nada de eso le concedo la menor importancia. Siento que veo en la oscuridad, de todos modos.

Tampoco ella me «enseña las artes amatorias», como se lee en los libros. Los dos somos inexpertos, como he dicho. Y ella pertenece a una generación en la que se presupone que la noche de bodas el hombre «sabrá lo que hay que hacer», una excusa social para legitimar cualquier experiencia sexual anterior, por sórdida que sea, que él haya tenido. En el caso de Susan no quiero entrar en detalles, aunque algunas veces ella deja caer indicios.

Una tarde en que estamos acostados en su casa yo sugiero que debería irme antes de que llegue «alguien».

–Desde luego –responde ella, cavilando–. ¿Sabes? Cuando él estaba en el instituto siempre prefería la mitad delantera del elefante, si entiendes lo que quiero decir. Y quizá después del instituto. ¿Quién sabe? Todo el mundo tiene un secreto, ¿no?

–¿Cuál es el tuyo?

–¿El mío? Oh, él me dijo que yo era frígida. No entonces, sino más tarde, cuando ya no lo hacíamos. Cuando era demasiado tarde para remediarlo.

–Creo que ni por asomo eres frígida –digo, con una mezcla de indignación y de impulso posesivo–. Creo que tienes... la sangre muy caliente.

Me da una palmada en el pecho, a manera de respuesta. Sé poca cosa sobre el orgasmo femenino, y en cierto modo doy por sentado que si consigues durar lo suficiente, en algún momento se desencadena en la mujer automáticamente. Como romper la barrera del sonido, quizá. Como no puedo llevar más lejos la conversación, empiezo a vestirme. Más tarde pienso: ella es cálida, cariñosa, me ama, me anima a que nos acostemos, pasamos en la cama un largo rato. *No* creo que sea frígida, ¿qué problema hay?

Hablamos de todo, del estado del mundo (malo), del estado del matrimonio (malo), del carácter general y las normas morales del Village (malos) e incluso de la muerte (mala).

—¿No es extraño? —reflexiona ella—. Mi madre murió de cáncer cuando yo tenía diez años y solo me acuerdo de ella cuando me corto las uñas de los pies.

—¿Y de la tuya?

—¿Comoski?

—De la tuya..., de tu muerte.

—¡Ah! —Guarda silencio un segundo—. No, no me da miedo morir. Lo único que lamentaría sería perderme lo que suceda después.

La malinterpreto.

—¿Quieres decir más allá de la muerte?

—Oh, no creo en *eso* —dice con firmeza—. Traería demasiados problemas. Toda esa gente que se pasa la vida apartándose una de otra y de repente todos juntos otra vez, como en una espantosa partida de bridge.

—No sabía que jugabas al bridge.

—No juego. La cuestión no es esa, Paul. Y luego todas esas personas que te hicieron daño. Volver a verlas.

Hago una pausa; ella la llena.

—Yo tenía un tío. El tío Humph. O sea, Humphrey. Me quedaba en su casa con él y la tía Florence. Después de la muerte de mi madre, así que yo debía de tener once, doce años. Mi tía me acostaba y me arropaba, me besaba y apagaba la luz. Y justo cuando estaba a punto de dormirme notaba de pronto un peso en un lado de la cama y era el tío Humph, apestando a brandy y a puros y diciendo que él también quería un beso de buenas noches. Y una vez dijo: «¿Sabes lo que es un "beso de tornillo"?», y antes de que yo pudiese responderle me metió la lengua en la boca y la removió como si fuera un pez vivo. Ojalá se la hubiera arrancado de un mordisco. Me lo hacía todos los veranos, hasta que yo tuve dieciséis años o así. Oh, no era lo peor que puede ocurrirte, ya lo sé, pero quizá es lo que me volvió frígida.

–*No* lo eres –insisto–. Y con un poco de suerte el cabronazo estará en un sitio donde hace mucho calor. Si existe la justicia.

–No existe –contesta ella–. No existe la justicia, ni aquí ni en ninguna parte. Y la ultratumba no sería más que una inmensa partida de bridge con el tío Humph, que declara seis sin triunfos y gana cada mano y reclama como premio un beso de tornillo.

–Seguro que eres la experta –digo, burlón.

–Pero la cosa *es*, Casey Paul, que sería espantoso, un auténtico espanto, si de algún modo ese hombre siguiera vivo. Y lo que no deseas a tus enemigos, menos aún lo esperas para ti mismo.

No sé cuándo adquirí la costumbre –muy pronto, sin duda–, pero solía sujetarle las muñecas. Quizá empezó con el juego de ver si podía abarcarlas con los dedos corazón y pulgar. Pero enseguida se convirtió en una costumbre. Ella extiende los antebrazos hacia mí, con los dedos formando un pequeño puño, y dice: «Cógeme las muñecas, Paul.» Yo se las ciño y aprieto con toda mi fuerza. No hacían falta palabras para este acto. Era un gesto para calmarla, para transmitirle algo. Una inyección, una transfusión de fuerza. Y de amor.

Mi actitud ante nuestro amor era singularmente franca, aunque sospecho que esa singular franqueza es característica de todo primer amor. Yo pensaba, simplemente: Bueno, una vez establecida la certeza de que nos amamos, el resto de la vida tiene que encajar alrededor. Y tenía plena confianza en que así sería. Recuerdo de algunas de mis lecturas escolares que la pasión supuestamente crecía gracias a los obstáculos, pero ahora que estaba experimentando lo que previamente solo había leído, el concepto de un obstáculo al amor no parecía necesario ni deseable. Pero yo era emocionalmente muy joven y quizá sencillamente ciego a los escollos que otros verían a simple vista.

O quizá no me guiaba por ninguna lectura previa. Quizá lo que pensaba realmente era esto: Ahora estamos aquí los dos y es ahí adonde tenemos que llegar; todo lo demás no importa. Y aunque al final sí llegamos cerca de donde yo soñaba, ignoraba a qué precio.

He dicho que no recordaba el clima. Y hay también algo más, como la ropa que yo llevaba y lo que comía. La ropa era una necesidad sin importancia y la comida un mero combustible. Tampoco recuerdo cosas que debería recordar, como el color del cupé de los Macleod. Creo que era de dos tonos. Pero ¿era gris y verde o quizá azul y beige? Y aunque pasé muchas horas cruciales en sus asientos de piel, no sabría decir de qué color eran. ¿Era de nogal el salpicadero? Qué más da. A mi memoria, desde luego, le da igual, y mi memoria es mi guía aquí.

Y además hay cosas que no voy a molestarme en decir. Como qué estudié en la universidad, cómo era mi habitación y en qué Eric era diferente de Barney e Ian de Sam, y cuál de ellos era pelirrojo. Salvo que Eric era mi amigo más íntimo, y siguió siéndolo durante muchos años. Era el más amable de todos nosotros, el más serio, el que más confiaba en los demás. Y, quizá por estas mismas cualidades, era el que más problemas tenía con las chicas y, más adelante, con las mujeres. ¿Había algo en su dulzura, y en su propensión a perdonar, que casi provocaba la maldad del prójimo? Ojalá conociera la respuesta a esta pregunta, no solo por la ocasión en que lo dejé tirado. Lo abandoné cuando necesitaba mi ayuda; lo traicioné, si se quiere. Pero hablaré de esto más tarde.

Y otra cosa. Cuando más arriba he hecho mi boceto de agente inmobiliario sobre el Village, puede que no haya sido estrictamente exacto. Por ejemplo, respecto a los postes luminosos del paso de cebra. Puede que me los haya inventado, pues hoy día es raro ver un paso de cebra sin el obligado par de luces intermitentes. Pero entonces, en Surrey, en una carretera con poco tráfico..., lo dudo bastante. Supongo que podría hacer una investigación real, buscar postales antiguas en la biblioteca central o las pocas fotos que conservo de la época, y rectificar mi relato en consonancia con ellas. Pero estoy rememorando el pasado, no reconstruyéndolo. Así que no habrá muchos decorados. Quizá prefieras más. Quizá estés acostumbrado a ellos. Pero no puedo remediarlo. No intento tejer una historia; estoy tratando de contar la verdad.

Me vuelve a la memoria el tenis de Susan. El mío –como quizá haya dicho– era en gran medida autodidacta, se basaba en las muñecas, una posición corporal deficiente y un deliberado cambio de golpeo en el último minuto, lo que a veces me liaba a mí mismo tanto como liaba al adversario. Cuando jugaba con ella, su pereza estructural comprometía a menudo mi intenso deseo de ganar. Su juego tenía escuela: se colocaba en la posición correcta, devolvía los rebotes desde el fondo de la pista, subía a la red solo cuando las circunstancias lo propiciaban, corría sin parar de un lado a otro, pero se reía tanto si ganaba como si perdía un partido. Fue mi primera impresión de ella, y de su tenis extrapolé naturalmente su carácter. Presumí que en la vida también sería tranquila, muy ordenada y fiable, y que golpearía la pelota de lleno: el mejor apoyo zaguero para su inquieto e impulsivo compañero en la red.

Nos inscribimos en los mixtos dobles del torneo veraniego del club. Habría unas tres personas presenciando nuestro partido de la primera ronda contra una pareja de cincuentones veteranos; para mi sorpresa, uno de los espectadores era Joan. Incluso cuando cambiábamos de campo y ella quedaba fuera de mi visión oía su tos de fumadora.

Los veteranos nos machacaron jugando como un matrimonio que leía instintivamente el siguiente movimiento del otro y no necesitaba hablar, y mucho menos gritar. El juego de Susan fue tan sólido como siempre, mientras que el mío fue estúpidamente errático. Aventuré interceptaciones demasiado ambiciosas, devolví pelotas que debería haber dejado y luego pillé una rabieta letárgica cuando nuestros rivales ganaron el set y el partido por 6-4.

Después nos sentamos con Joan y entre los tres tomamos dos tés y una ginebra.

—Lamento haberte fallado –dije.

—No te preocupes, Paul, en realidad no me importa.

Su talante ecuánime hizo que me irritara aún más conmigo mismo.

—No, pero a mí sí. He intentado toda clase de idioteces. No te he ayudado nada. Y no conseguía meter mi primer saque.

—Dejabas caer el hombro izquierdo –dijo Joan inesperadamente.

—Pero saco con la derecha –dije, bastante irascible.

—Por eso el hombro izquierdo debe permanecer arriba. Así mantienes el equilibrio.

—No sabía que jugabas.

—¿Jugar? ¡Ja! Yo ganaba a este puto juego. Hasta que me fallaron las rodillas. Necesitas unas cuantas lecciones, señorito Paul, eso es todo. Pero tienes buenas manos.

—Mira..., ¡se está ruborizando! –anunció Susan innecesariamente–. Nunca le he visto ruborizarse hasta ahora.

Más tarde, en el coche, digo:

—¿Qué hay de Joan? ¿De verdad era buena tenista?

—Oh, sí. Ella y Gerald ganaron muchos torneos, hasta el nivel del condado. Ella era muy buena en singles, como probablemente imaginas, hasta que le fallaron las piernas. Pero era aún mejor en dobles. Con alguien que la apoyara y a quien apoyar.

—Me gusta Joan –digo–. Me gusta cómo jura.

—Sí, es lo que la gente ve y oye, y le gusta o no. Su ginebra, sus cigarrillos, su bridge, sus perros. Sus palabrotas. No subestimes a Joan.

—No lo hago –protesto–. De todos modos, ha dicho que tengo buenas manos.

—No estés siempre bromeando, Paul.

—Bueno, solo *tengo* diecinueve años, como mis padres no paran de recordarme.

Susan guarda silencio un momento y después, al ver un área de descanso, entra en ella y para el coche. Mira hacia delante a través del parabrisas.

—Cuando Gerald murió, no fui la única que lo sintió como un mazazo. Joan estaba devastada. Los dos perdieron a su madre cuando eran pequeños, y el padre tuvo que trabajar todos los días en aquella compañía de seguros, por lo cual Gerald y Joan acabaron dependiendo el uno del otro. Y cuando Gerald murió..., ella perdió el norte un poco. Empezó a acostarse con gente.

—No hay nada malo en eso.

—Sí y no, Casey Paul. Depende de quién seas y quiénes sean ellos. Y de quién tenga la fortaleza suficiente para sobrevivir.

—Joan me parece bastante fuerte.

—Lo finge. Todos fingimos. Tú también lo harás algún día, oh, sí, ya verás. Así que Joan elegía mal. Y al principio no parecía importante, con tal de que no se quedara embarazada y demás. Y no se quedó. Luego se enamoró como una loca de..., no importa su nombre. Casado, por supuesto, rico, por supuesto, y con otras amigas, por supuesto. La instaló en un apartamento en Kensington.

—Cielo santo. ¿Joan era... una mantenida? ¿Una... querida?

Eran palabras y funciones sexuales que yo solo había visto en los libros.

—Como quieras llamarlo. No son las palabras justas. Rara vez lo son. ¿Cómo te describes tú? ¿Cómo me llamas a mí? —No respondo—. Y Joan estaba completamente colada por aquel cabrón. Esperaba sus visitas, creía sus promesas, pasaban de vez en cuando un fin de semana en el extranjero. Le dio falsas esperanzas durante tres años. Luego, al final, como siempre había prometido, se divorció de su mujer. Y Joan pensó que se había salido con la suya. Lo que es más, que había demostrado que todos nos equivocábamos. «Mi barco ha llegado a puerto», repetía.

—¿Y no fue así?

—Él se casó con otra. Joan leyó el anuncio en los periódicos. Amontonó en el cuarto de estar del apartamento toda la ropa que él le había comprado, vertió por encima gas para mecheros, encendió una cerilla, salió dando un portazo, tiró las llaves dentro del buzón y volvió a casa de su padre. Se presentó en su puerta. Supongo que olía un poco a chamuscado. Su padre no dijo nada ni hizo preguntas, se limitó a abrazarla. A ella le costó incluso meses contárselo. En lo que tuvo suerte, si puede llamarse suerte, es en que no prendió fuego a todo el edificio. Podría haber acabado en la cárcel por homicidio involuntario.

»A partir de entonces cuidó a su padre con abnegación. Se aficionó a los perros. Se dedicó a criarlos. Aprendió a ocupar su tiempo. Es una de las cosas que tiene la vida. Todos buscamos un lugar seguro. Y si no lo encuentras tienes que aprender a emplear el tiempo.

No creo que eso llegue a ser mi problema. La vida está demasiado llena y siempre lo estará.

—Pobre Joan —digo—. Nunca lo habría pensado.

—Hace trampas en los crucigramas.

Eso me parece una incongruencia.

—¿Qué?

—Hace trampas en los crucigramas. Los saca de libros. Una vez me dijo que si se atasca, rellena las casillas con cualquier palabra antigua con tal de que tenga el mismo número de letras.

—Pero así pierde toda la gracia..., y de todas formas todas las respuestas están en la contracubierta de esos libros. —Como no sé qué decir, repito—: Pobre Joan.

—Sí y no. Sí y no. Pero no lo olvides nunca, señorito Paul. Todo el mundo tiene su historia de amor. Todo el mundo.

Puede haber sido un fiasco o no, puede haberse quedado en agua de borrajas, hasta puede ser que ni siquiera haya existido, que haya sido puramente mental, pero no por eso es menos real. A veces ves a una pareja que parece morirse de aburrimiento juntos y no te imaginas que puedan tener algo en común o por qué siguen viviendo juntos. Es porque en su día tuvieron su historia de amor. Todo el mundo la tiene. Es la única historia.

No respondo. Me siento reprendido. No por Susan, sino por la vida.

Aquella noche miré a mis padres y presté atención a todo lo que decían. Intenté imaginar que ellos también habían tenido su historia de amor. En un tiempo lejano. Pero no llegué a ninguna conclusión. Después traté de imaginar que cada uno había vivido su historia de amor, pero por separado, antes del matrimonio o quizá –aún más emocionante– durante el mismo. Pero desistí porque de esto tampoco pude sacar nada en limpio. Me pregunté, en cambio, si, al igual que Joan, yo también simularía, disimularía para desviar la curiosidad. ¿Quién sabe?

Rebobiné y traté de imaginar cómo habría sido la vida de mis padres en los años anteriores a mi nacimiento. Me los represento empezando juntos, lado a lado, codo con codo, felices, confiados, recorriendo un surco de hierba tierna y blanda. Todo es verdor y el entorno es extenso; no parece haber ninguna prisa. Después, a medida que avanza el curso normal, cotidiano de la vida, desprovisto de amenazas, el surco se hace más profundo muy despacio y el verde aparece tachonado de pardo. Un poco más adelante –una década o dos–, el montón de tierra es más alto a ambos lados y no pueden ver por encima. Y ahora no hay escapatoria, no hay vuelta atrás. Solo hay el cielo arriba y muros cada vez más altos de tierra parda que amenaza con sepultarlos.

Pasara lo que pasara, yo no iba a ser un habitante de surco. Ni criaría perros.

–Lo que tienes que comprender es lo siguiente –dice ella–. Éramos tres. Los chicos estudiaron. Hubo dinero para los estudios de Philip, pero el de Alec se acabó cuando él tenía quince años. Alec era con el que mejor me entendía. Todo el mundo lo adoraba, era el mejor. Naturalmente, se alistó en cuanto pudo, era lo que hacían los mejores. En las fuerzas aéreas. Acabó pilotando Sunderlands. Son barcos volantes. Patrullaban muchas horas sobre el Atlántico, buscando submarinos alemanes. Hasta trece seguidas. Les daban pastillas para ayudarles a aguantar. No, no tiene nada que ver con esto.

»Pues verás, en su último permiso me llevó a cenar. No a algún sitio elegante, a un simple Corner House. Y me cogió de las manos y dijo: "Susan, son unos mastodontes complicados, esos puñeteros Sunderlands, y muchas veces pienso que no valgo para ellos. Son complicadísimos y cuando estás allí, sobre el agua, hay veces en que todo parece igual, hora tras hora, y no sabes dónde estás, y ni siquiera el oficial de navegación lo sabe. Siempre rezo una oración al despegar y al aterrizar. No soy creyente, pero la rezo. Y cada vez tengo tanto maldito miedo como la vez anterior. Bueno, ya me he desahogado. A mal avión buena cena."

»Fue la última vez que lo vi. Lo dieron por desaparecido tres semanas después. Nunca encontraron rastro de su avión. Y siempre pienso en él allí arriba, sobre el agua, asustado.

La rodeo con el brazo. Ella se zafa, ceñuda.

–No, eso no es todo. Aquellos hombres siempre parecían estar alrededor. Estábamos en guerra y cabía pensar que estarían todos combatiendo, pero había muchísimos en su casa. Te lo puedo asegurar. Los que menos valían. Y entre ellos Gerald, que no pasó el examen médico, a pesar de intentarlo dos veces, y también Gordon, que realizaba una actividad reservada, como le gustaba decir a él. Gerald era apacible y bien parecido, y Gordon era un poco cascarrabias, pero de todas formas yo prefería bailar con Gerald. Luego nos prometimos porque, en fin, estábamos en guerra y la gente hacía esas cosas entonces. Creo que no estaba enamorada de Gerald, pero era un hombre amable, sin ninguna duda. Y luego va y se muere de leucemia. Te lo conté. Fue una fatalidad horrible. Así que pensé que podría casarme con Gordon. Pensé que quizá pudiese volverle menos cascarrabias. Y *esa* parte de las cosas no funcionó, como quizá hayas observado.

–Pero...

–O sea que ya ves que somos una generación caduca. Los mejores desaparecieron. Nos quedamos con los que valían menos. Siempre es así en la guerra. Por eso ahora le toca a tu generación.

Pero, para empezar, yo no me siento parte de una generación; y, conmovido no obstante por su relato, su historia, su prehistoria, sigo sin querer entrar en política.

Íbamos a algún sitio en mi coche, un Mini Morris descapotable de color verde barro. Susan decía que era como el más sencillo coche oficial alemán de la guerra. Estábamos al pie de una larga cuesta, sin tráfico a la vista. Nunca he sido un conductor temerario, pero pisé el acelerador a fondo para subir rápidamente la pendiente. Y, recorridos unos cincuenta metros, me di cuenta de que pasaba algo grave. El coche estaba acelerando al máximo, a pesar de que yo había levantado el pie del pedal. Instintivamente pisé el freno. No sirvió de mucho. Estaba haciendo dos cosas al mismo tiempo: sucumbir al pánico y pensar con claridad. Nunca pienses que estos dos estados son incompatibles. El motor rugía, los frenos chirriaban, el coche empezaba a patinar en la carretera, circulábamos a setenta u ochenta kilómetros por hora. No se me ocurrió preguntar a Susan qué debía hacer. Pensé que era mi problema. Tenía que arreglarlo yo. Y entonces lo vi: quitar la marcha. Pisé el embrague y coloqué la palanca de cambios en punto muerto. La histeria del coche disminuyó y avanzamos hasta que el coche se detuvo en el borde.

–Bravo, Casey Paul –dice ella. Llamarme por los dos nombres solía ser una señal de aprobación.

–Debería haberlo pensado antes. En realidad, debería haber quitado la puñetera llave de contacto. Así se habría arreglado, pero no se me pasó por la cabeza.

–Creo que hay un taller arriba –dice ella, apeándose, como si lo ocurrido fuera algo habitual.

–¿Te has asustado?

–No. Sabía que te apañarías, fuera lo que fuese. Siempre me siento segura contigo.

Recuerdo que dijo esto y que me sentí orgulloso. Pero también recuerdo la sensación de que el coche perdía el control, se resistía a los frenos, se encabritaba y patinaba en la carretera.

Tengo que hablar de los dientes de Susan. Bueno, de dos de ellos. De las dos paletas. Las llamaba sus «dientes de conejo» porque eran quizá un milímetro más largas que el estricto promedio nacional; pero esto, para mí, les daba un encanto especial. Se los golpeteaba ligeramente con mi dedo corazón, comprobando que estaban en su sitio y seguros, igual que ella. Era un pequeño ritual, como si estuviera haciendo el inventario de Susan.

Al parecer, todo el mundo en el Village, todos los adultos –o, mejor dicho, todas las personas de mediana edad– hacían crucigramas: mis padres, sus amigos, Joan, Gordon Macleod. Todo el mundo excepto Susan. Ellos hacían los del *Times* o los del *Telegraph,* aunque Joan recurría a sus libros mientras aguardaba el periódico siguiente. Yo consideraba con cierta fatuidad esta tradicional actividad británica. Por entonces me afanaba en descubrir motivos ocultos –de preferencia los que revelaran hipocresía– más allá de los obvios. Estaba claro que este pasatiempo supuestamente inofensivo era algo más que resolver pistas crípticas y rellenar las respuestas. Mi análisis identificaba los siguientes elementos: 1) el deseo de reducir el caos del universo a una pequeña y comprensible cuadrícula de casillas blancas y negras; 2) la creencia subyacente de que al final todo tenía solución en la vida; 3) la confirmación de que la existencia era esencialmente una actividad lúdica, y 4) la esperanza de que dicha actividad mantuviera a raya el dolor existencial de nuestro breve tránsito sublunar desde el nacimiento hasta la muerte. ¡Parecía abarcarlo!

Una noche, Gordon Macleod levantó la mirada desde detrás de un biombo de humo de tabaco y preguntó:

—Ciudad en Somerset, siete letras, termina en N.

Lo pensé un rato.

—¿Swindon?

Emitió un chasquido tolerante.

—Swindon está en Wiltshire.

—¿Sí? Es una sorpresa. ¿Ha estado allí?

—Que haya estado o no tiene muy poco que ver con el asunto que nos ocupa —respondió—. Míralo en la página. Podría ayudarte.

Me senté a su lado. No me sirvió de ayuda ver una hilera de seis espacios en blanco seguidos de una N.

—Taunton —anunció él, escribiendo la respuesta. Me fijé en su excéntrica manera de escribir las mayúsculas, levantando el bolígrafo de la hoja para cada trazo. Donde cualquiera escribiría una N aplicando dos veces el bolígrafo al papel, Gordon necesitaba tres.

—Sigue burlándose de la ciudad de Somerset. Esa era la pista.

Lo pensé, pero no mucho, lo reconozco.

—Burlarse continuamente..., seguir burlándose. Burlarse continuamente. TAUNTON.[1] ¿Lo pillas, tío?

—Ah, *ya veo* —dije, asintiendo—. Muy agudo.

No lo dije en serio, por supuesto. También estaba pensando

---

1. *Taunt* en inglés significa «mofarse», «hacer burla»; la preposición *on* añade al verbo la idea de continuidad, de acción que se repite. De ahí la pista que apunta a la ciudad de Taunton. *(N. del T.)*

que sin duda Macleod había mirado la respuesta antes de preguntarme. Agregué, por tanto, una cláusula más a mi análisis de los crucigramas o, como él prefería llamarlos, rompecabezas. 3b) falsa confirmación de que eres más inteligente de lo que te creen algunos.

–¿La señora Macleod hace el crucigrama? –pregunté, sabiendo ya la respuesta. Dos podían jugar a aquel juego, pensé.

–El rompecabezas no es realmente un dominio femenino –contestó con cierto aire de superioridad.

–Mi madre hace el crucigrama con mi padre. Joan hace crucigramas.

Él bajó la barbilla y me miró por encima de las gafas.

–Entonces permíteme postular, quizá, que el rompecabezas no es el dominio de la mujer femenina. ¿Qué respondes a eso?

–Yo diría que no tengo suficiente experiencia de la vida para llegar a una conclusión a este respecto.

Pero interiormente estaba reflexionando sobre la expresión «mujer femenina». ¿Era una alabanza conyugal o una especie de insulto camuflado?

–O sea que tenemos una A al final de trece letras verticales –prosiguió él. De repente había pasado al plural «nosotros».

Eché un vistazo a la definición. Algo de agua tras una torre y una flor.

–MARGARITA –murmuró Macleod, escribiéndolo, con tres trazos de bolígrafo sobre la R, cuando otras personas la trazarían con dos–. Ya ves, tenemos MAR , agua, seguido de GARITA, torre.

–Eso también es ingenioso –dije con falso entusiasmo.

–Normal. Me ha salido algunas veces –añadió, con un deje de satisfacción.

2b) la creencia adicional de que en cuanto has resuelto algo en la vida podrás resolverlo de nuevo, y de que la solución será exactamente la misma la segunda vez, lo que proporciona la seguridad de que has alcanzado cierto grado de madurez y conocimientos.

Macleod resolvió sin consultarme los intríngulis del rompecabezas. Los anagramas y el modo de detectarlos; las palabras ocultas dentro de las combinaciones de palabras; la taquigrafía del autor y sus trucos; las abreviaturas comunes, las letras y palabras extraídas de las anotaciones de ajedrez, los rangos militares y demás; que una palabra podía estar escrita de abajo arriba en la solución de una pista escrita en la dirección opuesta, o hacia atrás en otra transversal. Ya ves, «hacia el oeste» es la clave.

Corrección a 4). Comenzar: «la esperanza de que este aburrido pasatiempo rompeculos mantuviera...».

Más tarde intenté hacer un anagrama de «MUJER FEMENINA». No lo conseguí, por supuesto. Lo único que saqué en limpio fue MENINA#JEFE#MUR y otros fragmentos absurdos.

Nuevo añadido: 1a) un medio seguro de apartar el pensamiento de la cuestión del amor, que es lo único que importa en el mundo.

No obstante, seguí haciendo compañía a Macleod mientras él daba bocanadas de sus Players y rellenaba cuadrículas con extraños trazos mecánicos. Parecía disfrutar explicándome pistas y tomó por aplausos mis ocasionales silbidos y gruñidos, que eran intencionados a medias.

–Llegaremos a convertirle en un solucionador de crucigramas –le dijo una noche a Susan durante la cena.

A veces Macleod y yo hacíamos cosas juntos. Nada de importancia ni durante mucho rato. Me pidió que lo ayudara en el jardín con un utensilio de cuerda y alfiler que servía para que las coles que estaba plantando quedaran colocadas en hileras marciales como un regimiento. Un par de veces seguimos un partido de fútbol internacional por la radio. Una vez le acompañé a llenar el depósito del coche con lo que él llamó «petróleo». Le pregunté a qué gasolinera pensaba ir. A la más cercana, me respondió, como era de esperar. Le dije que había hecho un análisis de precios con relación a distancias para la ginebra de Joan y el resultado de mi estudio.

–Qué sumamente aburrido –comentó él, y me sonrió.

Caí en la cuenta de que recientemente le había visto los ojos en más de una ocasión. Susan, por el contrario, no se los había visto en años. Quizá exageraba. O quizá, en principio, no los había mirado bien.

INANE FUME JERM..., esto tampoco tenía sentido.

Hay algo que pensé a menudo en aquel tiempo: tengo estudios secundarios y universitarios, y sin embargo, en términos reales, no sé nada. Susan apenas estudió pero sabe mucho más. Yo he aprendido de los libros, ella de la vida.

Pero no siempre estaba de acuerdo con ella. Al hablarme de Joan había dicho: «Todos buscamos un lugar seguro.» Reflexioné después sobre estas palabras. Llegué a la conclusión siguiente: quizá sea así, pero soy joven, «solo tengo diecinueve años» y me interesa más buscar un lugar peligroso.

Al igual que Susan, yo empleaba expresiones eufemísticas para describir nuestra relación. Parece que nuestras generaciones tenían eso en común. Ella es mi compañera de tenis. A los dos nos gusta la música y vamos a Londres para asistir a conciertos. También a ver exposiciones de arte. Oh, no sé, nos llevamos bien, de algún modo. No sé qué sabía ni qué creía cada uno, y hasta qué punto mi orgullo convertía todo en ostentosamente obvio. Hoy día, en el otro extremo de la vida, tengo una norma general para saber si dos personas tienen o no una aventura: si piensas que podrían tenerla es que sin duda la tienen. Pero esto sucedió hace décadas y quizá en aquel entonces la mayoría de las parejas que pensabas que tenían una aventura no la tenían.

Y además estaban las hijas. En aquel tiempo yo no me sentía muy a gusto con las chicas, ni con las que conocía de la universidad ni con las Carolines del club de tenis. No comprendía que ellas estaban casi siempre tan nerviosas como yo con... todo el rollo. Y mientras que los chicos no tenían problemas para mostrarse con su propia gilipollez casera, las chicas, en su comprensión del mundo, a menudo parecían basarse en la sabiduría de sus madres. Olfateabas la inautenticidad cuando una chica –que no sabía más que tú de nada– decía algo como: «A toro pasado, todo el mundo sabe lo que tenía que haber hecho.» Una frase que podría haber salido textualmente de la boca de mi madre. Otra muestra de conveniente lucidez materna que recuerdo de entonces era la siguiente: «Si rebajas tus expectativas no puedes sentirte decepcionado.» Esta actitud ante la vida me parecía deprimente, la adoptase una madre de cuarenta y cinco años o una hija de veinte.

Pero en cualquier caso: Martha y Clara. La señorita G y la señorita NG. La Gruñona y la No Gruñona. Físicamente Martha era como su madre, alta y bonita, pero con algo del carácter quejumbroso de su padre. Clara era rechoncha y redonda, pero mucho más ecuánime. La señorita Gruñona me desaprobaba; la señorita No Gruñona era amistosa, hasta curiosa. Gruñona decía cosas como: «¿Es que no tienes una casa adonde ir?» No Gruñona me preguntaba qué leía y en una ocasión incluso me enseñó algunos poemas que había escrito. Pero yo no era un gran juez de poesía, ni entonces ni ahora, y mi respuesta seguramente la desilusionó. Tal fue mi valoración preliminar, si valía de algo.

Si ya estaba incómodo con las chicas en general, lo estaba aún más con las que eran un poco mayores que yo, y no digamos con las hijas de la mujer de la que me había enamorado. Mi torpeza parecía acentuar la desenvoltura con que ellas se movían en su propia casa, aparecían y desaparecían, hablaban o no hablaban. Es posible que mi reacción ante eso fuera un poco tosca, pero decidí mostrarme menos interesado por ellas de lo que ellas lo estaban por mí. Eso parecía equivaler a menos de un superficial cinco por ciento. Lo cual a mí me iba bien, porque más del noventa por ciento de mi interés era Susan.

Como Martha era la más hostil conmigo, fue a ella a la que dije, con ánimo de desafío o de perversidad:

–Creo que debería explicarlo. Susan es para mí una especie de madre sustituta.

No, no fue muy buena idea, en ningún sentido. Probablemente sonó a falso, a un viscoso intento de congraciarme. Martha se tomó su tiempo antes de responder, y lo hizo con un tono mordaz.

–Yo no la necesito, ya tengo una madre.

¿Había algo de verdad en mi mentira? No creo. Por extraño que parezca, nunca pensé en nuestra diferencia de edad. La edad era para mí tan poco importante como el dinero. Nunca me pareció que Susan formara parte de la generación de mis padres, «caduca o no». Nunca adoptó una actitud de superioridad conmigo, nunca me dijo «Ah, cuando seas más mayor lo entenderás» ni nada por el estilo. Mis padres eran los únicos que me atosigaban con mi inmadurez.

Ajá, quizá digas, pero decirle a su hija que Susan era para ti como una madre sustituta ¿no era toda una confesión? Puedes alegar que no era sincera, pero ¿acaso no hacemos bromas todos para aplacar nuestros miedos íntimos? Susan tenía casi la misma edad que tu madre y te acostabas con ella. ¿Entonces?

Entonces. Sé adónde vas a parar: al autobús número 27 hasta un cruce cerca de Delphi. Mira. Yo no quería de ningún modo, en ningún sentido, matar a mi padre y acostarme con mi madre. Es cierto que quería acostarme con Susan –y lo hice muchísimas veces– y que durante una serie de años pensé en matar a Gordon Macleod, pero esto es otra parte de la historia. Por decirlo sin tapujos, creo que el mito de Edipo es exactamente lo que empezó siendo: melodrama más que psicología. En todos los años de mi vida no he conocido nunca a nadie a quien se le pueda aplicar la teoría.

¿Crees que peco de ingenuidad? ¿Quieres señalar que las motivaciones humanas se hallan sepultadas tortuosamente y ocultan sus misteriosos resortes a quienes se someten ciegamente a ellos? Quizá. Pero ni siquiera –en especial– Edipo *quería* matar a su padre y acostarse con su madre, ¿no? ¡Ah, sí quería! ¡Ah, no, no quería! Sí, dejémoslo como una parodia de diálogo.

No es que la prehistoria carezca de importancia. De hecho, ocupa el centro de todas las relaciones.

Pero de lo que más me gustaría hablarte es de sus orejas. No me fijé la primera vez que las vi en el club de tenis, cuando llevaba el pelo recogido con aquella cinta verde a juego con los ribetes y los botones de su vestido. Y habitualmente llevaba el pelo suelto y se le curvaba sobre las orejas y le caía hasta la mitad del cuello. De modo que no le retiré el pelo y descubrí sus orejas hasta que nos acostamos, y yo revolví y hurgué cada recoveco y rendija de su cuerpo y, agazapado encima, examiné por arriba y por abajo cada rincón de Susan.

Hasta entonces no me había fijado mucho en sus orejas, salvo como excrecencias cómicas. Las orejas buenas eran aquellas en las que uno no se fijaba; las malas sobresalían como alas de murciélagos, o estaban hinchadas como una coliflor por el puñetazo de un boxeador, o –como las de aquel conductor enfurecido en el paso de cebra– eran carnosas, coloradas y peludas. Pero las de Susan, ah, sus orejas..., desde el discreto y casi ausente lóbulo apuntaban hacia el norte en un ángulo suave, pero luego, a mitad de recorrido, se desviaban hacia atrás, siguiendo el mismo ángulo, para regresar al cráneo. Era como si las hubiesen diseñado de acuerdo con principios estéticos más que con las normas de la funcionalidad auditiva.

Cuando se lo señalo, ella dice: «Probablemente son así para que todas esas *patrañas* pasen de largo y no se metan dentro.»

Pero había más. Cuando las exploraba con la punta de los dedos descubrí la delicadeza de su pabellón exterior: fino, cálido, tierno, casi translúcido. ¿Sabes cómo se llama la espiral más externa de la oreja? Se llama hélice. En plural: hélices. Sus orejas formaban parte de su absoluta individualidad, eran expresiones de su ADN. La doble hélice de sus dobles hélices.

Más tarde pensé, al concentrar mi atención en lo que ella podría haber querido decir con lo de «patrañas» que pasaban de largo por sus orejas prodigiosas: bueno, que te acusen de frigidez eso sí es una señora patraña. Solo que esta palabra se le había metido directamente en los oídos y, por tanto, en el cerebro, y estaba alojada allí permanentemente.

Como he dicho, en nuestra relación el dinero era tan poco relevante como la edad. Así que no importaba que ella pagase cosas. Yo carecía totalmente de ese insensato orgullo masculino en semejantes circunstancias. Quizá hasta pensaba que mi falta de dinero hacía más virtuoso mi amor por Susan.

Unos meses después –o quizá algo más– me anuncia que necesito un fondo de huida.

–¿Para qué?

–Para huir. Todo el mundo debería tener un fondo de huida.

Del mismo modo que todo joven debería tener una reputación. ¿De dónde había salido esta última idea? ¿De una novela de Nancy Mitford?

–Pero si yo no quiero huir. ¿De quién? ¿De mis padres? De todas formas, prácticamente ya los he abandonado. Mentalmente. ¿De ti? ¿Para qué iba a querer huir de ti? Quiero que estés en mi vida para siempre.

–Es muy tierno por tu parte, Paul. Pero verás, no es un fondo específico. Es una especie de fondo general. Porque en algún momento todo el mundo quiere huir de su vida. Es casi lo único que los seres humanos tienen en común.

Esto sobrepasa mi entendimiento. La única idea que podía concebir era la de huir con ella, más que huir de ella.

Unos días después me entrega un cheque de quinientas libras. Mi coche me había costado veinticinco. Con menos de cien pagaba los gastos de un trimestre universitario. La suma me pareció muy cuantiosa y a la vez disparatada. Ni siquiera la consideré «generosa». Yo no tenía principios con respecto al dinero, ni a favor ni en contra. Y el dinero no tenía absolutamente nada que ver con nuestra relación: de eso estaba seguro. Así que cuando volví a Sussex fui a la ciudad, abrí una cuenta corriente en el primer banco que vi, entregué el cheque y me olvidé del asunto.

Hay algo que debería haber aclarado antes. Tal vez estoy haciendo que mi relación con Susan parezca un dulce entreacto veraniego. A fin de cuentas, el estereotipo se empeña en verlo así. Hay una iniciación sexual y emocional, un suntuoso paso de gustos, placeres y mimos, y después la mujer, con una punzada pero también con sentido del humor, devuelve al joven al más ancho mundo y a los cuerpos más jóvenes de su propia generación. Pero ya te he dicho que no fue así.

Estuvimos juntos −y digo bien: juntos− durante diez o doce años, según desde cuándo y hasta cuándo se cuente. Todos aquellos años coincidieron con lo que a los periódicos les gustaba denominar la «revolución sexual»: una época de jodienda a tutiplén −o eso nos inducían a creer−, de placeres instantáneos y de ligues informales, exentos de culpa, en los que la lujuria y la ligereza emocional pasaron a ser el orden del día. De modo que podría decirse que mi relación con Susan resultaba tan ofensiva para las nuevas normas como para las antiguas.

Recuerdo que ella, una tarde en que llevaba un vestido estampado de flores, se acercó a un sofá de cretona y se dejó caer en él.

−¡Mira, Casey Paul! ¡Estoy desapareciendo! ¡Estoy simulando que desaparezco! ¡No hay nadie aquí!

Miro. Es verdad a medias. Se le ven claramente las piernas, enfundadas en unas medias, y también la cabeza y el cuello, pero las partes del tronco de repente están camufladas.

−¿Te gustaría eso, Casey Paul? ¿Que pudiéramos desaparecer y que nadie nos viese?

No sé si su comportamiento es serio o meramente juguetón.

Así que no sé cómo reaccionar. Al mirar atrás, creo que yo era un chico muy literal.

Le dije a Eric que había conocido a aquella familia y me había enamorado. Describí a los Macleod, su casa y su estilo de vida, degustando mis explicaciones. Era la primera cosa adulta que me había sucedido, le dije.

—¿Y de cuál de las hijas te has enamorado? —preguntó él.

—No, de ninguna de las hijas, de la madre.

—Ah, de la madre —dijo él—. Nos gusta eso —añadió, puntuando alto mi originalidad.

Un día advierto una moradura en la parte superior del brazo de Susan, justo debajo de donde termina la manga de su vestido. Es del tamaño de la huella de un pulgar grueso.

—¿Qué es esto? —pregunto.

—Oh —dice sin darle importancia—. Debo haberme dado un golpe contra algo. Enseguida me salen marcas.

Por supuesto, pienso. Porque es sensible, como yo. Por supuesto que el mundo puede hacernos daño. Por eso debemos cuidarnos mutuamente.

—No te salen cuando te sujeto las muñecas.

—No creo que las muñecas se magullen, ¿no?

—No si te las sujeto yo.

A mi madre no le gustaba ni pizca que Susan fuese «tan mayor que podría ser mi madre». Tampoco a mi padre; ni al marido ni a las hijas de Susan, ni al arzobispo de Canterbury, aunque no fuese un amigo de la familia. Me tenía tan sin cuidado su aprobación como lo del dinero. Pero la reprobación, fuese activa o teórica, ignorante o informada, no hacía más que inflamar, corroborar y justificar mi amor.

No tenía una nueva definición de amor. En realidad no examinaba lo que era y lo que podía entrañar. Me limitaba a someterme al primer amor en todos sus aspectos, desde esa caricia en que se rozan las pestañas hasta el absolutismo. Todo lo demás no importaba. Naturalmente, existía «el resto de mi vida», tanto presente (mi licenciatura) como futura (empleo, sueldo, posición social, jubilación, pensión, muerte). Podría decirse que postergaba esa parte de mi vida. Solo que no era así: Susan era mi vida, lo demás no lo era. Todo lo demás podía y debía sacrificarse, sin saberlo o a sabiendas, como y cuando fuera necesario. Aunque «sacrificio» implica pérdida. Nunca tuve un sentimiento de pérdida. Iglesia y Estado, dicen, Iglesia y Estado. No hay problema aquí. Primero la Iglesia, siempre la Iglesia, aunque no en el sentido en que lo habría entendido el arzobispo de Canterbury.

No estaba tanto construyendo mi propia idea del amor como haciendo antes la necesaria retirada de escombros. La mayoría de lo que leía o me enseñaban sobre el amor no nos era aplicable, desde los rumores del patio de recreo hasta la más elevada especulación literaria. «El amor de un hombre es una cosa aparte en su vida, / el de la mujer, su entera existencia.» Qué erróneo –qué machista, como diríamos ahora– era esto. Y luego, en el otro extremo del espectro, estaba el conocimiento terrenal del sexo que intercambiaban escolares profundamente ignorantes pero ávidamente lujuriosos. «No miras la repisa de la chimenea mientras atizas el fuego.» ¿De dónde venía esto? ¿De alguna distopía de animales llena de gruñidos nocturnos y miopes?

Pero yo quería que la cara de Susan estuviese presente en todo momento: sus ojos, su boca, sus preciadas orejas con sus elegantes hélices, su sonrisa, sus palabras susurradas. Por ejemplo: yo estaba tumbado boca arriba, ella encima de mí y con sus pies entre los míos, y aplastaba la punta de su nariz contra la punta de la mía y decía:

–Ahora nos vemos los ojos.

Dicho de otra forma. Yo tenía diecinueve años y sabía que el amor era incorruptible, a prueba del tiempo y del deterioro.

¿Sufro un ataque repentino de qué, de miedo, de posesión, de generosidad?, le digo, pensando que ella lo sabrá mejor:

—¿Sabes? Como nunca he estado enamorado antes, no sé nada del amor. Lo que me preocupa es que si tú me amas te quedará menos sitio para las otras personas que amas.

No las menciono. Me refiero a sus hijas; y quizá incluso a su marido.

—No funciona así —me responde en el acto, como si fuera algo en lo que también ha pensado y que ha resuelto—. El amor es elástico. No se trata de que se atenúe. Más bien añade. No te limita. Así que no tienes por qué preocuparte.

Y no me preocupé.

—Necesito explicarte algo —empieza—. El padre de Pantalón de Elefante era un hombre muy agradable. Era médico. Coleccionaba muebles. Algunas de esas cosas son suyas. —Señala con un gesto vago un pesado arcón de roble y un reloj de pared al que nunca he oído dar la hora—. Quería realmente que su hijo fuera pintor y por eso le puso Rubens de segundo nombre. Una idea un poco desafortunada, porque algunos chicos del colegio daban por sentado que era judío. En cualquier caso, dibujaba los bocetos habituales en la escuela y todos decían que eran prometedores. Pero nunca pasó de ser una promesa y en este aspecto fue una desilusión para su padre. Jack, así se llamaba, siempre fue muy amable conmigo. Me hacía guiños.

—No puedo decir que se lo reprocho.

Me pregunto qué vendrá a continuación. No un lío intergeneracional, espero.

—Solo llevábamos casados un par de años cuando Jack enfermó de cáncer. Yo siempre había pensado que era una persona a la que podría recurrir en caso de apuro y ahora iban a arrebatármela. Solía ir a verle, pero me trastornaba tanto que acababa consolándome él a mí en vez de consolarlo yo a él. Un día le pregunté qué pensaba de su enfermedad y me dijo: «Claro que preferiría estar sano, pero no puedo quejarme de no haber tenido una oportunidad de hacer lo que he querido.» Le gustaba que estuviera con él, quizá porque yo era joven y no sabía gran cosa, y me quedé a su lado hasta el final.

»Aquel día, el último, el médico, el que lo cuidaba, que también era un buen amigo suyo, entró y dijo: "Ya es hora de anestesiarte, Jack." "Tienes razón", fue la respuesta. Verás, había sufrido unos dolores terribles durante demasiado tiempo. Entonces Jack se volvió hacia mí y dijo: "Lamento que nuestra relación haya sido tan breve, querida. Ha sido maravilloso conocerte. Sé que Gordon es un hueso duro de roer, pero muero feliz sabiendo que lo dejo en tus manos seguras y capaces." Y después lo besé y salí de la habitación.

–¿Quieres decir que el médico lo mató?

–Sí, le dio morfina suficiente para que se durmiera.

–Pero ¿no despertó?

–No. Los médicos lo hacían en aquellos tiempos, sobre todo entre ellos. O con un paciente al que conocían desde hacía mucho, cuando había confianza. Aliviar el dolor es una buena idea. Es un mal horrible.

–Aun así. No sé si querría que me maten.

–Pues espera para verlo, Paul. Pero esto no es el quid de la historia.

–Perdón.

–El quid es «seguras y capaces».

Lo pienso un rato.

–Sí, comprendo.

Pero no estoy seguro de que lo comprendiese.

–¿Dónde soléis pasar las vacaciones? –pregunto.

–Paul, esa es una pregunta de peluquero.

Respondo inclinándome para retirarle el pelo por detrás de las orejas y le acaricio suavemente las hélices.

–Oh, querido –prosigue ella–. Todas esas expectativas convencionales que la gente tiene de una. No, tú no, Casey Paul. Quiero decir, ¿por qué todo el mundo tiene que ser igual? Algunas veces, en otra época, cuando las chicas eran más pequeñas nos íbamos de vacaciones. Eran tan divertidas como la batalla de Dieppe, diría. No eran el mejor momento de Pantalón de Elefante. No veo para qué sirven, realmente.

Me pregunto si debo insistir. Quizá había sucedido algo catastrófico en una de aquellas vacaciones.

–¿Qué dices, entonces, cuando los peluqueros te preguntan eso?

–Digo: «Seguimos yendo al sitio de siempre.» Y eso les hace pensar que ya hemos hablado del tema antes y lo han olvidado, y después suelen dejarme en paz.

–Quizá tú y yo deberíamos irnos de vacaciones.

–Podrías enseñarme para qué sirven.

–Sirven –digo firmemente– *para* estar con alguien a quien quieres a unos cientos de kilómetros de este jodido Village donde vivimos. Donde estamos con ellos siempre. Nos acostamos con ellos y despertamos con ellos.

–Bueno, dicho así, Casey...

Pues ya ves, había cosas que yo sabía y ella no.

Estamos sentados en la cafetería del Festival Hall antes del concierto. Susan se ha percatado pronto de que cuando me baja el azúcar en la sangre me vuelvo, según sus palabras, «un poco cascarrabias», y ahora me está alimentando para evitarlo. Probablemente yo tomo chips con algo; ella se conforma con una taza de café y unas galletas. Me encantan estas escapadas que hacemos a Londres para pasar unas cuantas horas juntos, lejos del Village, de mis padres, de su marido y de todo ese rollo, en el bullicio y la aglomeración de la ciudad, aguardando el silencio seguido de la súbita flotabilidad de la música.

Estoy a punto de decir todo eso cuando llega una mujer y se sienta a nuestra mesa sin dar la menor muestra de preguntarnos si nos importa. Una mujer de mediana edad, sola; eso es lo que era, simplemente, aunque mi memoria quizá la ha convertido en una versión de mi madre. En cualquier caso, una mujer de la que cabría suponer que reprobaba mi relación con Susan. Y por eso, al cabo de un par de minutos, sabiendo muy bien lo que estoy haciendo, miro al otro lado de la mesa y digo con una voz clara, inequívoca:

—¿Quieres casarte conmigo?

Ella se ruboriza, se tapa las orejas y se muerde el labio inferior. Con un golpe, un empujón y un pisotón en el suelo, la intrusa coge su taza y se dirige a otra mesa.

—Oh, Casey Paul —dice Susan—, qué malo eres.

Yo estaba cenando en casa de los Macleod. Clara también estaba, recién llegada de la universidad. Macleod ocupaba la cabecera de la mesa, con su jarra de lo que fuera y un tarro de cebolletas delante, como si fuera un jarrón de tulipanes.

—Quizá te hayas dado cuenta —le dijo a Clara— de que este joven parece haberse unido a nuestra familia. Que así sea.

No pude saber por su tono si me acogía pedantemente o si taimadamente manifestaba su desdén. Miré a Clara, pero no me ayudó a interpretarlo.

—Bueno, ya veremos, ¿no? —prosiguió él, al parecer contradiciendo su primera afirmación. Se llenó la boca de cebolletas y poco después eructó con suavidad.

—Una de las cosas de las que este joven se está ocupando amablemente, aunque con retraso, es de la educación musical de tu madre. O quizá debería decir de su carencia de ella. —Acto seguido, dirigiéndose a mí—: A Clara la llamamos así por Clara Schumann, lo que quizá fue un poco ambicioso por nuestra parte. Nunca ha desarrollado, lástima, demasiada aptitud para el pianoforte, ¿o sí?

No alcancé a saber si dirigía la pregunta a la madre o a la hija. En cuanto a mí, como nunca había oído hablar de Clara Schumann, me encontré en una situación de desventaja.

–Quizá, si tu madre hubiera empezado antes su educación musical, habría podido transmitirte una parte de su actual entusiasmo, tardíamente despertado.

Yo nunca había estado en un hogar donde la presencia masculina fuese tan despótica y a la vez tan ambigua. Tal vez eso ocurra cuando solo hay un hombre en la familia: su concepción del papel masculino puede crecer sin que nada se le oponga. O quizá solo se tratase del modo de ser de Gordon.

No obstante, mi incapacidad de detectar el tono fue algo secundario aquella noche. El mayor problema era que, a los diecinueve años, yo no estaba capacitado para saber cómo comportarme socialmente en la mesa de un hombre de cuya mujer estaba enamorado.

La cena y la conversación continuaron. Susan parecía casi ausente; Clara callaba. Hice algunas preguntas educadas y respondí a otras más directas que me hicieron. Como había dicho a los representantes principales del club de tenis, la política no me interesaba lo más mínimo, aunque seguía la actualidad. Así que esto debió de ser unos años después de la matanza de Sharpeville, a la cual debí de aludir; y sin duda mis palabras contuvieron algún elemento de piadosa condena. Bueno, yo consideraba que estaba mal masacrar a la gente.

–¿Sabes siquiera dónde está Sharpeville?

Evidentemente el jefe de la mesa me había identificado como un lloriqueante izquierdista.

–En Sudáfrica –respondí. Pero al hacerlo me pregunté de pronto si la pregunta era capciosa–. O en Rodesia –añadí; volví a pensarlo–. No, en Sudáfrica.

–Muy bien. ¿Y qué opinión meditada tienes sobre ese escenario político?

Dije algo como que estaba en contra de disparar a la gente.

—¿Y qué aconsejarías a las fuerzas de policía del mundo que hicieran cuando se enfrentan con una turba de comunistas que provocan disturbios?

Yo detestaba el modo en que los adultos te hacían preguntas de las que implícitamente ya conocían la respuesta que ibas a dar y que siempre sería errónea o estúpida. Dije algo, quizá jocoso, como que el hecho de que estuvieran muertos no demostraba que fueran comunistas.

—¿Has *estado* en Sudáfrica? —me rugió Macleod.

Susan se desperezó en ese momento.

—Ninguno de los dos hemos estado en Sudáfrica.

—Cierto, pero creo que sé más de la situación allí que vosotros dos juntos. —Al parecer, Clara quedaba excluida de la complicidad en la ignorancia—. Si juntáramos el conocimiento que él tiene con el que tienes tú, Pelión y el monte Osa juntos, por así decirlo, no formarían ni un montículo de alubias.

El largo silencio lo rompió Susan preguntando si alguien quería comer algo más.

—¿Tiene alubias, señora Macleod?

Ahora comprendo que sí, que podía ser un cabronazo faltón. Bueno, yo solo tenía diecinueve años. No tenía ni idea de quién o qué era Pelión ni Osa; me sorprendió más lo de juntar mi conocimiento con el de Susan. De todos modos, era lo que hacían los amantes: entre los dos aumentaban su conocimiento del mundo. Además, «conocer» a alguien, según la Biblia, al menos, significaba conocerlo sexualmente. Por tanto, yo ya había juntado mi conocimiento con el de ella. Aunque solo alcanzara la altura de un montón de alubias. Por alto que pudiera ser ese montón.

Susan me dijo que su padre había sido practicante de la ciencia cristiana y había tenido muchas acólitas femeninas. Me dijo que Alec, el hermano que había desaparecido en la guerra, había ido de putas unas semanas antes de su último vuelo porque quería «averiguar de qué iba la cosa». Me dijo que ella no sabía nadar porque tenía los huesos pesados. Estas cosas las soltaba sin un orden particular y no en respuesta a un interrogatorio mío, aparte del tácito para saberlo todo de ella. De forma que Susan las exponía como esperando que yo diera un sentido, un orden, a su vida y a su corazón.

—Las cosas no son como parecen, Paul. Es más o menos lo único que puedo enseñarte.

Me pregunto si se refiere a la farsa de la respetabilidad, la farsa del matrimonio, la de los barrios residenciales o..., pero ella prosigue.

—Winston Churchill, ¿te he contado que lo vi?

—¿Quieres decir que fuiste al Número Diez?

—No, tonto. Lo vi en una callejuela de Aylesbury. ¿Qué hacía yo allí? No viene a cuento. Él estaba sentado en el asiento trasero de un coche descapotable. Y tenía toda la cara maquillada. Los labios rojos, la cara de un rosa brillante. Tenía un aspecto raro.

—¿Estás segura de que era Churchill? Yo no sabía que era...

—... ¿uno de ellos? No, no es nada de eso, Paul. Verás, estaban esperando para llevarlo al centro de la ciudad. Fue después de ganar la guerra, o quizá eran las elecciones generales y le habían maquillado para las cámaras. Pathé News y todo eso.

—Qué extraño.

—Sí. Así que poca gente vio en carne y hueso a aquel extraño maniquí pintado, pero muchos más lo vieron en los noticiarios, cuando parecía el hombre que esperaban ver.

Pienso en esto un momento. Se me antoja más un incidente cómico que un principio general de vida. De todos modos, lo que me interesa está en otro lugar.

—Pero tú eres lo que pareces, ¿no? ¿Eres *exactamente* como pareces?

Me besa.

—Eso espero, querido pollito. Lo espero por el bien de ambos.

Yo merodeaba por la casa de los Macleod, mitad antropólogo, mitad sociólogo, completamente enamorado. Como es natural, al principio la comparaba con la casa de mis padres, que, en consecuencia, me parecía deficiente. Allí había estilo y desenfado y nada de aquel absurdo orgullo doméstico. Mis padres tenían una cocina mejor equipada y más moderna, pero yo no los admiraba por eso ni porque su coche fuera más limpio ni porque hubieran limpiado recientemente los canalones, ni porque pintaran periódicamente los sofitos, ni porque restregaran los grifos del cuarto de baño hasta sacarles brillo ni porque la tapa de sus retretes fuera de plástico higiénico y no de madera cálida. En nuestra casa la televisión se tomaba en serio y ocupaba un lugar central; en la de los Macleod la llamaban la caja tonta y la escondían detrás de un salvachispas. No tenían cosas como una moqueta ni una cocina amueblada a medida, y no digamos un tresillo o un cuarto de baño con colores a juego. Su garaje estaba tan atestado de herramientas, pertrechos deportivos desechados, utensilios de jardinería, segadoras viejas (una funcionaba) y muebles arrumbados que no había sitio para el Austin. Al principio todo eso parecía estiloso e idiosincrático. Inicialmente me sedujo y luego me desencantó poco a poco. Mi alma pertenecía ya tan poco al hogar de los Macleod como a la casa de mis padres.

Y, aún más importante, creía que Susan tampoco pertenecía a su casa. Fue algo que supe instintivamente, y solo lo comprendí más adelante, andando el tiempo. Hoy día, cuando más de la mitad de los niños del país nacen fuera del matrimonio (matrimonio: nunca había reparado en las dos partes de esta palabra),[1] lo que vincula a las parejas no es tanto el lazo conyugal como la ocupación compartida de una vivienda. Un apartamento o una casa puede ser una trampa tan seductora como un certificado de

1. En inglés, *wedlock*, palabra compuesta de *wed* («unir») y *lock* («cerradura», «cerrojo»). *(N. del T.)*

matrimonio; a veces más todavía. La vivienda anuncia un estilo de vida, con una sutil insistencia en su continuidad. La vivienda exige también una atención y un mantenimiento constantes; es como una manifestación física del matrimonio que la habita.

Pero yo veía demasiado bien que Susan no había sido objeto de atención y mantenimiento. Y no hablo de sexo. O no solo.

Hay aquí algo que necesito explicar. En todo el tiempo que fuimos amantes, nunca pensé que estuviésemos «engañando» a Gordon Macleod, don Pantalón de Elefante. Nunca lo vi representado por ese singular vocablo antiguo de «cornudo». Es obvio que yo no quería que él lo *supiera*. Pero pensaba que lo que sucedía entre Susan y yo no tenía ninguna relación con él; Gordon no tenía nada que ver en nuestra historia. Ni tampoco sentía desprecio por él, ninguna superioridad de macho joven porque yo era sexualmente activo con su mujer y él no. Puedes pensar que esto no es más que un autoengaño normal de un amante normal, pero discrepo. Este aspecto no varió ni siquiera cuando las cosas... cambiaron y cambié de opinión sobre Gordon. No tenía nada que ver con nosotros, ¿entiendes?

Susan, quizá pensando que yo subestimaba a su amiga Joan, me había amonestado con un tono amable diciendo que todo el mundo tenía su historia de amor. Yo lo aceptaba gustoso, contento de que todos los demás gozaran o disfrutaran todavía de esa dicha, aunque convencido de que no podían ser tan felices como yo. Pero al mismo tiempo no quería que Susan me contara si había vivido una historia de amor con Gerald o con Gordon o que la estaba viviendo conmigo. Si había una, dos o tres historias en su vida.

Estoy una noche en casa de los Macleod. Se hace tarde. Gordon ya se ha acostado y está roncando sus «jarras y sus jarros». Ella y yo estamos en el sofá; hemos escuchado música que oímos recientemente en el Festival Hall. La miro de una forma que expresa con claridad mis atenciones y deseos.

–No, Casey. Solo un beso.

Así que apenas la beso, justo un roce de labios, nada que la enardezca. Nos limitamos a enlazar las manos.

–Me gustaría no tener que irme a mi casa –digo compadeciéndome–. Odio mi casa.

–Entonces, ¿por qué la llamas así?

Yo no lo había pensado.

–De todos modos, ojalá pudiera quedarme aquí.

–Siempre podrías instalar una tienda de campaña en el jardín. Estoy segura de que hay algo de lona en el garaje.

–Sabes lo que quiero decir.

–Sé exactamente lo que quieres decir.

–Siempre podría saltar después desde una ventana.

–¿Y que te detenga por robo un poli que pasa por aquí? Eso nos *llevaría* a salir en el *Advertiser & Gazette*. –Hace una pausa–. Supongo que...

–¿Sí?

Confío en que esté maquinando un plan maestro.

–De hecho, esto es un sofá cama. Podríamos instalarte aquí. Si Pantalón de Elefante te encuentra antes de irse al trabajo, le diremos...

Pero en ese preciso momento suena el teléfono. Susan descuelga, escucha, me mira, dice: «Sí», pone una cara solemne y tapa con la mano el auricular.

–Es para ti.

Es mi madre, por supuesto, que quiere saber dónde estoy, lo cual a mí me parece una pregunta ociosa puesto que mi dirección actual está justo al lado del número de la guía telefónica que debe de haber consultado. Además quiere saber cuándo voy a volver.

–Estoy un poco cansado –digo–. Me quedo aquí en el sofá cama.

Mi madre ha tenido que soportar hace poco una determinada cantidad de mentiras mías; pero la insolencia de decir la verdad es llevar las cosas demasiado lejos.

—No harás semejante cosa. Estoy ahí dentro de seis minutos. Y cuelga el teléfono.

—Llega dentro de seis minutos.

—Lo que faltaba —dice Susan—. ¿Crees que debería ofrecerle una copa de jerez?

Los cinco minutos y cuarenta segundos siguientes los pasamos riendo hasta que oímos un coche fuera, en la calle.

—Ya estás saliendo, calavera —susurra Susan.

Mi madre estaba al volante con su bata rosa sobre su camisón rosa. No me fijé en si conducía en zapatillas. Estaba apurando la mitad de un cigarrillo y antes de meter la marcha tiró la reluciente colilla al camino de entrada de los Macleod.

Subí al coche y durante el trayecto mi impertinente indiferencia se transformó en una humillación enfurecida. Prevaleció un silencio inglés, uno de esos en los que las dos partes comprenden perfectamente las palabras que no se han dicho. Me metí en la cama y lloré. Nunca volvió a mencionarse este episodio.

La inocencia de Susan era tanto más sorprendente porque nunca trataba de ocultarla. No sé muy bien si alguna vez intentó ocultar algo: era impropio de su carácter. Más tarde..., bueno, lo que ocurrió más tarde ocurrió más tarde.

Pero, por ejemplo —y no recuerdo cómo surgió el tema—, un día me dijo que no se habría acostado necesariamente conmigo de no haber sido por el hecho conocido de que era malo para un hombre no «desahogarse sexualmente». Eso es lo único que queda de las palabras intercambiadas entre nosotros.

Quizá fuese más ignorancia que inocencia. O llamémoslo sabiduría popular; o propaganda patriarcal. Y me dejó intrigado. ¿Quería eso decir que no me deseaba tanto como yo a ella, constante, persistente, totalmente? ¿Que solo se acostaba conmigo por razones terapéuticas, para que yo no explotase como un depósito de agua caliente o el radiador de un coche si no obtenía ese «desahogo» necesario? ¿Y no había un equivalente de este hecho en la psicología sexual femenina?

Más tarde pensé: Pero si se imagina que la sexualidad masculina funciona así, ¿qué pasa con su marido? ¿Alguna vez se había preguntado ella si necesitaba un «desahogo»? A no ser, por supuesto, que lo hubiera visto explotar y se hubiese percatado de las consecuencias. ¿O quizá Pantalón de Elefante iba de putas en Londres, o en la mitad delantera de un disfraz de elefante? Quién sabe. Tal vez eso explicase la rareza de Gordon.

La rareza de él, la inocencia de ella. Y, claro está, yo no le dije a mi vez que los jóvenes –todos los jóvenes, según mi experiencia–, cuando se veían privados de compañía femenina, no tenían problemas para «desahogarse sexualmente», por el sencillo motivo de que están, estaban y siempre estarán haciéndose una paja como martillos neumáticos.

Su inocencia, mi exceso de confianza; su ingenuidad, mi idiotez. Iba a volver a la universidad. Pensé que sería divertido comprarle una zanahoria grande y gruesa como regalo de despedida. Sería una broma; se reiría, siempre se reía cuando yo me reía. Fui a una verdulería y decidí que una chirivía sería más graciosa. Fuimos a dar un paseo en coche y paramos en algún sitio. Le di la chirivía. No se rió en absoluto, lo que hizo fue tirarla por encima del hombro y la oí chocar contra el asiento trasero del cupé. Toda mi vida he recordado ese momento, y aunque hace muchos años que no me ruborizo, lo haría, si pudiera, por eso.

Conseguimos organizar unas breves vacaciones. No recuerdo qué mentiras dijimos para pasar unos días juntos de verdad. Debió de ser en la temporada baja. Fuimos al sur, a un lugar cerca de la costa. No me acuerdo del hotel, así que quizá alquilamos un apartamento. Pero lo que hablamos, lo que descubrimos el uno del otro, se ha desvanecido. Recuerdo una playa vasta y desierta en algún sitio. Quizá fuese Camber Sands. Nos fotografiamos mutuamente con mi cámara. Hice el pino para ella en la playa. Lleva un abrigo y el viento le azota el pelo hacia atrás, y ella se ciñe el cuello del abrigo con las manos, enfundadas en unos guantes grandes y negros, de piel falsa. A su espalda hay una lejana hilera de casetas de playa y un café cerrado, de una sola planta. Ni un alma a la vista. Si alguien quisiera podría, mirando esas fotos, deducir la época del año; y también, sin duda, el tiempo que hacía. A esta distancia, ninguna de las dos cosas significa nada para mí.

Otro detalle es que yo llevaba una corbata. Me he quitado la chaqueta para hacer el pino. La corbata cae recta por el centro de mi cara invertida, me oscurece la nariz, me la divide en dos mitades. Delantera y zaguera.

No recibía mucho correo por entonces. Postales de amigos, cartas de la universidad recordándome cosas, extractos bancarios.

–Matasellos local –dijo mi madre, entregándome un sobre. La dirección estaba escrita a máquina e incluía un alentador «Esq.» [1] después de mi nombre.

–Gracias, mamá.

–¿No vas a abrirlo?

–Lo abriré, mamá.

Se marchó enfurruñada.

La carta era del secretario del club de tenis. Me informaba de que mi inscripción de socio temporal había sido cancelada con efecto inmediato. Y, además, de que «en vista de las circunstancias» no me reembolsarían nada de la cuota que había pagado. Las «circunstancias» no se especificaban.

Susan y yo habíamos quedado en el club para un partido con

---

1. *Esquire:* abreviatura que se usa en la correspondencia en el Reino Unido. Equivale a «don» en español. *(N. del T.)*

otra pareja. Así que después de comer cogí mi raqueta y mi bolsa de deporte y me dispuse a salir hacia las pistas.

–¿Era interesante la carta? –preguntó mi madre, saliéndome al paso.

Columpié la raqueta dentro de su presa.

–Del club de tenis. Para preguntarme si quiero ser socio permanente.

–Qué agradable, Paul. Deben de estar contentos con tu juego.

–Eso parece, ¿no?

Voy en coche a casa de Susan.

–Yo también la he recibido –dice ella.

Su carta es muy parecida a la mía, solo que la redacción es más dura. En vez de que su inscripción ha sido cancelada «en vista de las circunstancias» dice que «debido a las evidentes circunstancias, de las que será plenamente consciente». El texto adaptado es para las Jezabeles, las mujeres pecadoras.

–¿Desde cuándo eras socia?

–Treinta años. Más o menos.

–Lo siento. Es culpa mía.

Ella mueve la cabeza en desacuerdo.

–¿Protestamos?

No.

–Podría pegarle fuego al club.

No.

–¿Crees que nos han visto en alguna parte?

–No me hagas más preguntas, Paul. Estoy pensando.

Me siento a su lado en el sofá de cretona. Lo que prefiero no decir, o no inmediatamente, es que en parte la noticia me parece estimulante. ¡Yo, nosotros, somos piedra de escándalo! ¡El amor perseguido una vez más por insignificantes funcionarios mezquinos! Nuestra expulsión quizá no haya sido uno de los obstáculos que espolean la pasión, pero la condena moral y social implícita de «en vista de las circunstancias» autentifica, en mi opinión, nuestro amor. ¿Y quién no quiere que se le reconozca autenticidad a su amor?

—No es que nos hayan pillado besuqueándonos en la hierba alta detrás del rodillo.

—Oh, cállate, Paul.

Callo, pues, sentado, mis ruidosos pensamientos. Intento recordar casos de alumnos expulsados del colegio. A uno por echar azúcar en el depósito del coche de un profesor. A otro por dejar embarazada a su chica. A otro por emborracharse después de un partido de críquet, orinar en el compartimento de un tren y después tirar del cordón de alarma. Entonces estas cosas impresionaban bastante. Pero mi infracción de las normas me parecía emocionante, triunfal y, sobre todo, algo adulto.

—Pues mira lo que ha traído el gato —fue el saludo de Joan cuando me abrió la puerta unos días más tarde. No la había avisado de mi visita—. Dame un momento para que encierre a los chuchos.

La puerta volvió a cerrarse y me quedé junto a un viejo raspador de botas pensando en la distancia que se había establecido entre Susan y yo desde nuestra expulsión del club de tenis. La había disgustado que yo mostrase tan claramente mi euforia. Dijo que todavía estaba «pensando». Yo no veía qué había que pensar. Ella me dijo que había complicaciones que yo no comprendía. Me dijo que no volviera a presentarme hasta el fin de semana. Me dejó abatido, como quien aguarda una sentencia sin tener conciencia de que ha cometido un delito.

—Siéntate —me ordenó Joan cuando llegamos a la guarida simbólica que era su cuarto de estar, envuelto en una nube de pitillos y oloroso a ginebra—. ¿Tomarás un trago para reanimarte?

—Sí, gracias.

Yo no bebía ginebra; detestaba su olor y me sentaba incluso

peor que el vino o la cerveza. Pero no quería parecer un moji-
gato.

—Buen chico. —Me tendió un vaso lleno. En el borde había
una mancha de pintalabios.

—Esto es muchísimo –dije.

—No servimos putas dosis de pub en este establecimiento
–contestó ella.

Di un sorbo de la sustancia espesa, untuosa y tibia que no
olía en absoluto como las bayas de enebro de la botella.

Joan encendió un cigarrillo y sopló el humo hacia mí, como
si me asestara un codazo.

—¿Y bien?

—Bueno. Quizá te hayas enterado de lo del club de tenis.

—El tam-tam del Village no habla de otra cosa. Los tambores
se han llevado una buena paliza.

—Sí, pensaba que tú...

—Dos cosas, muchacho. Una, no quiero conocer detalles. Dos,
¿en qué puedo ayudarte?

—Gracias.

Estaba sinceramente conmovido, pero también perplejo.
¿Cómo podía ayudarme si no conocía los detalles? ¿Y qué era un
detalle para ella? Reflexioné al respecto.

—Anda. ¿Qué has venido a pedirme?

Ahí radicaba el problema. No sabía qué quería pedirle. En
cierto modo pensé que en cuanto viese a Joan tendría claro lo que
esperaba de ella. O que ella lo sabría, de todas formas. Pero no
lo vi claro y ella no parecía saberlo. Intenté explicarlo, titubean-
te. Joan asintió y me dejó pensármelo, entre sorbos de ginebra.

Después dijo:

—Trata de lanzarme la primera pregunta que se te ocurra.

Fue lo que hice, sin reflexionar.

—¿Crees que Susan abandonaría al señor Macleod?

—Vaya, vaya –dijo en voz baja–. Apuntas alto, muchacho.
Tienes un par de huevos. Ve paso a paso.

Sonreí neciamente ante lo que me pareció un cumplido.

–¿Se lo has preguntado a ella?

–Uf, no.

–Y, de entrada, ¿qué harías para ganar dinero?

–No me preocupa el dinero.

–Porque nunca has tenido que ganarlo.

Era verdad; pero no en el sentido de que yo fuera rico. Mi educación académica había sido gratuita. Me habían concedido una beca municipal para la universidad. Pasaba las vacaciones en casa de mis padres. Pero también era cierto que el dinero no me importaba; de hecho, en mi visión del mundo, preocuparse por él significaba apartar los ojos deliberadamente de las cosas más importantes de la vida.

–Para ser un adulto –dijo Joan– tienes que empezar a pensar en cosas adultas. Y la primera de todas es el dinero.

Recordé lo que Susan me había dicho de la vida anterior de Joan: que había sido una «mantenida» o lo que fuese, que sin duda había vivido de limosnas en efectivo y del alquiler pagado y de regalos de ropas y vacaciones. ¿Era eso lo que ella entendía por ser adulto?

–Supongo que Susan tendrá algo.

–¿Se lo has preguntado?

–Uf, no.

–Pues quizá deberías.

–Tengo un fondo de huida –dije, a la defensiva, sin explicar de dónde procedía.

–¿Y qué suma tintinea en tu hucha de cerdito?

Era extraño que nunca me ofendiese nada de lo que Joan decía. Daba por sentado que más allá de su brusquedad era bondadosa y estaba de mi parte. Pero los amantes siempre dan por sentado que la gente está de su parte.

–Quinientas libras –dije con orgullo.

–Sí, bueno, con eso ciertamente podrías huir. Te mantendría unas pocas semanas en Le Touquet-Paris-Plage siempre que no te acercaras al casino. Y luego volverías corriendo a Inglaterra.

—Supongo que sí.

Aunque nunca había considerado Le Touquet-Paris-Plage como un destino. ¿Era allí adonde iban los amantes en fuga?

—Vuelves a la universidad el mes que viene, ¿no?

—Sí.

—¿Y allí vas a esconder a Susan en un aparador? ¿En un ropero?

—No.

Me sentí estúpido y desesperado. No era de extrañar que Susan estuviera «pensando» en todo eso. ¿Albergaba yo simplemente un concepto romántico de fuga, una escalera desprovista de peldaños?

—Es un poco más complicado que calcular lo que me puedo ahorrar en la ginebra y la gasolina.

Joan me había puesto los pies en el suelo, como sin duda pretendía.

—¿Puedo preguntarte una cosa distinta?

—Adelante.

—¿Por qué haces trampas en los crucigramas?

Joan soltó una carcajada.

—Qué cabrón más insolente. Supongo que te lo dijo Susan. Bien, es una buena pregunta, y puedo contestarla. —Dio otro trago de ginebra—. Verás: espero que tú nunca llegues a eso, pero algunos llegamos a un punto en la vida en que comprendemos que nada tiene importancia. Nada importa un puto bledo. Y uno de los pocos beneficios colaterales es que sabes que no vas a ir al infierno por poner las respuestas incorrectas en un crucigrama. Porque ya has estado en el infierno y has vuelto y sabes demasiado bien cómo es.

—Pero las respuestas están al final del libro.

—Ah, pero ya ves, para mí eso *sería* hacer trampas.

Siento un absurdo cariño por ella.

—¿Puedo hacer algo por ti, Joan? —me sorprendo preguntando.

—No le hagas daño a Susan.

—Antes me cortaría la garganta —respondí.

—Sí, creo que hasta podrías decirlo en serio. —Me sonrió—. Ahora lárgate y conduce con cuidado. Veo que todavía no aguantas bien la ginebra.

Estaba a punto de arrancar el coche cuando sonó un golpecito en la ventanilla. No había oído a Joan salir detrás de mí. Bajé la ventanilla.

—Nunca hagas caso de lo que digan de ti —dijo mirándome fijamente—. Por ejemplo, algunos vecinos encantadores piensan que soy una horrible bollera vieja que vive sola con sus perros. O sea, una bollera frustrada. A mí me resbala. Ese es mi consejo, si quieres uno.

—Gracias por la ginebra —contesté, y solté el freno de mano.

Joan me estaba exigiendo que actuara como un adulto. Estaba dispuesto a intentarlo si servía de ayuda a Susan, pero seguía viendo con cierto horror la edad adulta. Primero, no estaba seguro de que fuese asequible. Segundo, si lo era, no estaba seguro de que fuera deseable. En tercer lugar, aunque fuese deseable, solo lo era comparado con la infancia y la adolescencia. ¿Qué me producía aversión y desconfianza en el hecho de ser adulto? Pues, para decirlo brevemente: la conciencia de poseer derechos, el sentido de superioridad, la presunción de saber más, si no todo, la amplia banalidad de las opiniones adultas, el modo en que las mujeres sacaban la polvera y se empolvaban la nariz, la forma en que los hombres se sentaban en una butaca con las piernas separadas y sus partes prietamente resaltadas contra el pantalón, la manera en que hablaban de jardines y de jardinería, las gafas que llevaban y el ridículo que hacían, la bebida y el tabaco, el horrible estruendo de la flema cuando tosían, los aromas artificiales que se echaban para ocultar sus olores animales, que los hombres se quedaran calvos y las mujeres se modelaran el pelo con aerosoles de fijador, la idea pestilente de que quizá mantuvieran todavía relaciones sexuales, la dócil obediencia de ambos sexos a las normas sociales, su irascible desaprobación de cualquier cosa satírica o contestataria, su suposición de que el éxito de sus hijos dependería del grado en que imitaran a sus padres, el ruido sofocante que hacían cuando estaban de acuerdo unos con otros, sus comentarios sobre la comida que cocinaban y la comida que comían, su afición a alimentos que a mí me daban asco (en especial las aceitunas, las cebollas en vinagre, los chutneys, los encurtidos picantes, la salsa de rábano picante, las cebolletas, la pasta para sándwiches, los apestosos emparedados de queso con pasta Marmite), su autocomplacencia emocional, su sentido de superioridad racial, la forma en que contaban los peniques, el modo en que se hurgaban en los dientes para desalojar los residuos de comida, lo poco que se interesaban por mí y el excesivo interés que mostraban cuando yo no quería que lo hicieran. No era más que una lista corta de la que Susan, por supuesto, estaba totalmente excluida.

Ah, y otra cosa. Que, sin duda a causa de un miedo atávico a reconocer sus auténticos sentimientos, ironizasen sobre la vida afectiva y convirtieran la relación entre los sexos en una chanza tonta y continua. Que los hombres insinuaran que en realidad las mujeres lo gobernaban todo; que las mujeres insinuasen que los hombres en realidad no comprendían lo que estaba sucediendo. Que los hombres fingieran que eran los más fuertes y que hubiera que mimar, consentir y cuidar a las mujeres; que estas fingiesen que, con independencia del folclore sexual acumulado, eran las únicas que tenían sentido común y práctico. Que los dos sexos admitieran plañideramente que a pesar de todos los defectos del sexo opuesto seguían necesitándose mutuamente. Que no se puede vivir ni con las mujeres ni sin ellas, ni tampoco con los hombres ni sin ellos. Y que ellas y ellos conviviesen en el matrimonio, que, como dijo un ingenioso, era una institución, sí, pero para enfermos mentales. ¿Quién lo dijo primero, un hombre o una mujer?

No era de extrañar que nada de esto entrara en mis aspiraciones. O, mejor dicho, esperaba que nunca se me pudiese aplicar; de hecho, pensaba que podría evitarlo.

De modo que cuando yo decía: «¡Tengo diecinueve años», y mis padres respondían triunfalmente: «¡Sí, *solo* tienes diecinueve años!», la victoria era también mía. Gracias a Dios que «solo» tengo diecinueve, pensaba.

Si algo he descubierto a lo largo de los años es que el primer amor sienta una pauta para toda la vida. Puede ser que no supere a los amores posteriores, pero a estos siempre les afectará la existencia del primero. Puede servir de modelo o de ejemplo negativo. Puede ensombrecer a los amores siguientes o, por otra parte, puede facilitarlos o mejorarlos. Aunque en ocasiones el primer amor cauteriza el corazón, y lo único que encontrará quien busque después será tejido cicatricial.

«Nos eligieron por azar.» No creo en el destino, como quizá ya he dicho. Pero ahora sí creo que cuando dos amantes se encuentran, ya existe tanta prehistoria que solo son posibles determinados resultados. Los amantes, por el contrario, se imaginan que el mundo vuelve a empezar desde cero y que las posibilidades son nuevas e infinitas.

Y el primer amor siempre acontece en la aplastante primera persona. ¿Cómo puede ser de otra manera? Y además en el abrumador presente de indicativo. Tardamos en comprender que existen otras personas y otros tiempos verbales.

Pues bien (y esto habría sucedido antes, pero solo lo estoy recordando ahora): visito a Susan una tarde. Sé que a las tres en punto, cuando su ladrón cotidiano ya se haya marchado y falten tres horas y media para que vuelva don Pantalón de Elefante, ella me estará esperando en la cama. Voy al Village, aparco y recorro Duckers Lane. No me siento cohibido en absoluto. Cuanta mayor reprobación de «los vecinos», real o imaginaria, mejor. No me acerco a la casa de los Macleod por la cancela trasera ni por el jardín. Recorro el sendero de entrada, camino sin esconderme y pisando la grava crujiente, más adúltera que discretamente, por la hierba que bordea el sendero. La casa, simétrica, es de ladrillo rojo, con un porche central sobre el que se encuentra el estrecho y pequeño dormitorio de Susan. A ambos lados del porche, a modo de decoración, cada cuatro ladrillos han colocado uno que sobresale la mitad de su anchura. Un par de dedos tentadores, lo veo ahora, para asirse de pies y manos.

¿El amante allanador estilo gato? ¿Por qué no? Me han dejado abierta la puerta de atrás. Pero cuando me encamino hacia el porche me embarga la confianza del amante y decido que si tomo suficiente carrerilla podría trepar por los tres metros aproximados de pared y ganar la superficie lisa de la cubierta de plomo que hay encima del porche. Emprendo la carrera, impulsado por la bravata, el ardor y una coordinación aceptable entre la mano y el ojo. Pan comido, y heme ahí de pronto, acuclillado sobre la cubierta de plomo. He hecho ruido suficiente como para que Susan se acerque a la ventana, primero alarmada y luego con alegre sorpresa. Otra persona me habría reprendido por mi insensatez, me habría dicho que podría haberme roto el cráneo, habría expresado todo su miedo y su afán protector: en suma, me habría hecho sentirme tan culpable como idiota. Lo único que hace Susan es abrir de golpe la ventana y meterme dentro.

–Si surge un problema siempre podría salir del mismo modo –digo jadeando.

–Sería divertido.

–Bajaré a cerrar la puerta de atrás.

–Siempre tan considerado –dice Susan, y se vuelve a acostar en su cama individual.

Y esto también es verdad. *Soy* el considerado. Supongo que forma parte de mi prehistoria. Pero también se trata de lo que podría haberle dicho a Joan: que estoy dispuesto a madurar si así ayudo a Susan.

Soy un muchacho: ella es una mujer casada de mediana edad. Yo poseo el cinismo y el supuesto entendimiento de la vida; no obstante, soy tan idealista como cínico, convencido de que tengo voluntad y aptitud para resolver cosas.

¿Y ella? No es cínica ni idealista; vive sin enredarse en teorías y toma cada circunstancia y cada situación según vienen. Se ríe de cosas y a veces su risa es una forma de no pensar, de eludir verdades obvias y penosas. Pero al mismo tiempo creo que está más cerca de la vida que yo.

No hablamos de nuestro amor; simplemente sabemos que existe, incuestionable; que es lo que es y que todo emanará, inevitable y justamente, de este hecho. Para confirmarlo, ¿nos repetimos continuamente «Te quiero»? A esta distancia, no lo sé muy bien. Pero recuerdo que cuando me acuesto con ella, después de haber cerrado la puerta trasera, ella susurra:

–No lo olvides nunca: el punto más vulnerable es la mitad de la pista.

Y luego están esas palabras que Joan dejó caer en nuestra conversación, como un poste de hormigón en un estanque de peces: el sentido práctico. A lo largo de mi vida he visto a amigos fracasar en su intento de disolver su matrimonio, de mantener aventuras amorosas, incluso a veces de iniciarlas, y todo por la misma razón expresada: «No es práctico», dicen cansinamente. Las distancias son demasiado grandes, los horarios de tren desfavorables, las horas de trabajo disparejas; y además está la hipoteca y los niños y el perro, amén de la propiedad conjunta de bienes. «Sencillamente no tuve ánimos para dividir entre los dos la colección de discos», me dijo una vez una casada que renunciaba a separarse. En la ilusión inicial del amor, la pareja había mezclado sus discos y tirado los que estaban repetidos. ¿Cómo se podía deshacer todo eso? Y ella entonces se quedó; y al cabo de un tiempo superó la tentación de marcharse y la colección de discos emitió un suspiro de alivio.

Yo, en cambio, en aquel entonces, en el absolutismo de mi estado, creía que el amor no tenía nada que ver con las cuestiones prácticas: de hecho era el polo opuesto. Y el hecho de que despreciase consideraciones tan triviales formaba parte de su grandeza. El amor, por su propia naturaleza, era perturbador, cataclísmico; y, si no, no era amor.

Podrías preguntarme lo profunda que era mi comprensión del amor a los diecinueve años. Un tribunal quizá considerase que se basaba en unos cuantos libros y películas, conversaciones con amigos, sueños embriagadores, dolorosas fantasías sobre determinadas chicas en bicicleta, y una cuarta parte de mi relación con la primera mujer con la que me había acostado. Pero el ego de mis diecinueve años corregiría al tribunal: se «comprende» el amor más tarde, la «comprensión» del amor bordea el sentido práctico, se «comprende» el amor cuando el corazón se ha enfriado. El amante, en su rapto, no quiere «comprender» el amor, sino experimentarlo, sentir la intensidad, la clarificación de las cosas, la aceleración de la vida, el egoísmo totalmente justificable, el descaro lascivo, la vociferante alegría, la seriedad serena, el anhelo ardiente, la certeza, la simplicidad, la complejidad, la verdad, la verdad, la verdad del amor.

Verdad y amor, este era mi credo. Amo a Susan y veo la verdad. Así de sencillo.

¿Éramos «buenos» en el sexo? Lo ignoro. No pensábamos en ello. En parte porque cualquier sexo parecía, por definición, buen sexo. Pero también porque rara vez hablábamos de eso, ni antes ni durante ni después; lo hacíamos, creíamos en el sexo como una expresión de nuestro amor mutuo, aun cuando física y mentalmente puede que nos diera satisfacciones distintas. Después de que ella hubiera mencionado su supuesta frigidez, y de que yo –juzgando por mi vasta experiencia sexual– la hubiese descartado sin darle importancia, no se volvió a hablar del asunto. A veces ella murmuraba después: «Bien jugado, compañero.» A veces, más seria, más inquieta: «Por favor, no me dejes por imposible todavía, Casey Paul.» Tampoco sabía qué responderle a esto.

De vez en cuando –y debo puntualizar que no en la cama– ella decía: «Por descontado que tendrás novias. Y eso está bien y es lo correcto.» Pero a mí me parecía que no era ninguna de las dos cosas, ni tampoco pertinente.

En otra ocasión mencionó un número. No recuerdo el contexto, y mucho menos el número, pero poco a poco caí en la cuenta de que debía de hablar de cuántas veces habíamos hecho el amor.

–¿Las has contado?

Asintió. Una vez más, me dejó desconcertado. ¿Debía contarlas yo también? Y, en tal caso, ¿qué se suponía que debía contar, el número de veces que nos habíamos acostado o el número de mis orgasmos? La cuestión no me interesaba nada y me pregunté por qué se le habría pasado por la cabeza. Parecía haber algo fatalista en eso, como si ella necesitara algo tangible, cuantificable, a lo que agarrarse si de repente yo no estaba. Pero yo no me iba a ir de repente.

Cuando de nuevo aludió a mis futuras novias dije, muy clara y firmemente, que ella siempre estaría presente en mi vida: pasara lo que pasase, siempre habría un lugar para ella.

–Pero ¿dónde me pondrías, Casey Paul?

–En el peor de los casos, en un desván bien equipado.

Lo decía metafóricamente, por supuesto.

–¿Como un trasto viejo?

Yo detestaba esa conversación.

–No –repetí–, siempre estarás ahí.

–¿En tu desván?

–No, en mi corazón.

Lo decía de verdad, era la pura verdad: tanto lo del desván como lo del corazón. Toda mi vida.

No me percaté de que había pánico en su interior. ¿Cómo

podía imaginarlo? Pensaba que solo lo sentía yo. Ahora, demasiado tarde, me doy cuenta de que todos lo sentimos. Es una condición de nuestra mortalidad. Tenemos códigos de conducta para aplacarlo y minimizarlo, bromas y hábitos y numerosas formas de desviarlo y distraerlo. Pero estoy convencido de que hay pánico y un caos infernal a la espera de emerger dentro de todos nosotros. Lo he visto rugir en los moribundos, como una última protesta contra la condición humana y su tristeza crónica. Pero existe en los más equilibrados y racionales de nosotros. Solo hacen falta las circunstancias propicias para que aparezca. Y entonces estás a su merced. El pánico empuja a algunos hacia Dios, a otros a la desesperación, a las obras benéficas, a la bebida, al olvido afectivo, y a otros a una vida en la que esperan que nada grave vuelva a trastornarlos.

Aunque nos expulsaron del club de tenis como a Adán y Eva, el escándalo que se esperaba no estalló. No hubo denuncia en el púlpito de St. Michael ni aparecimos en el *Advertiser & Gazette*. Macleod no parecía darse por enterado; las señoritas G y NG estaban entonces en el extranjero. Mis padres nunca mencionaron el asunto. De suerte que, por una muy extraña combinación inglesa de ignorancia, real o fingida, y de vergüenza, nadie –aparte de Joan, y eso a instancias mías– admitió la existencia del caso. Puede que resonase el tam-tam del Village, pero no todo el mundo quiso oírlo. Yo estaba a la vez aliviado y decepcionado. ¿Dónde estaba el mérito y el gozo de una conducta escandalosa si el Village solo se escandalizaba de puertas adentro?

Pero me alivió porque significó que Susan puso fin a su período de «reflexión». En otras palabras, respiramos hondo y empezamos a acostarnos de nuevo, corriendo tantos riesgos como antes. Yo le acariciaba las orejas y le daba golpecitos en sus dientes de conejo. Una vez, para demostrar que todo seguía igual, trepé por los ladrillos salientes del porche y entré en su habitación por la ventana.

Y, como se vio, ella también tenía un fondo de huida. Con más de quinientas libras.

Repito sin parar que tengo diecinueve años. Pero a veces, en lo que te he contado hasta ahora, tenía veinte o veintiuno. Estos sucesos acontecieron a lo largo de un período de dos años o más, normalmente durante mis vacaciones de estudiante. Durante el trimestre Susan me visitaba a menudo en Sussex o bien yo iba a pasar unos días a casa de los Macleod. A seis minutos en coche desde la casa de mis padres, pero nunca les decía que estaba allí. Me apeaba del tren en una estación anterior y Susan me recogía en el Austin. Dormía en el sofá cama y Macleod parecía tolerar mi presencia. Nunca iba al Village, aunque en ocasiones, para festejar lo ocurrido, pensaba en incendiar el club de tenis.

Susan conoció a mi círculo de amigos de Sussex –Eric, Ian, Barney y Sam– y de vez en cuando uno de ellos también se hospedaba en casa de los Macleod. Quizá sirvieran como otra tapadera; a esta distancia no lo recuerdo. Todos consideraban que mi relación con Susan era algo excelente. En materia de relaciones, de cualquier relación, en realidad, siempre estábamos de la parte de uno de nosotros. A ellos les gustaba también la libertad que reinaba en la casa de Susan. Ella preparaba grandes comidas y eso también les gustaba. Por entonces se diría que siempre estábamos hambrientos; además, éramos lastimosamente incapaces de cocinar algo.

Un viernes –bueno, probablemente era viernes– Macleod estaba masticando sus cebolletas, yo jugueteaba con mi cuchillo y mi tenedor y Susan nos traía la comida cuando él preguntó, con un tonillo de sarcasmo más marcado que de costumbre:

–Si me permites el atrevimiento, ¿a cuántos chicos pijos vas a traer este fin de semana?

–Déjame pensar –contestó Susan, mirando el estofado que tenía delante mientras fingía que reflexionaba–. Creo que este fin de semana solo vienen Ian y Eric. Y Paul, claro. A no ser que también se presenten los demás.

Admiré su asombrosa sangre fría. Y después cenamos como si nada.

Pero al día siguiente, en el coche, le pregunté:

—¿Siempre me llama así? ¿Nos llama eso?

—Sí. Tú eres mi chico pijo.

—No lo soy *tanto*. Soy bastante corriente, creo.

Pero la palabra dolía. Me dolía por Susan, entendámonos. A mí no me molestaba. No, la verdad: quizá hasta me halagaba. Que se fijen en ti —incluso que te insulten— es preferible a que te ninguneen. Y un chico joven necesitaba una reputación, al fin y al cabo.

Intenté recopilar lo que sabía de Macleod. Pensar en él como don Pantalón de Elefante me resultaba ya tan difícil como pensar en el viejo Adán o en el señor de la casa. Se llamaba Gordon, aunque Susan solo usaba este nombre cuando hablaba del pasado lejano. Aparentaba unos años más que ella, así que debía de tener cincuenta y pico. Era funcionario, aunque yo no sabía de qué ministerio ni tampoco me interesaba saberlo. No tenía relaciones sexuales con su mujer desde hacía muchos años, aunque en los viejos tiempos, cuando se llamaba Gordon, las había tenido y las dos hijas eran prueba de ello. Había declarado frígida a su esposa. Quizá, o quizá no, se creía la mitad delantera de un disfraz de elefante. Pensaba que la policía o el ejército tenían que disparar a las turbas descontroladas. Su mujer no le había visto los ojos, o no cara a cara, durante muchos años. Jugaba al golf y le daba a la pelota como si la odiase. Le gustaba Gilbert y Sullivan. Se disfrazaba muy bien de jardinero astroso pero eficiente; aunque según su padre podía ser un hueso duro de roer. No le gustaban las vacaciones ni las hacía. Le gustaba beber. No le gustaban los conciertos. Era bueno con los crucigramas y su caligrafía era meticulosa. No tenía amigos en el

Village, excepto, supuestamente, en el club de golf, un lugar donde yo no había entrado nunca ni tenía intención de hacerlo. No iba a la iglesia. Leía el *Times* y el *Telegraph*. Había sido amistoso y cortés conmigo, pero también sarcástico y grosero; principalmente, diría yo, indiferente. Parecía estar enfadado con la vida. Y formaba parte de lo que puede o puede que no haya sido una generación caduca.

Pero había otra cosa en él que más que observar intuí. Me parecía –estoy seguro de que Macleod no era consciente de ello, no lo había pensado–, pero me parecía como si él –él, en particular– me impidiese en cierto modo ser adulto. No era en absoluto como mis padres o sus amigos, pero representaba incluso más que ellos la edad madura que me horrorizaba.

Unos cuantos pensamientos y recuerdos sueltos:

– Poco después de la matanza de Sharpeville, Susan me informó de que Macleod había dicho de mí que yo era «un joven muy aceptable». Ávido de alabanzas, como cualquier otro de mi edad, lo creí sin dudarlo. Quizá más aún: como antes me había chillado y luego había emitido un juicio sereno, consideré tanto más valioso el comentario.

– Reparo en que no tenía la menor idea de cómo se comportaban los Macleod uno con otro cuando yo no estaba presente. Probablemente yo era demasiado absolutista para pararme a pensarlo.

– También me percato de que, al comparar las dos casas, podría haber dado la impresión de que en la nuestra tomábamos los guisantes con cuchillo mientras nos rascábamos las posaderas. No, estábamos bien educados. Nuestro comportamiento normal en la mesa era en conjunto mejor que el que se observaba en casa de los Macleod.

– Además, no todos los amigos de mis padres censuraban pasivamente a nuestra generación como quizá yo los he descrito. Algunos nos censuraban activamente. Un fin de semana, durante las vacaciones, fuimos los tres a Sutton a comer con los Spencer. La mujer conocía a mi madre desde la escuela de magisterio; el marido era un ingeniero de minas bajito y agresivo, de origen belga, especializado en localizar y apropiarse de la riqueza mineral de África en nombre de una empresa internacional. Debió de ser un día soleado (aunque no necesariamente) porque del bolsillo superior de mi camisa asomaba un par de gafas de sol de espejo adquiridas hacía poco. Las había comprado en Barney, especialistas en la compra e importación de artículos exóticos para revenderlos a clientes deseosos de exhibir su filiación de jóvenes de los años cincuenta. Spencer había atribuido el origen de las gafas a algún lugar detrás del Telón de Acero: Hungría, creo. Pues bien, apenas nos apeamos del coche, el diminuto anfitrión ingeniero se me acercó y, haciendo caso omiso de mi mano extendida, me arrancó las gafas del bolsillo con estas palabras: «Esto es una mierda.» A diferencia, pongamos, de su jersey de ochos, su pantalón de pana, su sortija de sello y su audífono.

– Susan hace un pastel grande para los chicos pijos. Grande en el sentido de ancho y largo. Cuando vierte la mezcla en el molde, tiene una profundidad de un poco menos de dos centímetros. Cuando sale del horno, ha crecido ligeramente hasta una altura de unos dos centímetros y medio. Hay frutas variadas dentro y todas ellas se han ido al fondo.

Hasta yo, entonces, puedo reconocer que es un fiasco, según los baremos normales de la repostería. Pero ella se las arregla para convertirlo en un éxito.

–¿Qué tipo de pastel es, señora Macleod? –pregunta uno de los chicos pijos.

—Es un pastel boca abajo –responde ella, dándole la vuelta sobre la rejilla–. Mira cómo han subido arriba todas las frutas.

A continuación nos corta grandes pedazos que nosotros nos zampamos.

Pienso que probablemente Susan sabe convertir en oro metales comunes.

– He dicho que mi credo era el amor y la verdad; la amaba y veía la verdad. Pero también debo admitir que esto coincidió con el período en que mentía a mis padres más a menudo que hasta o desde entonces. Y, en menor grado, a casi toda la gente que conocía. Aunque no a Joan.

– Aunque no analizo mi amor –de dónde, por qué y adónde va–, en ocasiones, cuando estoy solo, trato de pensar en él con lucidez. Es difícil; no tengo experiencia previa y no estoy en absoluto preparado para el pleno compromiso de corazón, alma y cuerpo que estar con Susan implica: la intensidad del presente, la emoción del futuro desconocido, el olvido de todas las míseras preocupaciones del pasado.

Estoy en la cama en mi casa, intentando expresar mis sentimientos con palabras. Por un lado –y es la parte que corresponde al pasado–, el amor es como la enorme y súbita relajación de un ceño fruncido. Pero al mismo tiempo –esta parte es la relativa al presente y al futuro– es como si los pulmones de mi alma se hubiesen dilatado con oxígeno puro. Solo pienso así cuando estoy solo, por supuesto. Cuando estoy con Susan no pienso en cómo es amarla; me limito a estar con ella. Y quizá sea imposible expresar con otras palabras ese «estar con ella».

A Susan nunca le importó que visitara yo solo a Joan; no era posesiva con una de las pocas amigas que su matrimonio parecía permitirle. Llegué a apreciar los tragos de ginebra a precio de rebaja; al cabo de un tiempo, Joan dejaba entrar a los perros y yo me acostumbré a la distracción de que los yorkshire terrier mordisquearan los cordones de mis zapatos.

—Nos vamos —le dije una tarde de julio.

—¿Nos? ¿Tú y yo? ¿Adónde vamos, señorito Paul? ¿Has metido tus pertenencias con un pañuelo de lunares rojos y lo has colgado de un palo?

Debería haber sabido que ella no me dejaría adoptar una actitud seria.

—Susan y yo. Nos vamos.

—¿Adónde? ¿Hasta cuándo? ¿De crucero, sí? Mandadme una postal.

—Recibirás montones —prometí.

Era extraño, mi relación con Joan era una especie de coqueteo, mientras que en la mía con Susan apenas existía. Debíamos de haber atravesado sin darnos cuenta todas las fases preliminares —nos lanzamos de lleno al amor— y por eso no necesitábamos flirtear. Teníamos, desde luego, nuestras bromas, nuestras guasas y nuestro vocabulario íntimo. Pero supongo que todo nos parecía —era— demasiado serio para coquetear.

—No —dije—. Ya sabes a qué me refiero.

—Sí, lo sé. Lo llevo pensando desde hace algún tiempo. Dadas las circunstancias. A medias deseando que suceda y a medias no. Pero diré que tenéis agallas, vosotros dos.

Yo no lo veía como una cuestión de agallas. Lo veía como algo inevitable. Además se trataba de hacer lo que deseábamos intensamente.

—¿Y cómo se toma Gordon todo esto?

—Me llama el chico pijo de Susan.

—Me sorprende que no te llame su puto chico pijo.

Bueno, seguramente también me llamaba así.

—No voy a decir que espero que sepáis lo que estáis haciendo porque es totalmente obvio que ninguno de los dos tiene la menor idea. Eh, no me pongas esa cara, señorito Paul. Nadie la tiene nunca en vuestra situación. Y no te voy a decir que cuides de ella y todo ese rollo. Me limitaré a cruzar bien fuerte los puñeteros dedos.

Me acompañó hasta el coche. Antes de montarme quise acercarme a ella. Levantó la mano.

—No, nada de esos putos cariñitos. Abundan por aquí, todo el mundo de repente se comporta como los extranjeros. Vete antes de que me asomen las lágrimas.

Más tarde repasé lo que me había dicho y lo que no me había dicho y me pregunté si habría estado descubriendo paralelos que yo me había perdido. En vuestra situación nadie sabe nunca lo que está haciendo. A Londres, ¿eh? Chico pijo, mujer mantenida. ¿Y quién tiene el dinero? Sí, Joan iba por delante de mí.

Solo que no iba a ser así. Se me hacía muy difícil imaginar a Susan de regreso al umbral de Macleod tres años después, muda, emocionalmente destruida, suplicando que la dejara entrar, con su vida fundamentalmente terminada. Estaba seguro de que *eso* no iba a ocurrir.

No habíamos fijado la fecha de la partida, ni una escapada subrepticia a medianoche ni un adiós formal con equipaje y agitación de pañuelos. (¿Quién iba a agitarlos?) Fue una partida tan prolongada que nunca concretamos claramente el momento de la ruptura. Lo cual no me impidió tratar de concretarlo en una breve carta a mis padres.

Queridos mamá y papá:
Me traslado a Londres. Voy a vivir con la señora Macleod. Os mandaré una dirección en el momento oportuno.
Vuestro hijo,

Paul

Esto parecía cubrir el expediente. Pensé que «en el momento oportuno» sonaba debidamente adulto. Bueno, ya lo era. Veintiún años. Y dispuesto a adoptar, expresar y vivir plenamente mi propia vida. ¡Estoy vivo! ¡Estoy viviendo!

Estuvimos juntos –es decir, bajo el mismo techo– diez años o más. Después la seguí viendo con regularidad. Con menor frecuencia en los últimos años. Cuando ella murió, hace unos cuantos, agradecí que la parte más vital de mi vida hubiera concluido finalmente. Me prometí que siempre guardaría un buen recuerdo de ella.

Y así recordaría todo aquello si pudiera. Pero no puedo.

DOS

El fondo de huida de Susan bastó para comprar una casa pequeña en Henry Road, SE15. El precio fue barato: tardarían muchos años en llegar la gentrificación y los bares de zumos. La vivienda la habían ocupado múltiples inquilinos: un eufemismo para decir cerrojos en cada puerta, paneles de amianto, una cocina pequeña y mugrienta en un semirrellano, contadores de gas individuales y manchas personales en cada habitación. A lo largo de aquel final de verano y principios de otoño lo decapamos todo, alegremente, con la caspa de la pintura al temple en el pelo. Tiramos casi todo el antiguo mobiliario y dormíamos en un colchón de matrimonio en el suelo. Teníamos una tostadora, una tetera eléctrica, y comíamos platos preparados en una taberna chipriota que estaba al final de la calle.

Necesitamos un fontanero, un electricista y un instalador de gas, pero lo demás lo hicimos nosotros. Yo era bueno para trabajos toscos de carpintería. Me fabriqué un escritorio con dos cómodas rotas sobre las que puse dos puertas cortadas de un ropero; después lo lijé, lo empasté y lo pinté hasta que ocupó, tan pesado que era inamovible, un extremo de mi estudio. Corté y tendí una estera de coco y clavé una alfombra en la escalera. Juntos arrancamos el empapelado que parecía un pergamino hasta que apareció el yeso indefenso; a continuación lo pintamos

101

a rodillo con colores alegres y nada burgueses: turquesa, narciso, cereza. Pinté mi estudio de un sombrío verde oscuro cuando Barney me dijo que los pabellones de maternidad de los hospitales eran de ese color para calmar a las parturientas. Confié en que surtiese el mismo efecto en mis horas de parto.

Me había tomado en serio la escéptica frase de Joan: «Y, de entrada, ¿qué harías para ganar dinero?» Puesto que yo no le concedía importancia a este aspecto, podría haberme mantenido Susan; pero dado que nuestra relación iba a durar toda la vida, admití que en algún momento tendría que mantenerla yo y no al revés. Tampoco sabía cuánto dinero tenía ella. Nunca pregunté nada sobre la economía del matrimonio Macleod ni si Susan tenía la tradicional tía rica cuyos bienes heredaría en el momento oportuno.

Así que decidí ser abogado. Mis ambiciones no eran exageradas; solo en el amor lo eran. Pero pensé en estudiar Derecho porque poseía una mente ordenada y capacidad de concentración; y todas las sociedades necesitan abogados, ¿no? Recuerdo que una amiga me explicó una vez su teoría sobre el matrimonio: que era algo en lo que debías «zambullirte y emerger a conveniencia». Puede parecer deprimentemente pragmático y hasta cínico, pero no lo era. Amaba a su marido y «emerger del matrimonio» no significaba adulterio. Más bien era el reconocimiento de lo que estar casada representaba para ella: un ritornelo fiable para la vida, algo con lo que ibas tirando hasta que llegara el momento en que necesitabas «sumergirte» en busca de socorro, muestras de amor y todo lo demás. Comprendí este enfoque: no tiene sentido exigir más de lo que tu temperamento te pide o te proporciona. Pero tal como entendía la vida por entonces, yo necesitaba la ecuación opuesta. El trabajo sería algo para ir tirando; el amor sería mi vida.

Empecé mis estudios. Cada mañana Susan me preparaba el desayuno; todas las noches, la cena, a menos que yo comprase kebab o *sheftalia*. A veces, cuando llegaba tarde, me cantaba: «Hombrecillo, has tenido un día ajetreado.» También llevaba mi ropa a la lavandería y la recogía para plancharla en casa. Seguíamos yendo a conciertos y exposiciones. El colchón en el suelo se convirtió en una cama de matrimonio en la que dormíamos noche tras noche y donde algunas de mis suposiciones cinematográficas sobre el amor y el sexo fueron objeto de ciertos ajustes. Por ejemplo, la idea de que los amantes se quedaban dormidos como benditos el uno en los brazos del otro desembocó en la realidad de que uno de ellos se dormía encima del otro, y de que este último, tras una serie de calambres y de circulación obstruida, se escabullía delicadamente de debajo intentando no despertarla. También descubrí que no solo los hombres roncaban.

Mis padres no contestaron a la carta en que les anunciaba mi cambio de dirección; tampoco yo los invité a la casa de Henry Road. Un día, al volver de la facultad, encontré a Susan agitada. Martha Macleod, la Gruñona en persona, se había presentado sin previo aviso para una visita de inspección. No pudo dejar de advertir que su madre dormía en el Village en una cama individual y que ahora lo hacía en una de matrimonio. Por suerte, yo había desplegado el sofá cama de mi estudio verde oscuro y aquella mañana lo había dejado sin recoger. Pero, como Susan comentó, dos dobles difícilmente son un single. Mi actitud frente a la probable reprobación que haría Martha de nuestras costumbres nocturnas fue –habría sido– de orgullo y desafío. La de Susan fue más complicada, aunque admito que no dediqué mucho tiempo a sus matices. Al fin y al cabo vivíamos juntos, ¿no?

Al parecer, Martha había dicho, cuando llegó a las dos habitaciones del ático, que aún estaban sin pintar:

–Deberíais tener inquilinos.

Cuando Susan puso objeciones, la respuesta de su hija, formulada a modo de argumento o instrucción, fue:

–Os convendría.

Discutimos por la noche lo que habría querido decir exacta-

mente. Lo cierto era que los inquilinos representaban un argumento económico: harían la casa más o menos autosuficiente.
Pero ¿cuál era el argumento moral? Quizá que con inquilinos
Susan tendría ocasión de hacer algo más que aguardar el regreso
de su desvergonzado amante. Martha quizá había insinuado que
la presencia de extraños diluiría de algún modo mi perniciosa
presencia y camuflaría la realidad del número 23 de Henry Road:
la de que el chico pijo número uno convivía con el mayor descaro con una adúltera que le doblaba con creces la edad.

Si la visita de Martha había perturbado a Susan, también, al
pensarlo mejor, me había perturbado a mí. No me había parado
a considerar las futuras relaciones de Susan con sus hijas. Me
había concentrado únicamente en Macleod, en alejarlo de Susan,
y ahora, desde una distancia segura, en divorciarlo de ella. Por el
bien de nosotros dos, pero sobre todo por el de ella. Susan tenía
que eliminar aquel error de su vida y procurarse la libertad tanto
moral como jurídica para ser feliz. Y ser feliz consistía en vivir
conmigo, sola y sin cadenas.

El vecindario era tranquilo y recibíamos pocas visitas. Recuerdo una mañana de sábado en que el timbre de la puerta me
distrajo de la ley de agravios. Oí que Susan invitaba a alguien –a
dos personas, un hombre y una mujer– a entrar en la cocina.
Unos veinte minutos más tarde, la oí decir, al cerrar la puerta:
«Estoy segura de que ahora se sienten mucho mejor.»

–¿Quiénes eran? –pregunté cuando ella pasó por delante de
mi estudio. Se asomó para verme.

–Misioneros –contestó–. Dios maldiga a los malditos misioneros. Los he dejado que se desahoguen y luego los he mandado
a paseo. Más vale que malgasten su propaganda conmigo que con
alguien al que podrían convertir.

–¿Misioneros *auténticos*?

–En términos generales. Los misioneros auténticos son los
peores, desde luego.

—O sea, ¿eran testigos de Jehová, hermanos de Plymouth, baptistas o algo así?

—Algo así. Me han preguntado si me preocupaba el estado del mundo. Es una evidente pregunta capciosa. Luego me han dado la lata con la Biblia como si yo no conociera su existencia. He estado a punto de decirles que lo sabía todo de la Biblia y que yo era Jezabel en persona.

Y dicho esto me dejó proseguir mis estudios. Pero en vez de continuar medité sobre aquellos arrebatos súbitos de opinión contundente que tanto cariño me inspiraban. A mí me habían educado los libros, a ella la vida, pensé de nuevo.

Una noche sonó el teléfono. Descolgué y dije el número.

—¿Con quién hablo? —dijo una voz que inmediatamente identifiqué: la de Macleod.

—Bueno, ¿con quién hablo *yo?* —dije con falsa tranquilidad.

—Gor-don Mac-leod —dijo él, con prolongada pesadez—. ¿Y yo con quién tengo el placer de hablar?

—Con Paul Roberts.

Cuando él colgó de golpe, sentí que ojalá hubiera dicho Mickey Mouse, o Yuri Gagarin, o el presidente de la BBC.

No le conté esto a Susan. No vi para qué.

Pero semanas después recibimos la visita de un hombre llamado Maurice. Susan le había visto una o dos veces antes. Quizá el hombre había tenido alguna relación con la oficina de Macleod. Tuvo que haber sido algo premeditado. Al parecer había elegido una hora en que yo estaría en casa. Visto a tanta distancia, no estoy muy seguro a este respecto; puede que simplemente hubiera tenido suerte.

Entonces no hice las preguntas oportunas. Y si las hubiera hecho quizá Susan habría tenido las respuestas o quizá no.

Era un hombre en la cincuentena, supongo. Mi memoria le ha prestado —o él ha adquirido en el curso de los años— una trinchera y quizá un sombrero de ala ancha bajo el cual llevaba traje y corbata. Su conducta fue absolutamente cordial. Me estrechó la mano. Aceptó una taza de café, utilizó el inodoro, pidió un cenicero y habló de los temas insulsos y típicos de adultos. Susan adoptó sus modales de anfitriona, que consistían en reprimir algunas de las cosas que yo más amaba en ella: su irreverencia, la libertad de espíritu con que se reía del mundo.

Lo único que recuerdo es que en un momento dado la conversación viró hacia el cierre del *Reynolds News.* Era un periódico –el *Reynolds News and Sunday Citizen,* por dar su nombre completo– que había atravesado una época aciaga y se había convertido en un dominical amarillo hasta su cierre definitivo, probablemente no mucho antes de esta conversación.

–No creo que importe mucho –dije. La verdad era que yo no tenía ninguna opinión al respecto. Había visto uno o dos ejemplares del *Reynolds,* pero mi intención era sobre todo sintonizar con el tono de profunda preocupación de Maurice.

–¿No lo cree? –preguntó él educadamente.

–No, la verdad es que no.

–¿Y qué me dice de la diversidad de la prensa? ¿No es algo que debemos valorar?

–A mí todos los periódicos me parecen bastante iguales, por lo que no veo que importen mucho unos cuantos menos.

–¿Forma usted parte, por casualidad, de la izquierda revolucionaria?

Me reí de él. No de sus palabras, sino de él. ¿Por quién coño me había tomado? O, quizá, ¿quién cojones era? Bien podría haber sido miembro del comité del club de tenis del Village.

–No, detesto la política –dije.

–¿Detesta la política? ¿Cree que esa es una actitud saludable? ¿El cinismo le parece una postura cómoda? ¿Con qué la sustituiría usted? ¿Cerraría periódicos, cerraría nuestra vía de hacer política? ¿Eliminaría la democracia? A mí me parece una postura de la izquierda revolucionaria.

Ahora el tipo me estaba fastidiando de verdad. Yo no me encontraba tanto fuera del área de mi competencia como fuera del ámbito de mi interés.

–Perdone –dije–. No es eso en absoluto. Pero verá –añadí, mirándolo con una seriedad melancólica–, lo que pasa es que formo parte de una generación caduca. Tal vez piense que somos un poco jóvenes para eso, pero aun así estamos caducos.

Se marchó poco después.

–Oh, Casey Paul, eres un malvado.

–¿Yo?

–Tú. ¿No le has oído decir que trabajaba para el *Reynolds News?*

–No. He creído que era un espía.

–¿Un ruso, quieres decir?

–No, solo quiero decir que lo han mandado a controlarnos y a informar.

–Es probable.

–¿Crees que deberíamos preocuparnos?

–Yo diría que no, al menos durante un par de días.

Decides que, puesto que eres estudiante y todos tus condiscípulos, aparte de los que viven con sus padres, pagan un alquiler, tú también deberías hacerlo. Preguntas a un par de amigos cuánto pagan. Sacas la media: cuatro libras semanales. Puedes pagarlas con la beca estatal.

Un lunes por la noche entregas a Susan cuatro billetes de una libra.

–¿Qué es esto? –pregunta.

–He decidido que debería pagar alquiler –contestas, tal vez con cierta rigidez–. Es más o menos lo que pagan otros.

Te tira los billetes a la cara. No te la abofetean, como podría suceder en una película. Caen al suelo entre vosotros dos. Sigue un silencio embarazoso y esa noche duermes en el sofá cama. Te sientes culpable por no haber abordado el tema del alquiler con más delicadeza; ha sido como cuando le diste aquella chirivía. Los cuatro billetes verdes se quedan en el suelo toda la noche. A la mañana siguiente los recoges y te los guardas en la cartera. Nunca se vuelve a hablar del asunto.

De resultas de la visita de Martha ocurrieron dos cosas. Alquilamos las habitaciones del ático y Susan volvió al Village por primera vez desde que nos fugamos. Dijo que sería necesario y práctico volver de cuando en cuando. La mitad de la casa le pertenecía, y no se fiaba de que Macleod pagase las facturas o se acordara de encargar que revisasen la caldera. (Yo no veía por qué no, pero bueno.) La señora Dyer seguía sirviendo y robando a diario en la casa, y avisaría a Susan de cualquier cosa que reclamara su atención. Prometió que solo iría cuando Macleod estuviera ausente. Accedí, a regañadientes.

He dicho hace un momento que «Así recordaría todo aquello si pudiera. Pero no puedo». Me he dejado algo en el tintero, algo que no puedo posponer más tiempo. ¿Por dónde empezar? Por la «habitación del libro», como la llamaban los Macleod, en la planta baja. Era tarde y yo no tenía ganas de volver a casa. Puede que Susan ya estuviera acostada; no me acuerdo. Tampoco me acuerdo de qué libro estaba yo leyendo. Alguno que había cogido al azar de las estanterías. Seguía tratando de comprender la colección de los Macleod. Había volúmenes de clásicos encuadernados en piel, lo bastante viejos como para haber pertenecido, quizá, a dos generaciones: monografías de arte, poesía, un montón de historia, algunas biografías, novelas, libros de suspense. Yo procedía de una familia en la que los libros, como para confirmar que hay que respetarlos, se ordenaban por tema, por autor, incluso por tamaño. Los Macleod tenían un método distinto; o, mejor dicho, no tenían método. Heródoto estaba al lado de *The Bad Ballads,* una historia de las cruzadas en tres volúmenes estaba junto a Jane Austen, y T. E. Lawrence estaba emparedado entre Hemingway y un manual de culturismo de Charles Atlas. ¿Era una broma rebuscada? ¿Un mero batiburrillo bohemio? ¿O una manera de decir: somos nosotros quienes controlamos los libros, no ellos a nosotros?

Yo seguía rumiándolo cuando la puerta se estrelló contra la librería y rebotó con fuerza suficiente para asestarle otro golpe. Macleod apareció en bata, que –de esto sí me acuerdo– era de tela escocesa, atada con un cordón marrón colgando. Debajo llevaba su pijama de elefante y unas pantuflas de piel.

–¿Qué estás haciendo aquí? –preguntó con el tono de voz que normalmente acompaña a las palabras: «Vete a tomar por el culo.»

A falta de otro recurso apareció mi insolencia.

–Leyendo –contesté agitando el libro hacia él.

Irrumpió airadamente y me lo arrancó de la mano, lo inspeccionó brevemente y luego lo lanzó por la habitación como si fuera un frisbee.

No pude evitar una amplia sonrisa. Pensó que estaba tirando un libro mío cuando era uno de los suyos. ¡Desternillante!

Fue entonces cuando me pegó. O más bien intentó una sucesión de golpes –tres, estoy bastante seguro–, uno de los cuales fue con la muñeca y me alcanzó en la sien. Los otros dos impactaron en el vacío.

Me levanté y traté de devolvérselos. Creo que le largué uno que patinó en su hombro. Ninguno de los dos ejerció una defensa enérgica; éramos púgiles igualmente ineptos. Bueno, yo nunca le había pegado a nadie. Él sí, me figuro, o por lo menos lo había intentado.

Mientras se concentraba buscando qué decir, o dónde asestar el puñetazo siguiente, yo me escabullí, corrí a la puerta trasera y escapé. Representó un alivio volver a una casa donde nunca me habían agredido desde los pocos azotes, sin duda merecidos, que me propinaron más de diez años antes.

No, no era del todo verdad, lo de que nunca había pegado a nadie. En mi primer año escolar, el profesor de gimnasia nos animó a todos a participar en el torneo de boxeo anual que organizaban por peso y edad. Yo no tenía el más mínimo deseo de infligir o recibir dolor. Pero advertí, pocas horas antes de la inscripción, que no había participantes de mi categoría en la lista. Así que di mi nombre, confiando en ganar por incomparecencia.

Por desgracia para mí –para los dos–, otro chico, Bates, tuvo la misma idea casi al mismo tiempo. De modo que nos vimos las caras en el ring, dos criaturas en playeras, flacas y asustadas, con camisetas y pantalones cortos, hechos en casa, y aquellos grandes guantes desgastados en el extremo de los brazos. Durante un par de minutos hicimos una buena serie de amagos razonables para luego retroceder a gran velocidad, hasta que el profesor nos señaló que ninguno de los había asestado todavía un solo golpe.

–¡Boxead! –nos ordenó.

Tras lo cual me abalancé sobre el desprevenido Bates, que tenía los guantes caídos hasta casi las rodillas, y le aticé un puñetazo en la nariz. Él gritó, miró las súbitas manchas de sangre en su limpia camiseta blanca y se echó a llorar.

Y de esta forma me convertí en el campeón escolar de boxeo en la categoría de menores de doce años y por debajo de treinta y ocho kilos. Por descontado, nunca volví a pelear.

La vez siguiente que fui a casa de los Macleod, el marido de Susan no pudo haberse comportado de un modo más amistoso. Puede que fuese cuando me enseñó a hacer crucigramas, lo cual llegó a ser una especie de coto privado masculino. O, en cualquier caso, un terreno que excluía a Susan. En suma, consideré una aberración el incidente en la habitación del libro. Y, de todos modos, en parte podría haber sido culpa mía. Quizá debería haberle interrogado sobre qué versión del sistema Dewey habían utilizado para organizar su biblioteca. No, veo que esto habría sido igualmente provocativo.

¿Cuánto tiempo transcurrió desde entonces? Seis meses, pongamos. De nuevo era bastante tarde. En casa de los Macleod, a diferencia de en la mía, había una escalera principal al lado de la puerta de entrada y otra más estrecha cerca de la cocina, supuestamente para aquellos criados de cofia ahora reemplazados por máquinas. A menudo, cuando visitaba a Susan durante el trimestre, yo dormía en un cuartito del ático al que se accedía por las dos escaleras. Ella y yo habíamos estado escuchando el gramófono –como preparativo para un concierto– y la música persistía en mi cabeza cuando llegué a la cima de la escalera de servicio. De pronto oí como un rugido y algo que podría haber sido una patada o un traspié, acompañado por un porrazo en el hombro, y me vi cayendo por la escalera. De algún modo conseguí agarrarme a la barandilla y me torcí el hombro, pero mantuve el equilibrio por los pelos.

–¡Hijo de puta! –dije automáticamente.

–¿Comoski? –fue el bramido de respuesta desde arriba–. ¿Comoski, querido pollito?

Alcé la vista hacia el matón en cuclillas que me miraba furioso desde la penumbra. Pensé que Macleod debía de estar loco de remate. Nos miramos de hito en hito durante unos segundos y a continuación la figura en bata se marchó a zancadas y oí cerrarse una puerta lejana.

No eran los puños de Macleod lo que me asustaban, no principalmente; lo que más miedo me daba era su cólera. En mi familia no nos enfurecíamos. Hacíamos un comentario irónico, dábamos una réplica aguda, una respuesta satírica; empleábamos palabras para prohibir una acción determinada y otras más severas para condenar alguna que ya se había realizado. Pero, más allá de esto, para todo lo demás hacíamos lo que había sido impuesto durante generaciones a la clase media inglesa. Interiorizábamos la rabia, la ira, el desprecio. Hablábamos entre dientes. Quizá escribíamos algunas de estas palabras en diarios personales, si llevábamos alguno. Pero también pensábamos que éramos los únicos que actuábamos así y que era un poco vergonzoso, y en consecuencia interiorizábamos aún más.

Cuando llegué a mi habitación aquella noche, puse una silla inclinada debajo del pomo de la puerta, como había visto hacer en las películas. Acostado en la cama pensaba: ¿Es así de verdad el mundo adulto? ¿Por debajo de la superficie? ¿Y a qué distancia de la superficie está, o estará?

No encontré respuestas.

No le conté a Susan ninguno de estos incidentes. Interioricé mi furia y mi vergüenza; bueno, eso hacía, ¿no?

Y tendrás que imaginar largos períodos de felicidad, de placer, de risas. Ya los he descrito. Es lo que ocurre con la memoria, es..., bueno, digámoslo así. ¿Alguna vez has visto en acción un cortador eléctrico de troncos? Es impresionante. Cortas una determinada longitud del tronco, lo colocas encima de la máquina, aprietas el botón con el pie y ella lo empuja hacia una cuchilla con forma de la cabeza de un hacha. Acto seguido corta el tronco en dos, limpio y recto a lo largo de la veta. Es lo que estoy intentando decir. La vida es una sección transversal, la memoria es un corte a lo largo de la veta y lo prosigue hasta el fin.

De modo que no puedo no continuar. Aunque esta parte sea la más dura de recordar. No, no de recordar: de describir. Fue el momento en que perdí parcialmente mi inocencia. Puede parecer que es algo bueno. ¿No es madurar un proceso necesario de pérdida de la inocencia? Quizá sí, quizá no. Pero el problema de la vida es que rara vez sabes cuándo va a producirse ese proceso, ¿no? Y qué vendrá después.

Mis padres estaban de vacaciones y mi abuela –la madre de mi madre– había sido reclutada para atenderme. Yo tenía, por supuesto, veinte años –*solo* veinte–, por lo que obviamente no podían dejarme solo en casa. ¿Qué podía tramar, a quién podía llevar, qué podía organizar –tal vez una bacanal de mujeres maduras–, qué pensarían los vecinos y quiénes de ellos después se negarían a aceptar una copa de jerez? Mi abuela, que había enviudado cinco años antes, no tenía nada mejor que hacer. Yo, naturalmente –inocentemente–, la había amado de niño. Ahora había crecido y me parecía aburrida. Pero podía controlar este tipo de inocencia perdida.

Por entonces yo dormía hasta muy tarde en vacaciones. Podía ser pura indolencia, o una reacción tardía al estrés universitario; o quizá una reluctancia instintiva a regresar al mundo al que yo seguía llamando «mi casa». Dormía hasta las once sin el menor escrúpulo. Y mis padres –cosa que les honra– nunca entraban y se sentaban en mi cama para quejarse de que yo me comportaba como si la casa fuera un hotel; mi abuela, por su parte, me preparaba de buena gana el desayuno a la hora de comer si yo quería.

Así pues, lo más probable era que fuesen más cerca de las once que de las diez cuando bajé disparado la escalera.

–Una mujer muy maleducada pregunta por ti –dijo mi abuela–. Ha llamado tres veces. Me ha dicho que te despertara. En realidad, la última llamada ha sido para despertarte para el desayuno. Le he dicho que no interrumpo el mejor de tus sueños.

–Bien hecho, abuela. Gracias.

Una mujer muy maleducada. Pero yo no conocía a ninguna. ¿Alguien del club de tenis que seguía persiguiéndome? ¿El banco por mis números rojos? Quizá la abuela estuviera perdiendo la chaveta. En eso volvió a sonar el teléfono.

–Joan –dijo la voz muy maleducada de Joan–. Es Susan. Ve a verla. Quiere verte a ti, no a mí. *A ti, ahora.*

Y colgó.

–¿No vas a desayunar? –preguntó mi abuela mientras yo salía pitando.

La puerta principal de los Macleod estaba abierta, y busqué por la casa a Susan hasta que la encontré totalmente vestida, con su bolso al lado, sentada en el sofá del cuarto de estar. No levantó la vista cuando la saludé. Solo alcancé a verle la coronilla, o más bien la curva de su pañuelo. Me senté a su lado pero ella volvió la cara en el acto.

–Necesito que me lleves a la ciudad.

–Por supuesto, querida.

–Y necesito que no me hagas preguntas. Y que no me mires en absoluto.

–Lo que tú digas. Pero tendrás que decirme aproximadamente adónde vamos.

–Conduce hacia Selfridges.

Me permití una pregunta.

–¿Tenemos prisa?

–Conduce con cuidado, Paul, nada más.

Al acercarnos a Selfridges me dirigió hacia Wigmore Street y luego hacia la izquierda, hacia una de esas calles donde tienen la consulta médicos privados.

–Aparca aquí.

–¿Quieres que te acompañe?

–Prefiero que no. Vete a comer algo. La visita va a durar. ¿Necesitas dinero?

De hecho yo había salido sin la cartera. Me dio un billete de diez chelines.

Cuando enfilé de nuevo Wigmore Street, vi delante de mí la John Bell & Croyden donde ella había comprado el diafragma. Caí en la cuenta de algo horrible. Que el anticonceptivo había fallado, que se había quedado embarazada y que ya estaba afrontando las consecuencias. La ley del aborto aún se estaba debatiendo en el Parlamento, pero todo el mundo sabía que había médicos –y no solo al fondo de la bocacalle– que practicaban «procedimientos» más o menos por encargo. Imaginé la conversación: Susan explicando que su joven amante la había dejado embarazada, que no mantenía relaciones sexuales con su marido desde hacía veinte años y que un hijo destruiría su matrimonio y pondría en peligro su propia salud mental. Esto bastaría para que cualquier médico accediese a practicar lo que eufemísticamente se denominaba, en los historiales clínicos, una DL: dilatación y legrado. Un pequeño raspado en la pared del útero, que a su vez despegaría el embrión adherido.

Yo rumiaba todo esto mientras almorzaba en un café italiano. No sabía qué pensar, o, mejor dicho, pensaba varias cosas incompatibles. La idea de ser padre siendo todavía un estudiante me parecía una locura aterradora. Pero también me parecía, algo, digamos, heroico. Subversivo pero honorable, fastidioso pero vigorizante: noble. No pensaba que sirviese para figurar en el *Libro Guinness de los Récords* –sin duda había chicos de doce años sumamente ocupados en dejar preñada a la mejor amiga de su abuela–, pero desde luego me convertiría en un ser excepcional. Y suscitaría una indignación de mil demonios en el Village.

Solo que ahora ya no iba a suceder. Porque Susan se estaba deshaciendo de nuestro hijo en aquel mismo momento, a la vuelta de la esquina. De pronto me invadió la cólera. El derecho a elegir de una mujer: sí, yo creía en eso, teórica y realmente. Aunque también creía en el derecho de un hombre a que le consultaran.

Volví al coche y aguardé. Alrededor de una hora más tarde ella dobló la esquina y se acercó cabizbaja, con las mejillas envueltas en el pañuelo. Apartó la cara al subir al coche.

–Bien –dijo–. Por el momento ya está.

Articulaba mal. La anestesia, seguramente; si es que la habían anestesiado.

–A casa, James, y revienta los caballos.

Normalmente me encantaban sus expresiones. Esta vez no.

–Antes dime dónde has estado.

–En el dentista.

–¿El dentista?

A paseo mis conjeturas. A no ser que fuese otro eufemismo entre las mujeres de la clase de Susan.

–Te lo digo cuando pueda, Casey Paul. Ahora no puedo. No preguntes.

Claro que no. La llevé a su casa con el mayor cuidado posible.

A lo largo de los días siguientes me contó poco a poco lo que había ocurrido. Había estado levantada hasta tarde, escuchando el gramófono. Macleod se había acostado una hora antes. Ella puso una y otra vez el movimiento lento del tercer concierto de Prokófiev para piano, que habíamos oído unos días antes en el Festival Hall. Después guardó el disco en su funda y subió a acostarse. Estaba a punto de alcanzar el picaporte de su dormitorio cuando la agarraron del pelo por detrás, y al tiempo que decía: «¿Cómo va tu puta educación musical?», su marido le estampó la cara contra la puerta cerrada. Después se había vuelto a la cama.

El examen del dentista reveló que las dos paletas rotas no tenían arreglo. Habría que extraer también los dos dientes situados a ambos lados. En el maxilar superior tenía una grieta que se cerraría con el tiempo. El dentista le haría unos dientes postizos. Le preguntó si quería decirle cómo había sucedido, pero no insistió cuando ella le dijo que prefería no contarlo.

A medida que se manifestaban las magulladuras con toda su crudeza de colores, y que ella maquillaba lo mejor que podía; mientras yo la llevaba de ida y vuelta a la ciudad, cita tras cita; al no poder mirarla durante días ni besarla durante semanas; mientras yo asimilaba que nunca más podría darle golpecitos en sus «dientes de conejo», arrojados tiempo antes a algún basurero de Wimpole Street; según yo iba entendiendo que ahora tenía mayores responsabilidades que antes; conforme me preguntaba, y no ociosamente, cómo podría matar a Gordon Macleod; mientras primero la abuela y después mis padres, a su regreso, me enloquecían con sus precavidas, seguras y triviales concepciones de la vida; a medida que la valentía de Susan y su falta de compasión por sí misma estaban a punto de romperme el corazón; al ausentarme de su casa una hora larga antes del regreso de Macleod cada día; al tiempo que aceptaba la palabra de Susan —¿o era la palabra de él?– de que nada parecido volvería a suceder; mientras me invadían la ira y la compasión y el horror; al darme cuenta de que Susan tendría que abandonar de algún modo al canalla, conmigo o sin mí, pero evidentemente conmigo; mientras me embargaba una especie de impotencia; y durante el período en que ocurría todo esto, averigüé más cosas sobre el matrimonio Macleod.

Claro está que aquel cardenal en el antebrazo no solo había sido del tamaño de una huella de pulgar, sino que era la marca de un pulgar real cuando él la obligó a sentarse en una silla y a escuchar sus acusaciones. Había habido tirones y bofetadas y más de un par de puñetazos. Le ponía delante un vaso de jerez y le ordenaba «sumarse a la juerga». Si ella se negaba la agarraba del pelo, le empujaba la cabeza hacia atrás y sostenía el vaso delante de sus labios. Si ella no lo bebía se lo derramaba por la barbilla, la garganta y el vestido. Todo era verbal y físico, nunca sexual, aunque si había algo sexual detrás de ello..., bueno, no era de mi incumbencia o, de hecho, no me interesaba. Sí, por lo general aquello guardaba relación con la bebida, pero no necesariamente; sí, ella le tenía miedo, salvo que casi nunca se lo tenía. Había aprendido a controlar a Macleod a lo largo de los años. Sí, cada vez que él la agredía era, por supuesto, según él, por culpa de ella; ella le forzaba a hacerlo con su puñetera e insolente indiferencia: con estas palabras lo había expresado él en ocasiones. Y también era por culpa de la irresponsabilidad, la estupidez de Susan. En algún momento, después de haberle estampado la cara contra la puerta, había bajado la escalera y había doblado hasta romperlo el disco del tercer concierto para piano de Prokófiev.

Supongo que eran la ignorancia y el esnobismo los que hasta entonces me habían hecho dar por sentado que la violencia doméstica se limitaba a las clases más bajas, donde las cosas se hacían de una forma distinta, donde –como yo había comprendido más a raíz de mis lecturas que de una estrecha familiaridad con la vida de los barrios bajos– las mujeres preferían que sus

117

maridos les pegasen a que les fueran infieles. Si te pega demuestra que te quiere, y toda esa basura. Me parecía inconcebible la idea de que maridos con una licenciatura en Cambridge infligiesen violencia. Cierto que era una cuestión sobre la que antes no había tenido motivo para reflexionar. Pero de haberlo tenido posiblemente habría supuesto que la violencia de los maridos de la clase trabajadora estaba relacionada con la incapacidad de expresarse: recurrían a los puños, mientras que los maridos de clase media utilizaban palabras. Ambos mitos tardaron algunos años en desvanecerse, a pesar de la evidencia que tenía delante.

Los dientes postizos de Susan le causaban constantes molestias; hubo muchos viajes a la ciudad para realizar ajustes. Además, el dentista había hecho los cuatro dientes nuevos postizos mejor alineados que los originales y había acortado las paletas uno o dos milímetros. Un cambio mínimo, pero para mí siempre patente. Los dientes que yo golpeteaba con tanto cariño habían desaparecido para siempre, y no me apetecía tocar los nuevos.

Algo de lo que nunca dudé era la certeza de que la conducta de Gordon Macleod constituía un delito totalmente punible. Y su responsabilidad también era total. Un hombre golpea a su mujer; un marido pega a su esposa; un borracho maltrata a su consorte sobria. No había defensa ni atenuante posible. El hecho de que estas conductas nunca llegaran a los tribunales, de que la clase media inglesa dispusiera de mil medios para eludir la verdad, de que no se despojase de su fachada respetable, al igual que no se despojaba de la ropa, de que Susan nunca denunciase a Gordon ante una autoridad, ni siquiera ante un dentista, todo esto carecía de importancia para mí, excepto sociológicamente. El hombre era malditamente culpable y yo lo odiaría hasta el fin de mis días. Esto lo tenía claro.

Alrededor de un año después de lo que acabo de contar fui a ver a Joan para comunicarle nuestra intención de trasladarnos a Londres.

Eres un absolutista en el amor, y por consiguiente un absolutista contrario al matrimonio. Has meditado mucho sobre la cuestión y hallado muchas comparaciones descabelladas. El matrimonio es una caseta de perro en la que se vive a gusto y sin cadena. El matrimonio es un joyero que, en virtud de algún proceso opuesto al de la alquimia, transforma el oro, la plata y los diamantes en metal común, bisutería y cuarzo. El matrimonio es un cobertizo para barcas que contiene una canoa vieja para dos personas que ya no vale para navegar y tiene un solo remo y agujeros en el fondo. El matrimonio es..., puf, hay docenas de símiles disponibles.

Te acuerdas de tus padres y de sus amigos. Eran, en conjunto, y sin atribuirles demasiado mérito, personas decentes: honrados, trabajadores, de trato educado, no controlaban a sus hijos más de lo normal. La vida familiar representaba para ellos en gran medida lo mismo que para la generación de sus padres, aunque con una mayor libertad social que les permitía creerse pioneros. Pero te preguntabas dónde estaba el amor en todo esto. Y ni siquiera te referías al sexo, porque preferías no pensar en ello.

Y así, cuando entraste en el hogar de los Macleod y observaste un estilo de vida diferente, lo primero que pensaste fue en lo restringida que parecía tu propia casa, en la vida y la emoción que le faltaba. Luego, gradualmente, comprendiste que el matrimonio de Susan y Gordon Macleod era en realidad mucho peor que cualquier otro del círculo de tus padres y te volviste aún más absolutista. Que Susan tenía que vivir contigo en un estado de amor era obvio; que tenía que abandonar a Macleod lo era igualmente; que debía divorciarse –sobre todo después de lo que él le había hecho– parecía no solo un reconocimiento de la verdad de las cosas, no solo una obligación romántica, sino un primer paso necesario para que volviera a ser una auténtica persona. No, «volviera» no; en realidad sería la primera vez. ¿Y no sería muy emocionante para ella?

La convences de que consulte a un abogado. No, no quiere que la acompañes. Tú lo apruebas en parte, la parte que se imagina a Susan libre, independiente, en el futuro próximo.

–¿Qué tal ha ido?

–Ha dicho que estoy un poco hecha un lío.

–¿Ha dicho *eso?*

–No. No exactamente. Pero le he explicado cosas. Casi todo. No lo nuestro, evidentemente. Y, bueno, supongo que ha pensado que he salido de estampida. Que me he ido disparada. Quizá ha pensado que todo tenía que ver con la Temida.

–Pero... ¿no le has contado lo que había sucedido..., lo que te hizo *él?*

–No he entrado en detalles, no. Le he hablado en general.

–Pero no puedes divorciarte por motivos *generales*. Solo te divorcias por motivos particulares.

–No te enfades conmigo, Paul. Hago lo que puedo.

–Sí, pero...

–Me ha dicho que, para empezar, debería irme de casa y ponerlo todo por escrito. Porque se ha dado cuenta de que me costaba contárselo directamente.

–Me parece muy sensato.

De repente apruebas a ese abogado.

–Así que intentaré hacer eso.

Unas semanas más tarde, cuando le preguntas cómo va el escrito, mueve la cabeza sin responder.

–Pero tienes que hacerlo –dices.

–No sabes cuánto me cuesta.

–¿Te gustaría que te ayudase?

–No, tengo que hacerlo yo sola.

Lo apruebas. Será el comienzo, la creación de una nueva Susan. Tratas de darle un consejo delicado.

–Creo que necesitan detalles concretos. –Ahora ya sabes un poco de la ley del divorcio–. Lo que ocurrió exactamente y cuándo, aproximadamente.

Otras dos semanas después, preguntas cómo va.

—No me abandones todavía, Casey Paul —responde ella.

Y cada vez que te dice eso —y nunca piensas que es calculado, porque no es una persona calculadora— te parte el corazón. Por supuesto que no vas a abandonarla.

Y por fin, unas semanas más tarde, te entrega unas cuantas hojas de papel.

—No las leas delante de mí.

Tú te las llevas y tu optimismo se desvanece desde la primera frase. Susan ha convertido su vida y su matrimonio en un cuento cómico que a ti te suena como si lo hubiera escrito James Thurber. Tal vez era así. Habla de un hombre que viste un terno, se llama don Pantalón de Elefante, va al pub todas las noches —o al bar de la Grand Central Station— y vuelve a casa en un estado que alarma a su mujer y a sus hijas. Derriba el perchero, da una patada a los tiestos, le grita al perro y en la casa se propagan la alarma y el desánimo, y él monta un alboroto hasta que se queda dormido en el sofá y ronca tan fuerte que caen tejas del tejado.

No sabes qué decir. No dices nada. Finges que todavía estás examinando el documento. Sabes que tienes que ser muy atento y muy paciente con ella. Le explicas de nuevo que necesitan conocer detalles concretos, el dónde, el cuándo y, lo más importante, el qué. Ella te mira y asiente.

Poco a poco, durante las semanas y los meses siguientes, empiezas a comprender que nunca se va a divorciar. Susan es lo bastante fuerte para amarte, para huir contigo, pero no lo suficiente para entrar en un juzgado y denunciar a su marido por los decenios de tiranía sin sexo, alcoholismo y agresiones físicas. No podrá —ni siquiera a petición del abogado— pedirle al dentista que describa sus lesiones. No puede declarar en público lo que sí puede admitir en privado.

Caes en la cuenta de que, aun cuando sea el espíritu libre que imaginas que es, es también un espíritu libre lastimado. Comprendes que en el fondo hay una cuestión de vergüenza. Vergüenza personal y vergüenza social. Puede que no le importe que la expulsen por furcia del club de tenis, pero no puede reconocer la verdadera naturaleza de su matrimonio. Rememoras casos antiguos en los que delincuentes –incluso homicidas– se casaban con sus cómplices porque a una cónyuge no se le podía exigir que testimoniase contra su marido. Pero actualmente, lejos del mundo de la delincuencia, en el respetable Village y en muchísimos lugares similares y silenciosos del país, hay mujeres que han sido condicionadas por la convención social y marital para no testificar contra el marido.

Y hay otro factor en el que, extrañamente, no has pensado. Una noche tranquila –tranquila porque oficialmente has renunciado al proyecto y olvidado toda falsa esperanza y los sinsabores que te ha causado– ella te dice apaciblemente:

–Y, de todos modos, si yo hiciera eso, él sacaría a relucir lo tuyo.

Te quedas atónito. Pensabas que no tenías nada que ver con la ruptura del matrimonio Macleod; no eras más que el extraño que había señalado lo que habría sido evidente para cualquiera. Sí, te enamoraste de ella; sí, te fugaste con ella; pero eso fue la consecuencia, no la causa.

Aun así, quizá sea una suerte para ti que la antigua ley relativa a la coacción no figure ya en el código penal. Te imaginas que te llaman a declarar como testigo y te piden que des explicaciones. En parte piensas que sería maravilloso, heroico; repasas entero el interrogatorio judicial, en el cual estás deslumbrante. Hasta la última pregunta. Ah, y a propósito, joven seductor, joven instigador, ¿puedo preguntarle en qué trabaja? Desde luego, contestas, soy estudiante de Derecho. Te percatas de que quizá tendrías que cambiar de profesión.

Sabes que a veces, después de visitar la casa de la que ella es copropietaria, Susan va a ver a Joan. Es una buena idea, aunque a su regreso el pelo le huele a humo de cigarrillo. En una ocasión percibes jerez en su aliento.

—¿Has tomado una copa con Joan?

—¿Sí? Déjame pensar... Es muy posible.

—Pues no deberías. Beber y conducir. Es una locura.

—Sí, señor —añade, irónica.

Otro día le huele el pelo a tabaco y a caramelo de menta el aliento. Piensas que es una estupidez.

—Escucha, si vas a beber algo con Joan no insultes mi inteligencia masticando después unos caramelos.

—Lo que pasa, Paul, es que hay tramos del trayecto que no me gustan. Me ponen nerviosa. Esquinas ciegas. He descubierto que una copita de jerez con Joan me calma los nervios. Y los caramelos no son por ti, cariño, son por si me para la policía.

—Estoy seguro de que la policía sospecha tanto de los conductores que huelen a caramelo de menta como de los que huelen a alcohol.

—No actúes como un *policía,* Paul. O como un abogado, aunque vayas a serlo. Hago lo que puedo. No puedo hacer otra cosa.

—Por supuesto.

La besas. Tienes tan pocas ganas de confrontación como ella. Está claro que confías en ella, está claro que la amas, está claro que eres demasiado joven para ser policía o abogado.

Y por tanto seguís adelante, risueños, durante varios meses sin complicaciones.

Pero una tarde de febrero ella vuelve tarde del Village. Sabes que no le gusta conducir de noche. Te imaginas el coche fuera de la calzada, en una cuneta, su cabeza ensangrentada contra el salpicadero, caramelos de menta que caen de su bolso.

Telefoneas a Joan.

—Estoy un poco preocupado por Susan.

—¿Por qué?

—Bueno, ¿a qué hora se ha ido de tu casa?

—¿Cuándo?

—Hoy.

—No he visto a Susan hoy. —La voz de Joan es serena—. Tampoco esperaba verla.

—Oh, joder —dices.

—Llámame cuando haya vuelto sana y salva.

—Claro —dices, con el pensamiento a medias en otra parte.

—Y, Paul...

—¿Sí?

—Lo más importante es que vuelva sana y salva.

—Sí.

Es lo más importante. Y ella vuelve sin percances. Y tiene el pelo limpio y el aliento no le huele a nada.

—Perdona que llegue tarde, cariño —dice dejando el bolso.

—Sí, estaba preocupado.

—No había motivo.

—Pero lo estaba.

No insistes. Después de cenar recoges los platos y, asegurándote de que le das la espalda, preguntas:

—¿Cómo está la buena de Joan?

—¿Joan? Igual que siempre, Joan no cambia. Eso forma parte de su encanto.

Enjuagas los platos y no dices nada más. Eres amante, no abogado, te recuerdas. Solo que vas a ser abogado porque necesitas ser sólido y estable para cuidar mejor a Susan.

El tronco de la memoria se parte a lo largo de la veta. Por eso no recuerdas los períodos tranquilos, los paseos, la jovialidad, las bromas constantes, ni tampoco las horas de estudio de las leyes, que llenan el hueco entre este último diálogo y el día en que, preocupado por una serie de noches en que vuelve tarde del Village, le dices, con calma y sin desafío:

—Sé que no siempre vas a ver a Joan cuando dices que vas a verla.

Ella mira a otra parte.

–¿Me has estado espiando, Casey Paul? Es algo horrible, muy poco amoroso, espiar a la gente.

–Sí, pero no puedo dejar de preocuparme, y no soporto la idea de que estás a solas en la casa con... él.

–Oh, no corro ningún peligro –dice ella. Hay un momento de silencio–. Mira, Paul, no te lo cuento porque no quiero que las dos partes de mi vida se superpongan. Quiero construir aquí un muro a nuestro alrededor.

–¿Pero?

–Pero hay asuntos prácticos de los que tengo que hablar con él.

–¿Como el divorcio?

Inmediatamente te avergüenza tu sarcasmo.

–No me acoses así, señor hostigador. Tengo que hacer las cosas a mi ritmo. Es mucho más complicado de lo que crees.

–Vale.

–Tenemos... Él y yo tenemos dos hijas, no lo olvides.

–No lo olvido.

Aunque, naturalmente, lo haces. A menudo.

–Tenemos que hablar de dinero. Del coche. De la casa. Creo que hace falta pintarla este verano.

–¿Habláis de pintar la casa?

–Ya basta, acosador.

–De acuerdo –dices–. Pero me amas a mí y no a él.

–Ya sabes que es así, Casey Paul. Si no, no estaría aquí.

–Y supongo que *él* quiere que vuelvas.

–Lo que *odio* –dice ella– es cuando se pone de rodillas.

–¿Se pone de rodillas?

Con su pantalón de elefante, pienso.

–Sí, es horrible, es embarazoso, es indecente.

–¿Y qué?, ¿te suplica que te quedes?

–Sí. ¿Ves por qué no te cuento nada de eso?

Los chicos pijos solían aparecer por Henry Road y dormían en el suelo, sobando como perros sobre un montón de almohadones. Cuantos más venían, tanto más activamente relajada estaba Susan. Por tanto era una buena cosa. A veces ellos traían a sus novias, cuya reacción ante Henry Road me intrigaba. Me volví un experto en intuir una censura encubierta. No era una actitud defensiva ni paranoica, sino simplemente observadora. Además me divertía la ortodoxia de su apariencia sexual. Podrías haber pensado —¿o no?— que a una chica o jovencita veinteañera la estimularía bastante la idea de que pudiera sucederle algo emocionante treinta años más tarde: que su corazón y su cuerpo serían todavía excitantes y que su futuro no consistiría necesariamente en una creciente aceptación social combinada con una lenta disminución emocional. Me sorprendía que a algunas de ellas no les pareciera que mi relación con Susan era un motivo de alegría. Por el contrario, reaccionaban de un modo muy parecido a como habrían reaccionado sus padres: alarmadas, amenazadas, moralistas. Quizá ellas también esperaban ser madres y se imaginaban que les secuestraban de la cuna a sus preciosos hijos. Cualquiera habría pensado que Susan era una bruja que me había hechizado y que merecía que la castigasen con tormentos medievales. Pues sí, me había hechizado. Y advertir la desaprobación de mujeres de mi edad simplemente acrecentaba el placer que me daba mi originalidad y la de Susan, y mi propia determinación de seguir ofendiendo a los gazmoños y a los poco imaginativos. Bueno, todos tenemos que tener una meta en la vida, ¿no? De la misma manera que un joven necesita una reputación.

Por aquellos días, uno de los inquilinos se marchó y Eric, que había roto con su novia (moralista, y que exigía matrimonio), se instaló en la habitación libre de la última planta. Este cambio infundió una nueva dinámica a la casa, incluso quizá la mejoró. Eric aprobaba plenamente nuestra relación y podía vigilar a Susan cuando yo no podía. Le permitimos pagar un alquiler, lo cual hacía aún más ilógico que Susan se negara a aceptarlo en mi caso. Pero yo sabía cuál sería su respuesta si renovaba mi ofrecimiento.

Transcurrieron unos meses. Una noche, después de que Susan se hubiera acostado, Eric dijo:

—No me gusta tener que decirte esto...

—¿Sí?

Parecía incómodo, algo impropio de él.

—... pero el hecho es que Susan me ha estado birlando el whisky.

—¿Tu whisky? Ella ni siquiera bebe whisky.

—Pues es ella, tú o el duende.

—¿Estás seguro?

—He puesto una marca en la botella.

—¿Cuándo lo has notado?

—Hará unas semanas. ¿Meses, quizá?

—¿*Meses*? ¿Por qué no me lo has dicho antes?

—Quería estar seguro. Y ella cambió de táctica.

—¿Qué quieres decir?

—Pues que en algún momento debió de darse cuenta de que había una marca en la botella. Daba un sorbo o un trago o la cantidad que fuera y luego rellenaba la botella con agua hasta la marca.

—Muy inteligente.

—No, es lo típico. Hasta banal. Mi padre lo hacía cuando mi madre intentaba que dejase la bebida.

—Oh.

Estaba decepcionado. Quería que Susan fuese siempre tan absolutamente original como me seguía pareciendo que era.

—Así que hice lo más lógico. Dejé de beber de la botella. Ella venía, se echaba un traguito y rellenaba con agua hasta la marca de lápiz. Yo la dejé hacer hasta que vi que el color del whisky se aclaraba. Al final, para confirmarlo, me tomé un vaso. Calculo que había una parte de whisky por unas quince de agua.

—Joder.

—Sí, joder.

—Hablaré con ella —prometí.

Pero no lo hice. ¿Fue cobardía, fue la esperanza de que surgiera alguna explicación alternativa, o una fatigada negativa a admitir mis propias sospechas?

—Y entretanto guardaré la priva en lo alto del ropero.

—Buen plan.

Era un buen plan hasta el día en que Eric me dijo, tranquilamente:

—Ha aprendido a subirse al techo del ropero.

Lo dijo como si fuera una maña de un mono en vez de un comportamiento normal que incluye el uso de una silla. Pero lo mismo me pareció a mí también.

Notas que a veces no parece piripi sino descentrada. No somnolienta de cara, sino de mente. Entonces, casualmente, ves que se traga una pastilla.

—¿Te duele la cabeza?

—No —responde. Está en uno de esos estados de ánimo, lúcida, sin compadecerse a sí misma, pero algo abatida, que te oprimen el corazón. Viene a sentarse en el borde de la cama.

—He ido al médico. Le he explicado lo sucedido. Le he explicado que estoy deprimida. Me ha dado unas pastillas para levantarme el ánimo.

—Lamento que las necesites. Seguro que te estoy fallando.

—No eres tú, Paul. Y eso tampoco es justo contigo. Pero creo que si consigo... adaptarme me sentiré mejor.

—¿Le has dicho que te estabas propasando con la bebida?

—No me ha preguntado nada sobre eso.

—Aun así, deberías habérselo dicho.

—No vamos a pelearnos por esto, ¿verdad?

—No. No vamos a pelearnos. Nunca.

—Entonces todo saldrá bien. Ya verás.

Al pensar más tarde en esta conversación, empiezas a comprender —por primera vez, realmente— que ella tiene más que perder que tú. Mucho más. Tú estás dejando atrás un pasado, gran parte del cual lo abandonas contento. Creías, y sigues creyéndolo profundamente, que el amor es lo único que cuenta; que lo compensa todo; que si tú y ella estáis bien, todo estará en orden. Comprendes que lo que ella ha dejado atrás –incluso su relación con Gordon Macleod– es más complejo de lo que suponías. Pensabas que se podían amputar trozos de una vida sin dolor ni complicaciones. Comprendes que si ella, cuando la conociste, parecía aislada en el Village, al fugarte con ella tú la has aislado aún más.

Todo esto significa que debes redoblar tu compromiso con ella. Tienes que atravesar este pasaje difícil y entonces las cosas serán más claras, mejores. Ella lo cree y tú también debes creerlo.

Tomas la ruta trasera al acercarte al Village para no pasar por la casa de tus padres.

–¿Dónde está Susan? –son las primeras palabras de Joan cuando abre la puerta.

–He venido solo.

–¿Lo sabe ella?

Te gusta que Joan vaya siempre al grano. Disfrutas cuando te echa un jarro de agua fría antes de sentarte ante un vaso tallado lleno de ginebra a temperatura ambiente.

–No.

–Entonces debe de ser serio. Voy a encerrar a los chuchos.

Te sientas en un sillón que huele a perro y te ponen una bebida al lado. Mientras ordenas tus ideas, Joan se adelanta.

–Punto número uno. No soy una mediadora. Cualquier cosa que digas no sale de este cuarto y no se filtra fuera. Punto número dos. No soy una loquera, no soy una especie de consultorio y tampoco me entusiasma escuchar las desdichas ajenas. Tiendo a pensar que deberían sobrellevarlas, dejar de lamentarse, remangarse y demás. Punto número tres. No soy más que una borrachina a la que no le ha ido bien en la vida y que vive sola con sus perros. De modo que no soy una autoridad en nada. Ni siquiera en crucigramas, como dijiste una vez.

—Pero quieres a Susan.

—Pues claro que la quiero. ¿Cómo está la jovencita?

—Bebe demasiado.

—¿Cuánto es «demasiado»?

—En su caso, poquísimo.

—Puede que tengas razón.

—Y está tomando antidepresivos.

—Bueno, todos hemos pasado por *eso* –dice Joan–. Los médicos los reparten como caramelos. Sobre todo a las mujeres de cierta edad. ¿Le sientan bien?

—No lo sé. Solo la atontan. Pero es un atontamiento distinto de la bebida.

—Sí, también recuerdo eso.

—¿Y?

—¿Y qué?

—¿Qué tengo que hacer?

—Querido Paul, acabo de decirte que no doy consejos. Seguí los míos propios durante muchos años y mira adónde me han llevado. Así que ya no los doy.

Asientes. Tampoco te sorprende mucho.

—El único consejo que te daría...

—¿Sí?

—... es que des un trago de lo que tienes junto al codo.

Obedeces.

—De acuerdo –dices–. Ningún consejo. Pero... No sé, ¿hay algo que debería saber y que no sé? ¿Algo que puedas decirme de Susan o de Susan y de mí y que pudiera ayudarme?

—Lo único que puedo decir es que si todo se va al garete, tú probablemente lo superarás y ella probablemente no.

Te escandalizas.

—No es muy amable decir eso.

—No pretendo serlo, Paul. La verdad no es amable. Lo descubrirás muy pronto cuando la vida te vapulee.

—Tengo la impresión de que ya ha empezado a vapulearme bastante.

—Tal vez para tu puto bien. —Debes de haber puesto una cara como si acabaras de recibir una bofetada—. Vamos, Paul, no has venido hasta aquí para que te dé un abrazo y te diga que hay hadas en el fondo del jardín.

—Cierto. Solo dime lo que piensas de esto: Susan va a ver a Macleod de vez en cuando. Seguramente más veces de las que dice.

—¿Te molesta?

—Sobre todo en el sentido de que si él vuelve a ponerle la mano encima tendré que matarlo.

Joan se ríe.

—Oh, cómo añoro el melodrama de ser joven.

—No me trates con esa condescendencia, Joan.

—No soy condescendiente, Paul. Por supuesto no harás semejante cosa. Pero admiro que lo pienses.

Te preguntas si lo dice con ironía. Pero Joan no es irónica.

—¿Por qué crees que no lo haría?

—Porque el último asesinato en el Village posiblemente lo cometió un cavernícola.

Te ríes y das otro sorbo de ginebra.

—Me preocupa —dices—. Me preocupa que no pueda salvarla.

Ella no responde, lo cual te disgusta.

—Entonces, ¿qué piensas de *esto?* —exiges.

—Te he dicho que no soy un puto oráculo. Podrías leer tu horóscopo en el *Advertiser & Gazette.* Cuando os fugasteis juntos dije que los dos teníais agallas. Tú las tienes y tienes amor. Si eso no es suficientemente bueno para la vida, la vida no es suficientemente buena para ti.

—Ahora hablas como un oráculo.

—Entonces más vale que vaya a lavarme la boca con jabón.

Un día, al volver a casa, encuentras a Susan con cortes y magulladuras en la cara y con los brazos en alto, a la defensiva.

—Me he caído contra ese peldaño del jardín —dice, como si fuera un peligro conocido del que ya hemos hablado—. Me parece que tropiezo mucho.

En efecto, «tropieza» mucho. Ahora, por acto reflejo, la agarras del brazo cuando paseas con ella, atento a los desniveles del suelo. Pero un rubor en la cara también la delata. Llamas al médico, no al privado al que fue ella para que le diera los antidepresivos.

El doctor Kenny es un hombre quisquilloso, inquisitivo, de mediana edad, pero el generalista adecuado, de esos que creen que las visitas a domicilio proporcionan datos útiles para el diagnóstico. Lo conduces arriba, al dormitorio de Susan; sus magulladuras están adquiriendo un color más vivo.

De nuevo en la planta baja, te propone una breve charla.

—Por supuesto.

—Es un poco desconcertante —empieza—. Es poco frecuente que una mujer de su edad sufra caídas.

—Últimamente tropieza mucho.

—Sí, es la palabra que ella ha empleado. Y si me permite la pregunta, ¿usted es...?

—Su inquilino..., no, algo más, una especie de ahijado, supongo.

—Hum. ¿Y viven aquí los dos solos?

—Hay otros dos inquilinos en las habitaciones del ático.

Decides no ascender a Eric al rango de segundo ahijado.

—¿Ella tiene familia?

—Sí, pero está como... alejada de sus familiares en este momento.

—Entonces, ¿no tiene apoyo? Aparte de usted, claro.

—Supongo que no.

—Como he dicho, me desconcierta bastante. ¿Cree que la bebida tiene algo que ver?

—Oh, no —me apresuro a decir–, no bebe. Odia el alcohol. Es una de las razones por las que abandonó a su marido. Él es bebedor. De jarras y jarros –añades, sin poder contenerte.

Comprendes dos cosas. Primera, que mientes automáticamente para proteger a Susan, aun cuando la verdad podría haberla ayudado más. También empiezas a ver la impresión que puede causar en un extraño tu relación o, mejor dicho, tu cohabitación con ella.

—Entonces, si me permite la pregunta, ¿qué hace ella todo el día?

—Pues... trabaja de voluntaria para los samaritanos.

Esto tampoco es verdad. Susan ha mencionado la idea, aunque tú te opones. Piensas que no debería intentar ayudar a otros cuando es ella la que necesita ayuda.

—No es una gran ocupación, ¿no?

—Bueno, supongo que... lleva la casa.

Él mira alrededor. El entorno es un desbarajuste evidente. Te percatas de que tus respuestas no le parecen convincentes. ¿Por qué habrían de serlo?

—Si vuelve a suceder nos veremos obligados a investigar –dice. Después coge su maletín y se marcha.

¿Investigar?, piensas. ¿Investigar? Ha visto que le has mentido. Pero ¿investigar qué? Quizá adivina que eres el amante de Susan y sospecha que podrías haberla maltratado. Menudo Cristo, piensas: en tu deseo de evitar que piensen que es una alcohólica parece que estás propiciando que te acusen de maltrato. Quizá el médico te estaba dando un último aviso.

No es que la policía se interese forzosamente por el caso. Recuerdas un incidente de hace un año o dos. Estás en el coche con Susan y apenas habéis recorrido unos cuatrocientos metros cuando veis a una pareja que discute en la acera. Cuando ves que el hombre se abalanza contra la mujer te asaltan fogonazos de lo ocurrido en casa de los Macleod. El hombre no le está pegando, pero parece a punto de hacerlo. Quizá estén borrachos, no lo sabes. Bajas la ventanilla y la mujer grita: «¡Llame a la policía!» Ahora el tipo la está sujetando. «¡Llame a la policía!» Corres a casa, marcas el 999 y viene a recogeros un coche patrulla que os lleva al escenario del posible delito denunciado. La pareja se ha ido, pero enseguida la encontráis a un par de calles. Los separan diez metros y se gritan obscenidades el uno al otro.

–Ah, los conocemos –dice el joven agente–. No es más que una riña doméstica.

–¿No va a detenerlos?

El policía tiene probablemente tu misma edad, pero sabe que conoce la vida mejor que tú.

–Bueno, señor, no tenemos por costumbre intervenir en asuntos domésticos. Es decir, a menos que se desmanden. Por lo que parece, solo se trata de una pequeña pelotera. Es noche de viernes, al fin y al cabo.

Y os lleva a los dos a casa.

Comprendes que quieres que la policía intervenga en las vidas ajenas pero no en la tuya. Comprendes también que tu veracidad se ha vuelto peligrosamente flexible. Y te preguntas si no deberías haberte bajado del coche e intentado separar al hombre de la mujer.

Uno de tus problemas es el siguiente: durante un largo tiempo te resulta inconcebible que Susan sea bebedora. ¿Cómo va a serlo si su marido bebe y a ella le asquea la bebida? Aborrece hasta el olor del alcohol, aborrece las falsas emociones que desencadena en las personas. A Macleod lo vuelve más grosero, más colérico, más burdamente sentimental; cuando la agarraba del pelo y le apretaba un vaso contra los labios, ella habría preferido que el jerez se derramara sobre su vestido en vez de por su garganta. Tampoco ha habido en su vida nadie que le ofreciera un ejemplo creíble de lo contrario: que el alcohol es algo glamouroso, que sirve para desinhibir, que es divertido, que puedes controlarlo porque sabes cuándo permitírtelo y cuándo rechazarlo.

Tú la crees. Nunca le pides explicaciones por sus ausencias y sus retrasos cada vez más frecuentes. Cuando al llegar la encuentras inexpresiva y con aire somnoliento, te dices que habrá tomado por error una pastilla de más, lo cual a veces es cierto. Y como te resulta inevitable creer que una de las razones de que esté tomando antidepresivos es que no consigues hacerla tan feliz como para que no los necesite, te sientes culpable y la culpa te impide interrogarla. Así que cuando, saliendo de su modorra, ella alza la vista, da unas palmadas a su lado en el sofá y pregunta: «¿Dónde has estado durante toda mi vida?», sientes un desgarro en tu interior y no hay nada que quieras más en el mundo que arreglar todos sus problemas, y no como tú quieres, sino como ella quiere resolverlos. Entonces te sientas a su lado y le coges las muñecas.

Del mismo modo que crees que tu amor es único, crees que las dificultades de Susan –sus problemas– son únicos. Eres demasiado joven para comprender que toda conducta humana se inscribe en pautas y categorías y que su caso –el tuyo– dista de ser único. Quieres que ella sea una excepción y no una norma. Si en aquel tiempo alguien hubiera aventurado una palabra como codependencia –en el supuesto de que ya la hubieran inventado–, la habrías desestimado riéndote como si fuera jerga norteamericana. Sin embargo, quizá te hubiera impresionado más un vínculo estadístico que entonces ignorabas: que los allegados de un alcohólico, lejos de sentir repulsión por el hábito –o, más bien, a pesar de que les repele el hábito–, a menudo sucumben ellos también.

Pero la etapa siguiente para ti es aceptar un porcentaje de las pruebas que tienes delante. Comprendes que en determinadas y muy limitadas circunstancias ella necesita el empujón de una copita, como ahora en ocasiones admite. Es evidente que tiene que acompañar a Joan cuando va al Village; lo es también que a veces la asusta el tráfico creciente en las carreteras, y esa súbita curva en una cuesta, de manera que un traguito la ayuda; es obvio que a veces se siente muy sola cuando tú estás en la facul-

135

tad la mayor parte del día. También tiene su «mal momento», como lo llama ella, normalmente entre las cinco y las seis de la tarde, aunque a medida que los días se acortan y anochece más temprano, su momento malo empieza antes y obviamente se prolonga hasta tan tarde como antes.

Crees lo que dice. Crees que la única botella de la que bebe es la que guarda debajo del fregadero, detrás de la lejía, el lavavajillas líquido y el limpiametales. Cuando te propone que pongas una marca de lápiz en la botella, para que los dos podáis controlar cuánto bebe, lo tomas como una buena señal y piensas que esas marcas de lápiz son completamente distintas de las que hacía Eric en su botella de whisky. Tampoco te imaginas que hay otras botellas en otras partes. Cuando los amigos tratan de advertirte —«Estoy un poco preocupado por lo que bebe Susan», dice uno, y «Chico, huele a alcohol desde el otro extremo del teléfono», dice otro—, reaccionas de modos diferentes. Lo niegas para proteger a Susan; reconoces que tiene recaídas; dices que los dos habéis hablado y que ella ha prometido «ver a alguien». Hasta puede que digas las tres cosas en el curso de la misma conversación. Pero también te ofende el solícito interés de tus amigos. Porque tú no necesitas ayuda: nosotros dos, puesto que nos amamos, podremos solucionar el problema, muchas gracias. Y esto aleja ligeramente a tus amigos de ti y también de Susan. Cada vez con más frecuencia te oyes decir: «Es solo que Susan ha tenido un mal día», y a fuerza de repetirlo lo acabas creyendo.

Porque todavía hay muchas horas y días buenos en que la sobriedad y la alegría llenan la casa, y sus ojos y su sonrisa son los mismos de cuando os conocisteis, y hacéis algo tan simple como salir en coche a dar un paseo por el bosque o vais al cine cogidos de la mano, y una súbita ráfaga afectiva te dice que todo es muy fácil y sencillo, y entonces vuestro amor se reafirma, el tuyo por ella y el de ella por ti. Y te gustaría que tus amigos la vieran en momentos así: mira, sigue siendo la misma, no solo «por debajo», sino aquí, ahora, también en la superficie. Nunca sospechas que uno de los motivos de que tus amigos normalmente la vean borracha podría ser que ella se ha convencido a sí misma, mediante una razón tortuosa, de que necesita un poco de desinhibición alcohólica antes de verlos.

Cada fase conduce sin alteración a la siguiente. Y llega una fase paradójica que tú al principio combates. Si la amas inquebrantablemente, como es el caso, y si amarla significa comprenderla, entonces comprenderla tiene que incluir comprender por qué bebe. Repasas toda su prehistoria y su historia reciente y su situación actual y su posible futuro. Comprendes todo eso, y antes de saber en qué punto estás, has pasado de algún modo de la total negación del hecho de que ella bebe a la absoluta comprensión de por qué quizá lo haga.

Pero esto va acompañado de un brutal hecho cronológico. Que tú sepas, Susan solo bebía ocasionalmente mientras vivió con Macleod. Pero ahora que vive contigo es –se ha vuelto, se está volviendo aún– una alcohólica. Es demasiado para que lo asumas totalmente, y no digamos para soportarlo.

Está sentada con su mañanita acolchada, con los periódicos a su alrededor y junto al codo una taza de café que se ha enfriado hace rato. Está ceñuda y adelanta la barbilla como si hubiera estado meditando todo el día. Son las seis de la tarde y estás en el último curso de Derecho. Te sientas en el costado de la cama.

–Casey Paul –empieza ella, con un tono afectuoso y perplejo–, he decidido que algo va muy mal.

–Creo que quizá tengas razón –respondes con calma. Por fin, piensas, tal vez sea el momento de dar el gran paso. Es lo que tiene que ocurrir, ¿no? Todo llega a un punto de crisis y entonces la fiebre cede y todo vuelve a ser claro, racional y feliz.

–Pero he intentado aclararme todo el día y no lo consigo.

¿Y ahora qué haces? ¿Empiezas otra vez con lo de la bebida? ¿Sugieres ver a un médico, un especialista, un psiquiatra? Tienes veinticinco años y careces de experiencia en estas situaciones. No hay artículos en el periódico titulados «Qué hacer con tu amante de edad madura alcohólica». Estás solo. Aún no tienes teorías sobre la vida, solo conoces algunos de sus placeres y sus penas. Crees todavía en el amor, sin embargo, y en lo que es capaz de hacer, en que puede transformar una vida, hasta la vida de dos personas. Crees que es invulnerable, tenaz, capaz de derrotar a cualquier adversario. De hecho, hasta ahora es la única teoría que tienes de la vida.

Por tanto actúas lo mejor que puedes. Le coges una muñeca y le hablas de cómo os conocisteis y os enamorasteis, de que os eligió el destino y después lo compartisteis, de que os habéis fugado como en la más hermosa tradición de los amantes y que seguís así, creyendo y diciendo en serio cada palabra, y luego tú sugieres con delicadeza que ha estado bebiendo demasiado últimamente.

—Oh, siempre estás con lo mismo —contesta ella, como si fuera una tediosa y puntillosa obsesión tuya que no tiene nada que ver con ella—. Pero si quieres que diga que sí te lo digo. Quizá me tomo de vez en cuando unas gotas más de lo que me conviene.

Acallas la insistente voz interior que dice: «No, unas gotas no, una o dos botellas más de lo que te conviene.» Ella prosigue:

—Estoy hablando de algo mucho más grave que *eso*. Creo que hay algo que va muy mal.

—¿Te refieres a algo que te incita a beber? ¿Algo que yo desconozco?

Tu pensamiento apunta a un suceso terrible, decisivo, de su infancia, mucho peor que el «beso de buenas noches» del tío Humph.

—Ah, la verdad es que a veces puedes ser de lo más pelma —dice ella, burlona—. No, es algo mucho más importante. Es lo que hay detrás de todo.

Tú ya estás perdiendo un poco la paciencia.

–¿Y qué crees que podría haber detrás?

–Quizá los rusos.

–¿Los *rusos?* –gritas tú.

–Oh, Paul, trata de entenderme. No me refiero a los rusos *reales*. Son solo una figura retórica.

Como, pongamos, el Ku Klux Klan o el KGB o la CIA o el Che Guevara. Sospechas que esta breve oportunidad se está alejando y no sabes si es por culpa tuya o de ella o de nadie.

–De acuerdo –dices–. Los rusos son una figura retórica.

Pero ella se lo toma como una impertinencia subrepticia.

–De nada sirve si no me entiendes. Hay algo detrás de todo esto, fuera de la vista. Algo que lo sostiene todo. Algo que si lo recomponemos lo arreglaría todo, nos arreglaría, ¿no lo ves?

Pones tu mayor empeño.

–¿Como el budismo, quieres decir?

–Oh, no seas absurdo. Ya sabes lo que pienso de la religión.

–Bueno, era solo una idea –dices en broma.

–Y no muy buena.

Con qué rapidez el diálogo ha pasado de amable y esperanzado a irascible y burlón. Y qué alejado de lo que tú consideras que es el problema, no solo detrás de todo sino en la superficie y en todos los puntos que hay en medio: las botellas debajo del fregadero, debajo de la cama, detrás de las estanterías, dentro de su estómago, su cabeza, su corazón. Aunque sea cierto que no conoces la causa, si es que hay una sola causa identificable, te parece que lo único de que dispones para luchar contra ella son las manifestaciones que surgen cada día.

Sabes, por supuesto, lo que ella dice de la religión. Es inflexible su crítica de los misioneros, ya pretendan hacer proselitismo en países remotos o en domicilios de la periferia. Y también está la historia de Malta que ella te ha contado más de una vez. Cuando las chicas eran pequeñas, a Gordon Macleod lo destinaron a Malta durante un par de años. Ella se reunió con él y vivió allí parte de ese tiempo. Y su recuerdo más vívido era el de la bicicleta del cura. Sí, explicaba, allí son tremendamente católicos. La Iglesia es todopoderosa y todo el mundo la obedece dócilmente. Y la Iglesia los mantiene sojuzgados, exhortando a las mujeres a que tengan el mayor número posible de hijos: es absolutamente imposible un control de la natalidad en la isla. Son muy retrógrados en este aspecto –a John Bell & Croyden los expulsarían de la ciudad– y cada mujer tiene que llevarse sus propios métodos.

De todos modos, prosigue, a veces ocurre que una novia joven no se queda embarazada inmediatamente después de la boda, durante un año o dos, pongamos, a pesar de todas sus oraciones. O quizá una mujer que tiene dos hijos está desesperada por tener un tercero que no llega. Y en tales casos el cura se presenta y apoya la bicicleta contra la puerta de entrada para que todo el mundo –en especial el marido– sepa que no debe interrumpir hasta que la bici se haya ido. Y cuando, nueve meses más tarde –aunque, claro está, la cosa puede necesitar varias visitas–, la familia aumenta, a esa bendición la llaman «el niño del cura» y la consideran un don de Dios. Y en ocasiones hay más de un hijo del cura en la familia. ¿Te imaginas, Paul? ¿No te parece una barbaridad?

Piensas que lo es; lo dices cada vez. Y ahora una parte de ti –tu parte agorera, desesperada, sarcástica– se pregunta: si no son los rusos los que están detrás de todo esto, ¿podría ser el Vaticano?

Sigues durmiendo con ella, pero no hacéis el amor desde hace mucho. No te preguntas cuánto hace según el calendario, porque lo que importa es cuánto hace según el corazón. Descubres más cosas del sexo de las que quieres saber, o más de las que deberían permitírsete descubrir mientras todavía eres joven. Algunos descubrimientos habría que dejarlos para más adelante, cuando quizá duelan menos.

Sabes ya que hay sexo bueno y sexo malo. Naturalmente

prefieres el bueno al malo. Pero también, siendo joven, piensas que aun así, considerados todos los aspectos, los duros y los blandos, el sexo malo es mejor que ningún sexo. Y a veces mejor que la masturbación; aunque otras veces no.

Pero si crees que estas dos categorías son las únicas que existen, es que estás equivocado. Porque hay una que no sabías que existiese, algo que no es, como podrías haber supuesto al oír hablar de ella, una mera subcategoría del mal sexo; y es el sexo triste. El sexo triste es el más triste de todos.

El sexo triste es cuando la pasta de dientes dentro de la boca de Susan no encubre del todo el olor del jerez dulce y ella susurra: «Alégrame, Casey Paul.» Y la complaces. Aunque alegrarla a ella también supone entristecerte tú.

El sexo triste es cuando ya está dopada por una píldora antidepresiva pero tú piensas que si la follas quizá la animes un poco más.

El sexo triste es cuando tú mismo estás tan desesperado, la situación es tan insoluble, la prehistoria tan opresiva, tu propio equilibrio anímico tan incierto de un día para otro, de un momento a otro, que piensas que bien podrías dejarte ir con el sexo durante unos minutos, durante media hora. Pero no te dejas ir, ni cambia tu estado de ánimo, ni siquiera durante un nanosegundo.

El sexo triste es cuando notas que estás perdiendo todo contacto con ella, y ella contigo, pero que es el medio de deciros mutuamente que la conexión existe todavía de algún modo; que ninguno de los dos va a abandonar al otro, aun cuando una parte de ti cree que deberías. Después descubres que insistir en esa conexión es lo mismo que prolongar la pena.

El sexo triste es cuando estás haciendo el amor con una mujer mientras piensas en la forma de matar a su marido, aunque nunca serías capaz de hacerlo porque no eres esa clase de persona. Pero al igual que tu cuerpo no se detiene, tampoco tu pensamiento; te ves pensando: sí, si lo sorprendieras estrangulando a Susan, te figuras que lo golpearías con una pala en la nuca, o que lo apuñalarías con un cuchillo de cocina, si bien comprendes que, en vista de tu ineptitud con los puños, podría suceder que la pala o el cuchillo resbalasen y en vez del cuerpo de Gordon acabaran hiriéndola a ella. Entonces este relato paralelo en tu cabeza se desquicia todavía más y te plantea que si fallaras el ataque a Gordon y en su lugar la alcanzases a ella podría ser porque secretamente querías lastimarla, puesto que Susan –esta mujer desnuda ahora debajo de ti– te ha metido en este cenagal insoluble en una etapa tan temprana de tu vida.

El sexo triste es cuando ella está sobria, los dos os deseáis, sabes que tú la amarás siempre a pesar de todo y que ella te amará siempre a pesar de todo, pero tú –los dos, tal vez– comprendes ahora que amarse el uno al otro no necesariamente conduce a la felicidad. Y por eso hacer el amor se ha convertido no tanto en una búsqueda de consuelo como en un intento vano de negar vuestra desdicha recíproca.

El buen sexo es mejor que el sexo malo. El sexo malo es mejor que ningún sexo, salvo cuando la ausencia de sexo es mejor que el mal sexo. El autosexo es mejor que ningún sexo, salvo cuando ningún sexo es mejor que el autosexo. El sexo triste es siempre mucho peor que el buen sexo, el mal sexo, el autosexo y ningún sexo. El sexo triste es el más triste de todos.

En la universidad conoces a Paula –rubia, amistosa, directa–, que se ha pasado a la carrera de leyes después de un corto servicio en el ejército. Te gusta su letra cuando te enseña un resumen de una clase que te perdiste. Una mañana la invitas a un café y más tarde almorzáis un sándwich en el parque público cercano. Una noche la llevas al cine y le das un beso de despedida. Intercambiáis el número de teléfono.

Unos días más tarde te pregunta:

–¿Quién es esa loca que vive en tu casa?

–¿Perdón?

Y te recorre ya un escalofrío.

–Llamé anoche. Una mujer contestó al teléfono.

–Debió de ser mi casera.

–Parecía más loca que una cabra.

Respiras.

–Es un poco excéntrica –dices. Quieres cortar esta conversación de inmediato. Ojalá no se hubiera producido. Ojalá Paula no hubiese llamado nunca al número que le diste. Darías cualquier cosa por que no diese detalles, pero sabes que va a hacerlo.

–Le pregunté cuándo volverías y me dijo: «Oh, es un auténtico calavera, el jovencito, no te puedes fiar de él en ningún momento.» Y luego se puso de lo más servicial y dijo algo como: «Si me disculpa mientras busco un lápiz, le daré a Paul el mensaje que quiera dejarle.» Bueno, colgué antes de que volviera.

Te mira expectante, convencida de que le darás una explicación satisfactoria. No tiene que ser muy larga; una broma bastaría. Se te pasan por la cabeza diversas ideas estrafalarias hasta que optas por una cuarta parte de la verdad en vez de por una evasiva egoísta, y adoptando también una actitud testaruda y defensiva con respecto a Susan repites:

–Es un poco excéntrica.

Lo cual, y no es de extrañar, pone fin a tu relación con Paula. Y comprendes que es probable que esta pauta se repita con otras chicas amigables y directas cuya caligrafía admires.

Por esa época dejas de pensar en la familia de Susan por sus apodos. Todo aquello de Pantalón de Elefante y señorita Gruñona estaba bien y era divertido entonces, formaba parte de las primeras tonterías y del sentido posesivo del amor. Pero también era una manera jocosa de minimizar la presencia de su familia en la vida de Susan. Y si empiezas a considerarte un adulto –por muy forzada y prematuramente que sea– también deberías concederles madurez a ellos.

Otra cosa que adviertes es que ya no usas tan fácilmente el lenguaje íntimo y guasón que utilizabais entre vosotros. Quizá el peso de lo que has asumido haya aplastado temporalmente los aspectos decorativos del amor. La sigues amando, por supuesto, pero ahora de un modo más sencillo. Quizá cuando la hayas arreglado, o se arregle ella misma, haya espacio de nuevo para esos jugueteos. No lo sabes seguro.

Susan, sin embargo, sigue empleando todas esas expresiones desde su lado de la relación. Es su forma de mantener que nada ha cambiado, que ella está bien, que tú estás bien, que todo va bien. Pero ni ella ni tú ni la relación van bien, y estas palabras familiares producen a veces un hormigueo de incomodidad y más a menudo una punzada de pena. Entras en casa, haces adrede el ruido suficiente para alertarla, y cuando bajas el corto tramo de escaleras hasta la cocina la encuentras junto al fuego de gas, en una coyuntura familiar: con la cara colorada, frunciendo la frente ante un periódico, como si el mundo necesitara realmente arreglo. Después alza una mirada radiante y dice: «¿Dónde has estado durante toda mi vida?» o «Aquí llega el calavera», y tu alegría –aunque la hayas adoptado brevemente– se escurre como el agua de la bañera. Miras alrededor y haces el balance de la situación. Abres los armarios para ver si hay algo con lo que puedas preparar algo. Y ella te deja hacer y a intervalos hace comentarios encaminados a demostrar que sigue siendo capaz de entender un periódico.

–Parece que las cosas son un desastre espantoso, ¿no crees, Casey Paul?

Y tú preguntas:

–¿De dónde exactamente estamos hablando?

Y ella responde:

–Oh, de todas partes.

Momento en el cual puede que tires con cierta fuerza a la basura la lata de tomates de pera y que ella te reprenda:

–¡Calma, calma, Casey Paul!

Tras meses de maniobras consigues llevarla a un generalista y después a un psiquiatra del hospital local. Ella no quiere que la acompañes pero tú insistes, sabiendo lo que probablemente ocurrirá si no lo haces. Te presentas a las tres menos cuarto para la cita de las tres. En la sala de espera ya hay una docena de pacientes, y te das cuenta de que la política del hospital consiste en citar a todo el mundo a la misma hora, que es la hora en que empieza la consulta. Ves por qué lo hacen: es de suponer que los locos –y a tu edad empleas este término en general– no son conocidos por una puntualidad estricta, por lo cual vale más convocarlos a todos en bloque.

Susan hace lo que podría ser una tentativa de escapatoria y se dirige a los aseos de mujeres. Dejas que se vaya, totalmente convencido de que no volverá. Pero vuelve y te pones a pensar con cinismo que seguramente ha ido a la tienda del hospital para ver si venden bebidas alcohólicas, o que quizá ha preguntado a unas enfermeras dónde está el bar y la han informado del hecho fastidioso de que no hay bar en el hospital.

Caes en la cuenta de que la comprensión y el antagonismo pueden coexistir. Estás descubriendo cuántas emociones aparentemente incompatibles pueden anidar, codo con codo, en un mismo corazón humano. Estás furioso con los libros que has leído, ninguno de los cuales te ha preparado para esto. Sin duda has leído los libros que no sirven. O los has leído como no hay que leerlos.

Piensas, incluso en esta fase tardía y desesperada, que tu tesitura emocional sigue siendo más interesante que la de tus amigos. Ellos (casi todos) tienen novia y (casi todos) disfrutan del sexo entre iguales; algunos han sido inspeccionados por los padres de la novia y han recibido su aprobación, desaprobación u opinión en suspenso. Casi todos tienen un plan de vida futura que incluye a su novia o, si no, a otra muy similar. Un plan para convertirse en habitantes de surco. Pero por el momento solo conocen las sencillas alegrías tradicionales, los sueños cuerdos y las frustraciones incipientes de los veinteañeros con novias de la misma edad. Sin embargo, aquí estás tú, en la sala de espera de un hospital, rodeado de locos, enamorado de una mujer a la que catalogan potencialmente de loca.

Y lo extraño es que en parte te entusiasma este hecho. Piensas: no solo amas a Susan más de lo que ellos aman a su novia —debes hacerlo, pues de lo contrario no estarías aquí sentado entre todos los majaras—, sino que vives una vida más interesante. Puede que ellos lo midan por el cerebro y los pechos de su novia y la cuenta bancaria de sus futuros suegros y crean que han ganado; pero tú los sigues aventajando porque tu relación es más fascinante, más complicada y más insoluble. Y la prueba es que estás aquí sentado en una silla de metal, leyendo a medias una revista desechada, mientras tus queridos sueños de... ¿qué? De huida, sin duda: ¿huida de aquí, huida de ti mismo, huida de la vida? Susan también se tambalea bajo el peso de emociones extremas, insoportables e incompatibles. Los dos padecéis una profunda congoja. Y no obstante, conocedor del mundo estúpido y testicular de la competitividad masculina, te dices que sigues siendo un triunfador. Y cuando tus pensamientos llegan a este punto, el siguiente paso lógico es que tú también eres un majara. Eres evidentemente un puro, total, absoluto e inequívoco majara. Por otro lado, eres el puto majara más joven de toda la sala de espera. ¡Así que has vuelto a ganar! ¡El antiguo campeón de boxeo menor de doce años y por debajo de los treinta y ocho kilos se convierte en el campeón de majaras menor de veintiséis años del hospital!

En este momento un hombre orondo, calvo, trajeado, abre la puerta de la consulta.

—Señor Ellis —dice en voz baja.

No hay respuesta. Familiarizado con la distraída y selectiva sordera y otras deficiencias de sus pacientes, el médico eleva la voz:

–¡Señor ELLIS!

Un viejo demente que lleva puestos dos jerséis y un anorak se levanta; una banda de felpa sujeta la decena de mechones de pelo blanco que asoman de su coronilla. Mira alrededor durante un momento, como si esperase aplausos por haber reconocido su propio nombre, y luego sigue al médico al interior de la consulta.

No estás preparado para lo que sucede a continuación. Oyes con toda claridad la voz del psiquiatra diciendo:

–¿Cómo estamos hoy, señor Ellis?

Miras a la puerta cerrada. Ves que hay una ranura de siete centímetros entre el bajo de la puerta y el suelo. Supones que el médico debe de estar enfrente de la puerta. No oyes la respuesta del sordo insensato, pero quizá no ha habido respuesta porque acto seguido, lo bastante alto como para despertar de su cabeceo a los demás locos, se oyen estas palabras:

–¿CÓMO VA LA DEPRESIÓN, SEÑOR ELLIS?

No estás seguro de si Susan ha prestado atención. Por tu parte, consideras improbable que la visita merezca la pena.

Está la vergüenza de Susan, omnipresente. Y está tu vergüenza, que a veces se manifiesta como orgullo, como una especie de noble realismo; pero también, sobre todo, como lo que es: pura vergüenza.

Al llegar una noche la encuentras como una cuba, sentada al lado del vaso de agua que todavía contiene un buen dedo de algo que no es agua. Decides comportarte como si todo eso fuera completamente normal; de hecho, tal como es la vida doméstica. Entras en la cocina y empiezas a buscar algo con que preparar algo. Encuentras unos huevos: le preguntas si le apetecería una tortilla.

–Es fácil para ti –responde, beligerante.

–¿Qué es fácil para mí?

—Es una respuesta de abogado inteligente —contesta ella, dando un sorbo directamente delante de ti, lo que raramente hace. Te dispones a seguir cascando huevos cuando añade—: Gerald murió hoy.

—¿Qué Gerald?

No recuerdas de inmediato a ningún Gerald entre vuestras amistades comunes.

—¿Qué Gerald? Señor Inteligente. *Mi* Gerald. El Gerald del que te hablé. El Gerald de quien fui la prometida. Hoy es el día en que murió.

Te sientes fatal. No porque hayas olvidado la fecha —ella nunca te la ha dicho—, sino porque, a diferencia de ti, Susan tiene muertos a los que recordar. Su prometido, el hermano que desapareció en el Atlántico, el padre de Gordon —cuyo nombre tú ya no recuerdas—, que había sido benévolo con ella. Tú no tienes figuras así en tu vida, no tienes aflicciones, huecos, pérdidas. Por tanto, no sabes cómo es. Crees que todo el mundo debería recordar a sus muertos y que todo el mundo debería respetar esa necesidad y ese deseo. De hecho sientes cierta envidia y te gustaría tener algunos muertos propios.

Más tarde te pones más suspicaz. Ella nunca ha mencionado el día de la muerte de Gerald. Y no está a tu alcance comprobarlo. Al igual que, en tiempos más felices, no tenías ningún medio de comprobar las veces que según ella habíais hecho el amor. Quizá, cuando oyó girar tu llave en la cerradura y no pudo levantarse y, reacia además a esconder el vaso que tenía junto al codo, decidió —no, este verbo es tal vez demasiado intencionado para describir su proceso mental de aquella noche—, «cayó en la cuenta», sí, cayó en la cuenta de pronto de que era el día en que murió Gerald. Aunque igualmente podría haber sido el día de la muerte de Alec o el de la del padre de Gordon. ¿Quién podría decirlo? ¿Quién lo sabía? ¿Y a quién, en el fondo, le importaba?

148

He dicho que nunca he llevado un diario. No es estrictamente cierto. En mi confusión y mi aislamiento hubo un punto en el que pensé que escribir cosas podría ayudarme. Utilicé una libreta de tapa dura, tinta negra y una cara de la página. Intenté ser objetivo. Pensé que no tenía sentido airear mis sentimientos de afrenta y traición. Recuerdo que la primera línea que escribí fue:

Todos los alcohólicos son mentirosos.

La idea, obviamente, no se basaba en una enorme muestra o en una amplia investigación. Pero lo creía entonces y ahora, decenios después, con más experiencia de campo, creo que es una verdad esencial de ese estado. Proseguí:

Todos los amantes dicen la verdad.

De nuevo los ejemplos eran pocos, se limitaban principalmente a mí mismo. Me parecía evidente que el amor y la verdad estaban relacionados; de hecho, como quizá ya he dicho, vivir enamorado es vivir en la verdad.

Y luego la conclusión de este cuasi silogismo:

Por consiguiente, el alcohólico es lo opuesto del amante.

Esto no solo era lógico, sino coherente con mis observaciones.

Hoy, toda una vida después, la segunda de estas premisas parece la más débil. He visto demasiados ejemplos de amantes que, lejos de vivir en la verdad, habitan en un país de fantasía donde imperan el autoengaño y el autobombo, y donde no hay rastro de realidad.

Sin embargo, mientras llenaba mi libreta y trataba de ser objetivo, la subjetividad no cesaba de minarme. Por ejemplo, al remontarme al tiempo que pasamos en el Village, advertí que aunque yo me consideraba amante y veraz, las verdades que había dicho lo eran solo para mí y para Susan. Dije mentiras a mis padres, a la familia de Susan, a mis amigos íntimos; hasta oculté cosas en el club de tenis. Protegí la zona de verdad con una muralla de mentiras. Al igual que ella me mentía ahora continuamente respecto a la bebida. Y también se mentía a sí misma. Y sin embargo seguía afirmando que me amaba.

En consecuencia, empecé a sospechar que me equivocaba al considerar que el alcoholismo era lo opuesto del amor. Quizá estuvieran mucho más cerca de lo que yo imaginaba. El alcoholismo es sin duda tan obsesivo –y absolutista– como el amor; y quizá para el bebedor el impacto del alcohol sea tan poderoso como el impacto del sexo para el amante. Así pues, el alcohólico ¿no podría ser simplemente un amante o una amante que ha desplazado el objeto y el foco de su amor?

Mis observaciones y reflexiones llenaban ya unas docenas de páginas cuando una noche, al volver a casa, encontré a Susan en un estado que conocía demasiado bien: colorada, coherente solo a medias, propensa a ofenderse enseguida, y al mismo tiempo fingiendo afectadamente que todo iba de maravilla en el mejor de los mundos posibles. Fui a mi habitación y descubrí que mi escritorio había sido revuelto por una mano inexperta. El orden, incluso entonces, era uno de mis hábitos, y sabía dónde estaba cada cosa. Puesto que el escritorio contenía mis notas sobre alcoholismo, supuse, cansinamente, que lo más probable era que Susan las hubiera leído. Aun así, pensé que quizá a la larga la conmoción pudiese surtir un efecto provechoso en ella. A corto plazo, era evidente que no.

La siguiente vez que cogí la libreta para añadir algo vi que Susan había hecho algo más que leerla. Había dejado una anotación debajo de mi última reseña, usando la misma tinta negra de la misma pluma. Con mano temblorosa había escrito:

Con tu misma pluma para que me odies.

No la acusé de haber registrado mi escritorio, de haber leído mi libreta y de haber escrito en ella. Me la imaginé diciendo, con un tono de protesta educada: «No, creo que no.» Yo estaba cansado de los constantes enfrentamientos. Pero también estaba cansado de la continua pretensión de que todo iba bien, de una continua evasión de la verdad. Asimismo comprendí que en adelante me sería imposible escribir algo más sin pensar que Susan examinaba en mi estudio mis denuncias más recientes.

Sería algo intolerable para ambos: la anotación dolorosa por mi parte, la tenue pero furiosa confesión del dolor causado por su parte. En suma, tiré la libreta.

Pero no olvidé y siempre recordaré aquella frase imprecisa, escrita con una mano insegura y con una pluma que no era la suya. No solo por su ambigüedad. ¿Quiso decir: «Usas tu pluma para escribir cosas que luego te harán odiarme»? ¿O quiso decir: «He dejado mi marca con tu pluma porque quiero que me odies»? ¿Crítica y agresiva o masoquista y autocompasiva? Tal vez sabía lo que quería expresar cuando escribió las palabras, pero faltaba una aclaración posterior. Cabe considerar que la segunda interpretación es excesivamente sutil y encaminada a sacarme del apuro. Pero —y esto constituía el fundamento de otra de mis notas, perdidas hace mucho tiempo— el alcohólico, según mi experiencia, quiere provocar, rechazar la ayuda, justificar su propio aislamiento. De modo que si conseguía convencerse a sí misma de que yo la odiaba, tanto más motivo para recurrir al consuelo de la botella.

La llevas en coche a algún sitio. No necesita temer el trayecto y la recogerás más tarde para llevarla de regreso a casa. Pero se producen los retrasos habituales antes de lograr que se suba al coche. Cuando estás a punto de quitar el freno de mano, corre de nuevo a casa y vuelve con una bolsa grande de lavandería, de plástico y un vivo color amarillo. La coloca entre sus pies. No explica nada. Tú no preguntas. A este extremo hemos llegado.

Y después piensas: a la mierda.

—¿Para qué es eso? —preguntas.

—Es que no me encuentro bien del todo —contesta— y es posible que me maree. Entre el coche y lo demás.

No, piensas tú, entre la borrachera y lo demás. Un amigo médico te ha dicho que los alcohólicos vomitan a veces con tanta violencia que pueden perforarse el esófago. En realidad no necesita vomitar, pero es como si ya lo hubiera hecho. Porque ya te ha grabado en la cabeza su imagen vomitando en esa bolsa amarilla, y ves sin cesar la escena. Asimismo es como si hubieras oído sus arcadas secas y sus arcadas húmedas, y oyes cómo el vómito cae en el plástico amarillo. Y también percibes el olor, por supuesto, en tu coche pequeño. Las excusas, las mentiras. Sus mentiras, las tuyas.

Porque ya no solo se trata de que ella te mienta. Cuando lo hace tienes dos opciones: reprenderla o aceptar lo que dice. Normalmente, por cansancio y por un deseo de paz –y sí, por amor–, eliges la segunda. Justificas la mentira. Y así, vicariamente, eres un mentiroso. Y hay muy poca distancia entre aceptar sus mentiras y mentir tú mismo, por cansancio, por un deseo de paz y también por amor: sí, también por eso.

Qué largo camino has recorrido. Hace años, cuando empezaste a mentir a tus padres, lo hacías con cierto regodeo, sin pararte a pensar en las consecuencias; casi parecía una forja del carácter. Más adelante empezaste a mentir a diestro y siniestro: para proteger a Susan y para proteger tu amor. Más tarde aún ella empieza a mentirte para evitar que descubras su secreto; y ahora miente con cierto regodeo, sin pensar en las consecuencias. Después, por último, empiezas a mentirle a ella. ¿Por qué? Por algo que tiene que ver con la necesidad de crear un espacio interior que puedas mantener intacto, y donde puedas mantenerte intacto. Y así has llegado a esta situación. ¿Qué ha sido del amor y la verdad?

Te preguntas: ¿seguir con ella es un acto de valor o una cobardía? ¿Tal vez las dos cosas? ¿O es simplemente algo inevitable?

Se ha habituado a ir al Village en tren. Lo apruebas: crees que se debe a que reconoce su incapacidad para conducir. La llevas a la estación, te dice la hora del tren de regreso, aunque la mitad de las veces no aparece hasta el siguiente o el que llega después. Y cuando dice: «No te molestes en venir a recogerme», está protegiendo su mundo interior. Y cuando respondes: «Vale. ¿Estás segura de que estarás bien?», tú estás protegiendo el tuyo.

Una tarde suena el teléfono.

—¿Henry?

—No, lo siento, se ha equivocado de número.

Te dispones a colgar cuando el hombre te lee el número.

—Sí, es el mío.

—Pues buenas noches, señor. Llamo del puesto de policía de Waterloo Station. Tenemos aquí a una mujer... ligeramente indispuesta. La hemos encontrado durmiendo en el tren y, bueno, tenía el bolso abierto y había una suma de dinero dentro, así que ya ve...

—Ya veo.

—Nos ha enseñado este número y ha dicho que preguntemos por Henry.

En el trasfondo oyes la voz de Susan.

—Llame a Henry, llame a Henry.

Ah, su abreviatura de Henry Road.

Vas en coche a Waterloo, encuentras la oficina de la policía ferroviaria y allí está ella, con los ojos brillantes, a la espera de que la recojas, sabiendo que sucedería. Los dos agentes son corteses y están preocupados. Sin duda están acostumbrados a auxiliar a ancianas ebrias a las que encuentran roncando en vagones vacíos. No es que Susan sea una anciana, solo que cuando está borracha la ves de pronto como a una anciana borracha.

—Bueno, muchas gracias por haberse hecho cargo.

—Oh, no ha sido ninguna molestia, señor. No ha dicho ni pío. Cuídese, señora.

Ella hace con la cabeza un gesto de agradecimiento bastante majestuoso. Tomas del brazo a esa maleta olvidada y te vas. Sin embargo, cierto orgullo por el hecho de que ella no haya sido una molestia atenúa tu disgusto y desmoralización. ¿Y si lo hubiera sido?

Al final, más por desesperación que por esperanza, intentas el amor severo, o al menos lo que entiendes por tal. No la dejas salirse con la suya en nada. Le reprochas sus mentiras. Vacías todas las botellas que encuentras, algunas en sitios evidentes, otras en lugares tan extraños que debe de haberlas escondido estando borracha y después haber olvidado dónde las puso. Haces que le prohíban la entrada en las tres tiendas del barrio que venden alcohol. Das a cada una de ellas una foto para que la guarden detrás de la caja. No se lo dices a Susan; piensas que la humillación de que se nieguen a atenderla la trastornaría. Nunca descubres que ella se limita a sortear el obstáculo yendo más lejos.

Te informan de cosas. Algunas personas se sienten cohibidas y no te cuentan nada, otras sí lo hacen. Un amigo que viajaba en un autobús la vio en una callejuela contigua a un comercio de licores, a cosa de un kilómetro y medio de Henry Road, llevándose a los labios una botella recién comprada. Esta imagen es mortificante, y de ser el testimonio de otra persona se convierte en tu propio recuerdo personal. Un vecino te dice que tu tía estuvo en el Cap and Bells la noche del sábado, y se tomó cinco copas de jerez seguidas hasta que dejaron de servirle. «No es la clase de pub donde debería estar una persona como ella», añade el vecino, preocupado. «Allí hay de todo.» Te representas la escena, desde la vergüenza con que pide la primera copa hasta su trastabillante vuelta a casa, y eso también pasa a formar parte de tu acervo de recuerdos.

Le dices que su conducta está destruyendo el amor que le profesas. No mencionas el de ella por ti.

—Entonces tienes que abandonarme —dice ella. Lo dice ruborizada, digna y lógica.

Sabes que no vas a abandonarla. La cuestión es si ella también lo sabe o no.

Le escribes una carta. Si las reprimendas verbales le entran por un oído y le salen por el otro, quizá retenga las escritas. Le dices que, de seguir así, casi con seguridad morirá del síndrome de Korsakoff, que lo único que te queda por hacer por ella es asistir a su entierro cuando llegue el momento. Dejas la carta en la mesa de la cocina, dentro de un sobre con su nombre. Ella nunca confirma que la ha recibido, abierto y leído. *Con tu misma pluma para que me odies.*

Comprendes que el amor severo es también severo para el amante.

Vas a llevarla a Gatwick. Martha la ha invitado a Bruselas, donde trabaja de eurócrata. Para tu sorpresa, Susan acepta. Prometes facilitarle las cosas todo lo posible. Vas a llevarla al aeropuerto y a acompañarla al mostrador de facturación. Ella asiente y después dice, con toda franqueza:

—Podrías dejarme tomar una copa antes de embarcar. Para tener valor.

Te sientes más que aliviado: casi alentado.

La noche anterior tiene la maleta casi hecha y está medio borracha. Te acuestas. Ella sigue bebiendo y preparando el equipaje. A la mañana siguiente se te presenta tapándose la boca con la mano.

—Me temo que no podré ir.

La miras sin decir nada.

—He perdido los dientes. No los encuentro por ninguna parte. Creo que quizá los he tirado al jardín.

No dices nada, aparte de: «Tenemos que salir a las dos.»

Decides permitir que siga destruyendo su vida.

Pero quizá no hacer nada —no ofrecerle ayuda ni regañarla— sea, por una vez, la actitud correcta. Una o dos horas más tarde, deambula con los dientes puestos, sin la menor alusión a que los haya perdido o encontrado.

A las dos en punto metes la maleta en la trasera del coche, compruebas de nuevo el billete y el pasaporte de Susan y arrancas. No ha habido dilaciones de último minuto, no ha corrido a buscar una bolsa amarilla de lavandería. Está sentada a tu lado, sin decir ni pío, como dijo el policía ferroviario.

Cuando nos aproximamos a Redhill, se vuelve y dice, con un recato perplejo, como si yo fuera su chófer en lugar de su amante:

—¿Te importaría mucho decirme adónde vamos?

—Tú vas a Bruselas. A visitar a Martha.

—Oh, creo que no. Debe de haber un error.

—Por eso tienes el billete y el pasaporte en el bolso.

En realidad están en tu bolsillo, porque no quieres que se pierdan, como los dientes.

—Pero no sé dónde vive.

—Te espera en el aeropuerto.

Hay una pausa.

—Sí —dice asintiendo—. Creo que ahora me acuerdo.

No opone más resistencia. En parte piensas que debería llevar una gran etiqueta colgada del cuello con su nombre y el destino escritos en ella, como una refugiada de guerra. Y quizá también una máscara de gas en una caja.

En el bar le pides un jerez doble que ella sorbe con un refinamiento distraído. Piensas: podría ser peor. Es tu modo actual de reaccionar a las situaciones. Adoptas la peor de las expectativas.

El viaje resulta un éxito. Le han enseñado la ciudad y te trae unas postales. La señorita Gruñona, anuncia, ahora es mucho menos refunfuñona, tal vez por influencia de un encantador novio belga que se ocupa de ella. Los recuerdos de Susan son más nítidos de lo habitual, señal de que ha estado sobria. Estás contento por ella, aunque ligeramente rencoroso por el hecho de que pueda ser presentable con otros con mayor facilidad que contigo. O eso parece.

Pero después te dice que la última mañana conoció la auténtica razón de que su hija la invitara. La señorita Gruñona es de la opinión de que su madre debería volver con el señor Gordon Macleod. Que ahora está muy arrepentido y promete un comportamiento irreprochable si ella vuelve. Según Susan, según su hija.

Para ahorrar tiempo, y para ahorrar emociones, te diriges a ella, directamente, como a una alcohólica. Ya no más: «Parece que hay un problema, Sabes que podría haberlo, Quizá pueda sugerirte...» Nada de eso. Y un buen día sugieres Alcohólicos Anónimos, sin saber si hay una sede cerca.

—No voy a ir donde esos meapilas —contesta tajante.

Habida cuenta de su aversión a los curas, y su extrema condena de los misioneros, esta reacción es comprensible. Sin duda piensa que los AA son otra banda de misioneros norteamericanos que se inmiscuyen en las creencias de otros países para llevar a los extranjeros lisiados y cojos a la radiante presencia de su Dios. No se lo reprocho.

La mayoría de las veces solo afrontas las crisis día a día. De vez en cuando miras al futuro y ves un desenlace aterradoramente lógico. El proceso es el siguiente. Ella no bebe continuamente. No todos los días. Puede prescindir uno o dos días del consuelo de la botella. Pero la bebida le debilita la memoria. Así que la lógica dice que si sigue destruyendo su memoria al ritmo actual, ¡puede llegar al extremo de que se olvide realmente de que es una alcohólica! ¿Podría suceder? Sería una forma de curarla. Pero también piensas que simplemente podrías bombardearla con terapia electroconvulsiva y punto final.

Aquí reside uno de los problemas. En el fondo no crees que el alcoholismo es una enfermedad física. Acaso has oído que lo es, pero no estás totalmente convencido. No puedes evitar pensar, como muchas personas —con algunas de las cuales quizá no quieres que te asocien— han pensado durante siglos, que es una enfermedad moral. Y una de las razones por las que lo piensas es porque ella también lo cree. Cuando está lúcida, racional, agradable, y tan atormentada como tú por lo que está sucediendo, te dice —como siempre te ha dicho— que aborrece beber y que hacerlo le produce una profunda vergüenza y un sentimiento de culpa: por consiguiente debes abandonarla porque no es «buena». Padece una enfermedad moral y por eso no pueden curarla ni hospitales ni médicos. No pueden «reparar» una personalidad defectuosa de una generación caduca. De nuevo te insta a que la abandones.

Pero no puedes abandonar a Susan. ¿Cómo podrías retirarle tu amor? Si tú no la amaras, ¿quién la amaría? Y quizá sea aún peor. No solo la amas, sino que padeces una adicción a ella. Qué irónico, ¿no?

Un día te viene a la cabeza una imagen de vuestra relación. Estás en una ventana del piso de arriba de la casa de Henry Road. Ella está de algún modo fuera de la ventana y tú la sostienes. Colgada de tus muñecas, por supuesto. Y su peso te impide izarla dentro de casa. Lo único que puedes hacer es evitar que su peso te arrastre con ella. Hay un momento en que abre la boca para gritar, pero no emite ningún sonido. Pero se le suelta la prótesis dental: la oyes caer al suelo con un ruido de plástico. Estáis los dos atascados allí, enlazados, y os quedaréis así hasta que te fallen las fuerzas y ella caiga.

Es solo una metáfora, o el peor de los sueños, pero hay metáforas que se graban con más tenacidad en el cerebro que el recuerdo de los hechos.

Te viene otra imagen, basada en el recuerdo de un hecho. Estáis de nuevo en el Village, en la exaltación del amor, callados pero totalmente inmersos el uno en el otro. Ella lleva un vestido estampado y, sabiendo que la estás mirando –porque siempre la estás mirando–, se dirige al sofá de cretona, se deja caer encima y dice:

–¡Mira, Casey Paul, estoy desapareciendo! ¡Estoy haciendo mi número de desaparición!

Y por un momento, mientras miras, solo le ves la cara y la parte de las piernas enfundada en unas medias.

Ahora está haciendo otro número igual. Su cuerpo sigue ahí pero lo que hay dentro –su mente, su memoria, su corazón– se está desvaneciendo. La oscuridad y la falsedad eclipsan su memoria, que se persuade de ser coherente solo por medio de la fabulación. Su pensamiento oscila entre una inercia atónita y una volatilidad histérica. Pero lo que su corazón está haciendo es el número de la desaparición, oh, que es la parte más difícil de sobrellevar. Es como si, en su agitación, hubiera removido el barro que todos llevamos dentro. Y lo que ahora emerge a la superficie es una rabia sin rumbo, y miedo, y frustración, y aspereza, y egoísmo y recelo. Cuando te dice solemnemente que en su meditada opinión tu conducta con ella no solo ha sido infame, sino activamente criminal, piensa de verdad que es cierto. Y ya no muestra la dulzura de su carácter, la faceta risueña y la confianza básica de la mujer de quien te enamoraste.

Solías decir, cuando disuadías a amigos que querían visitaros: «Ah, hoy tiene un mal día. No es ella misma.» Y cuando la veían ebria decías: «Pero en su interior sigue siendo la misma.» ¿Cuántas veces se lo has dicho a otros cuando la persona a quien se lo decías eras tú en realidad?

Y llega el día en que ya no crees en esas palabras. Ya no crees que interiormente sigue siendo la misma. Crees que no ser «ella misma» es su nueva forma de ser. Temes que está haciendo, definitiva y absolutamente, su número de desaparición.

Pero haces un último esfuerzo, y ella también. Consigues que la admitan en el hospital. No en el específico para alcohólicos, como esperabas, sino en uno general, en un pabellón de mujeres. La sientas en un banco mientras la están ingresando y le explicas con ternura, una vez más, cómo ha llegado a eso, y qué harán por ella y cómo la ayudarán.

–Haré todo lo posible, Casey Paul –dice tiernamente. La besas en la sien y le prometes que la visitarás todos los días. Y lo cumples.

Al principio la inducen al sueño durante tres días, con objeto de que el alcohol desaloje pacíficamente su organismo al mismo tiempo que calma su cerebro trastornado. Te sientas sin hacer ruido junto a su cuerpo dormido y piensas que esta vez seguro que dará resultado. Esta vez está sometida a una supervisión médica adecuada, el problema ha sido expuesto con toda claridad –ni siquiera ella lo elude–, y por fin se hará algo al respecto. Miras su cara serena y piensas en los mejores años que habéis pasado juntos e imaginas que ahora recuperaréis todo lo que teníais entonces.

El cuarto día sigue dormida cuando entras. Pides la presencia de un doctor y un médico residente se presenta con un portapapeles. Le preguntas por qué sigue sedada.

–La hemos despertado esta mañana, pero se ha puesto agresiva.

–¿Agresiva?

–Sí, ha agredido a las enfermeras.

No te lo crees. Le pides que te lo repita. Él lo hace.

–Así que la hemos vuelto a dormir. No se preocupe, es un sedante muy ligero. Se lo mostraré.

Regula un poco el gotero. Casi al instante, ella se remueve. «¿Ve?» Vuelve a regularlo y ella se duerme. Esto te parece profundamente siniestro. Has confiado a Susan a la autoridad de un tecnócrata joven que no la ha visto nunca.

–Usted es su...

–Ahijado –contestas automáticamente. O quizá dices «sobrino», o posiblemente «inquilino», que por lo menos contiene cuatro letras correctas.[1]

–Bueno, si la despertamos y se vuelve a poner agresiva tendremos que internarla.

–¿*Internarla?* –Estás horrorizado–. Pero si no está loca. Es alcohólica. Necesita tratamiento.

–También las demás pacientes. Y necesitan la atención de las enfermeras. No podemos permitir que las agredan.

Aún no das crédito a esta acusación inicial.

1. Inquilino es en inglés *lodger,* que en efecto contiene cuatro letras de *lover,* «amante». *(N. del T.)*

—Pero... no puede internarla usted solo.

—Tiene razón, hacen falta dos firmas. Pero es una mera formalidad en casos así.

Comprendes que al fin y al cabo no has llevado a Susan a un lugar a salvo. La has entregado a esta especie de fanático que en los viejos tiempos habría prescrito una camisa de fuerza y una sesión de electroshock. Susan lo habría llamado «pequeño Hitler». Quién sabe, quizá ya lo había hecho. En parte eso esperas.

—Quisiera estar presente cuando la despierten —dices—. Creo que eso ayudaría.

—Muy bien —dice cortante el joven al que ya has empezado a odiar intensamente.

Pero —así son las cosas en los hospitales— ese arrogante mierdecilla no está la siguiente vez que vas, y no vuelves a verlo. En su lugar, una médica regula el gotero. Susan despierta poco a poco. Levanta la mirada, te ve y sonríe.

—¿Dónde has estado durante toda mi vida, Calavera? —pregunta.

Esto sorprende ligeramente a la doctora, pero besas a Susan en la frente y os dejan solos.

—Entonces, ¿has venido para llevarme a casa?

—Todavía no, cariño —dices—. Tienes que estar aquí un tiempo. Hasta que te cures.

—Pero si no tengo nada. Estoy perfectamente e insisto en que me lleven a casa ahora mismo. Llévame a Henry.

La agarras de las muñecas. Se las aprietas muy fuerte. Le explicas que los médicos no la dejarán marcharse hasta que esté curada. Le recuerdas la promesa que hizo cuando la trajiste aquí. Le dices que la última vez que la despertaron agredió a las enfermeras.

—No, no lo creo —dice ella, con su tono más distante y afectado, como si tú fueras un campesino mal informado.

Hablas con ella largo y tendido, le pides que te prometa que se portará bien hasta que vuelvas, mañana por la mañana. Como mínimo hasta entonces. Ella no contesta. La apremias. Entonces lo promete, pero con ese tono tan testarudo que conoces demasiado bien.

Al día siguiente te acercas al pabellón esperando lo peor: que la hayan vuelto a sedar, o incluso que la hayan internado. Pero Susan parece espabilada y tiene buen color. Te recibe casi como si fueras su invitado. Pasa por delante una enfermera.

—Las sirvientas aquí son majísimas —dice, saludando con la mano a la mujer que pasa.

Piensas: ¿Cuál es la táctica correcta? ¿Seguirle la corriente? ¿Contradecirla? Decides que no debes consentirle su mundo de fantasía.

—No son sirvientas, Susan, son enfermeras.

Piensas que quizá haya confundido el hospital con un hotel, lo que en definitiva no sería mucho más que un lapsus verbal.

—Algunas sí lo son —conviene. Después, decepcionada por tu falta de perspicacia, añade—: Pero la mayoría son criadas.

Lo dejas pasar.

—Les he contado todo sobre ti —dice.

Se te encoge el corazón, pero también lo dejas pasar.

Al día siguiente la encuentras agitada de nuevo. Se ha levantado de la cama, está sentada en una silla. En la bandeja que tiene delante hay cinco pares de gafas y un ejemplar de una novela de P. G. Wodehouse que se ha agenciado misteriosamente.

—¿De dónde has sacado todas esas gafas?

—Oh —contesta sin darle importancia—. No sé de dónde han salido. Supongo que la gente me las ha ido dando.

Se pone un par que a todas luces no es suyo y abre el libro al azar.

—Es divertidísimo, ¿no crees?

Asientes. A ella siempre le ha gustado Wodehouse, y lo tomas como una buena señal, aunque ligeramente confusa. Le hablas de lo que publican los periódicos. Mencionas una postal que has recibido de Eric. Dices que todo está bien en Henry Road. Te escucha sin interés y luego coge otro par de gafas —que tampoco son suyas–, abre el libro al azar y anuncia, seguramente viéndolo tan desenfocado como la vez anterior:

–Esto son chorradas ¿verdad?

Piensas que se te romperá el corazón, aquí, ahora, inmediatamente.

Al día siguiente la han sedado otra vez. La mujer que ocupa la cama contigua charla contigo y pregunta qué le pasa a tu abuelita. Estás tan cansado de todo esto que respondes:

–Es alcohólica.

La mujer gira la cabeza, asqueada. Sabes exactamente lo que está pensando. ¿Por qué darle una buena cama de hospital a un alcohólico? Es más, ¿a una alcohólica? Una cosa que has descubierto es que a los alcohólicos varones se les permite ser divertidos, incluso conmovedores. A los jóvenes de ambos sexos se les perdona cuando se descontrolan. Pero las alcohólicas, lo bastante mayores para saber lo que hacen, para ser madres, hasta para ser abuelas, son la más baja ralea.

Al día siguiente está de nuevo despierta y se niega a mirarte. En consecuencia te quedas solo un rato. Miras la bandeja que tiene delante. Esta vez, en sus correrías nocturnas por el pabellón solo ha birlado dos pares de gafas ajenas y un tabloide que nunca tendría en casa.

–Creo –anuncia finalmente– que serás recordado como uno de los más grandes criminales de la historia del mundo.

Casi estás de acuerdo. ¿Por qué no?

No amenazan con internarla; el pequeño Hitler está practicando su magia negra con otras pacientes menos turbulentas. Pero te dicen que no pueden tratarla más tiempo, que el descanso ha debido de hacerle algún bien, que ese centro no es el lugar adecuado para ella y que necesitan dejar libre la cama. Comprendes perfectamente su punto de vista, pero te preguntas: Entonces, ¿cuál es el lugar apropiado para ella? ¿Cuál es su lugar en el mundo?

Cuando los dos os marcháis, la mujer de la cama contigua os ignora a propósito.

Te ha llevado años entender cuánto pánico y caos hay debajo de la risueña irreverencia de Susan. Por eso te necesita a su lado, fijo y firme. Has asumido ese papel de buena gana, amorosamente. Te hace sentirte un garante. Ha supuesto, desde luego, que la mayor parte de tus veinte años te has visto obligado a renunciar a lo que otros de tu generación disfrutan como algo rutinario: follar como un loco a diestro y siniestro, los viajes hippies, las drogas, el desmadre y hasta la cojonuda indolencia. También has renunciado forzosamente a la bebida; pero tampoco es que estuvieras viviendo con una buena publicidad de sus efectos. No le guardabas rencor por nada de esto (excepto quizá por no ser bebedor), ni tampoco lo considerabas un injusto fardo que estabas asumiendo. Eran los hechos básicos de vuestra relación. Y te habían hecho envejecer, o madurar, aunque no por la vía que normalmente se sigue.

Pero a medida que las cosas se van deshilachando entre vosotros, y todos tus intentos de rescatarla fracasan, reconoces algo de lo que no has estado huyendo exactamente, sino que no has tenido tiempo de advertirlo: que la dinámica particular de vuestra relación está activando tu propia versión de pánico y caos. Mientras que probablemente presentas a tus amigos de la facultad de derecho una apariencia afable y cuerda, aunque un poco retraída, lo que se agita por detrás de esa fachada es una mezcla de optimismo infundado y abrasadora inquietud. Tus estados de ánimo fluyen y refluyen a tenor de los de ella: salvo que su alegría, incluso la extemporánea, te parece auténtica y la tuya condicional. Te preguntas continuamente cuánto durará esta pequeña tregua de felicidad. ¿Un mes, una semana, otros veinte minutos? No lo sabes, por supuesto, porque no depende de ti. Y por muy relajante que sea tu presencia para ella, el truco no funciona a la inversa.

Nunca la ves como a una niña, ni siquiera en sus fechorías más egoístas. Pero cuando observas a un padre preocupado que sigue las peripecias de su prole –la alarma ante cada paso zambo, el miedo a que tropiece a cada instante, el temor mayúsculo a que el niño simplemente se aleje y se pierda–, sabes que has conocido ese estado. Por no hablar de los súbitos cambios de humor infantiles, desde la maravillosa exaltación y absoluta confianza a la ira y las lágrimas y el sentimiento de abandono. Eso también lo conoces bien. Solo que este clima anímico, alocado y cambiante está atravesando ahora el cerebro y el cuerpo de una mujer madura.

Es esto lo que acaba quebrándote y te indica que debes marcharte. No lejos, solo a una docena de calles, a un apartamento barato de una sola habitación. Ella te exhorta a que te vayas, por razones buenas y malas: porque intuye que tiene que dejarte un poco libre si quiere conservarte; y porque quiere que te vayas de casa para poder beber siempre que le venga en gana. Pero de hecho hay pocos cambios: vuestra convivencia sigue siendo estrecha. No quiere que te lleves un solo libro de tu estudio, ni ninguna baratija que hayáis comprado juntos, ni ninguna ropa de tu armario: esos actos le producirán un enorme desconsuelo. A veces vuelves furtivamente a la casa para recoger un libro, desplazando otros de la estantería para encubrir el robo; en ocasiones colocas un par de ejemplares baratos en rústica de Oxfam para disimular la perfidia.

Y de este modo vives una vida oscilante. Sigues desayunando con ella, y también cenas con ella lo que tú, sobre todo, cocinas; hacéis expediciones juntos; y Eric te informa de cuánto bebe Susan. Eric, solo por el aprecio que le tiene y la inquietud que le causa, más que por estar enamorado de ella, es un testigo más fidedigno de lo que tú has sido nunca. Susan sigue haciéndote la colada y algunas de tus mejores camisas regresan cariñosamente chamuscadas. Un planchado ebrio: es una de las cosas más livianas, pero aun así dolorosas, con las que la vida te ha sorprendido.

Después, casi sin que te des cuenta, surge algo que se acerca a la fase final. Aún te sigues desviviendo por salvarla, pero en cierto nivel del instinto o del orgullo o de la autoprotección su afición por la bebida ahora te afecta más intensa y personalmente: como un rechazo de ti, de tu ayuda, de tu amor. Y dado que pocas personas soportan que les rechacen su amor, aparece el resquemor que luego cuaja en agresión y al final te ves diciendo —no en voz alta, por supuesto, porque te cuesta ser abiertamente cruel, sobre todo con ella—: «Adelante, destrúyete si es lo que quieres.» Y te conmociona percatarte de que es eso lo que estás pensando.

Pero lo que no adviertes —no ahora, en el calor y la oscuridad de la situación, sino mucho más tarde— es que, aun cuando ella no te oiga, estaría de acuerdo. Porque lo que ella deja sin expresar es la respuesta siguiente: «Sí, es exactamente lo que quiero. Y *voy* a destruirme porque no valgo nada. Así que deja de fastidiarme con tu bienintencionada intromisión. Limítate a dejarme que siga con mi propósito.»

Estás trabajando para un bufete del sur de Londres especializado en ayuda jurídica. Disfrutas de la variedad de casos que llevas: disfrutas porque en la mayoría de ellos puedes resolver cosas. Consigues que la gente obtenga la justicia que merece y por consiguiente la haces feliz. Eres consciente de la paradoja que eso entraña. Y también de otra a más largo plazo: que para mantener a Susan tienes que trabajar y que cuanto más trabajas, más te alejas de ella y menos puedes apoyarla.

Tal como predijo Susan, también te has buscado una amiga. Y no una de las que salen corriendo a la primera llamada telefónica. Anna también es abogada, algo quizá inevitable. Le has contado parte de la historia de Susan. No has intentado evadirte diciendo que es una «excéntrica». Las presentas a las dos y parece que congenian. Susan no dice nada que te avergüence, Anna es sumamente práctica. Cree que Susan no cuida su dieta lo suficiente y una vez a la semana le lleva una barra de pan como es debido, una bolsa de tomates, una barrita de mantequilla francesa. A veces nadie abre la puerta y deja su obsequio en el escalón.

Estás en casa una tarde en que suena el teléfono. Es uno de los inquilinos.

–Creo que es mejor que venga. Ha venido la policía. Armada.

Le repites a Anna estas palabras y corres a buscar tu coche. En Henry Road hay una ambulancia delante de la casa, con la luz azul girando y las puertas abiertas. Aparcas, cruzas la calzada y allí está Susan, en una silla de ruedas de cara hacia la calle, con un amplio vendaje alrededor de la frente que le ha erizado el pelo como a Pedro Melenas. Su expresión, como sucede a menudo cuando ha surgido una crisis repentina, es de una calma ligeramente divertida. Observa la calle como desde un trono, a los camilleros que fijan la silla de ruedas, y tu llegada. La luz azul gira contra el estable anaranjado de las lámparas de sodio. Es real e irreal al mismo tiempo: fílmico, fantasmagórico.

Entonces la silla asciende lentamente sobre el elevador y, cuando están a punto de cerrarse las puertas de la ambulancia, Susan levanta la mano e imparte una bendición pontifical. Preguntas a los camilleros adónde la llevan y los sigues en tu coche. Cuando llegas a urgencias ya están tomando los datos preliminares.

–Soy pariente –dices.

–¿Hijo? –te preguntan. Casi asientes, para ganar tiempo, pero podrían pedirte explicaciones acerca del apellido. Así que una vez más eres su sobrino.

–No es verdad que es mi sobrino –dice Susan–. Podría contarles un par de cosas acerca de este joven.

Miras al médico, buscas su apoyo frunciendo ligeramente el ceño y con un mínimo movimiento de la cabeza. Establecéis una connivencia sobre el hecho de que Susan está provisionalmente fuera de sus cabales.

167

—Pregúntele por el club de tenis –dice ella.

—En su momento, señora Macleod. Pero antes...

Y continúa el proceso. La dejarán ingresada esta noche, quizá le hagan unas cuantas pruebas. Puede que solo sea un shock. Te llamarán cuando vayan a darle el alta. Los camilleros han dicho que solo ha sido un corte, pero de hecho tenía mucha sangre en la frente. Tal vez necesite un par de puntos, tal vez no.

Al día siguiente le dan el alta, aunque no ha recuperado todavía todas sus facultades.

—Ya era hora –dice ella, cuando la conduces hacia el aparcamiento–. La verdad es que ha sido interesantísimo.

Conoces demasiado bien ese estado de ánimo. Algo ha observado, o experimentado, o descubierto que apenas guarda relación con nada pero que es de un interés extremo, apabullante, y requiere expresarse.

—Espera hasta que te llevemos a casa.

Has adoptado el lenguaje del hospital, donde todo se hace o se pide empleando el «nosotros».

—Muy bien, señor Aguafiestas.

En Henry Road la llevas a la cocina, la sientas, le preparas una taza de té con más azúcar de lo normal y le das una galleta. Ella no presta la menor atención a todo esto.

—Pues todo ha sido de lo más fascinante –empieza–. Qué divertido. Verás, esos dos hombres armados entraron en casa anoche.

—*¿Armados?*

—Eso he dicho. Armados. Deja de interrumpirme cuando apenas he empezado. Pues sí, dos hombres con armas. Y andaban buscando algo. No sé qué.

—¿Eran ladrones?

Te sientes autorizado a hacer preguntas que no cuestionen la veracidad esencial de su fantasía.

—Bueno, es lo que yo pensé que podían ser. Así que les dije: «El lingote de oro está debajo de la cama.»

—¿No fue un poquito imprudente?

—No, pensé que los despistaría. Claro que tampoco yo sabía de dónde tenía que alejarlos. Los dos eran muy educados y tenían buenos modales. O sea, para ser pistoleros. No querían molestarme, solo hacer lo que se traían entre manos si a mí no me importaba.

—Pero ¿no te dispararon?

Le señalas la frente, ahora decorada con una larga tira de gasa.

—Oh, no, qué va, eran demasiado educados para eso. Pero la verdad es que me interrumpieron la velada y me sentí obligada a llamar a la policía.

—¿No intentaron impedírtelo?

—Qué va, estuvieron totalmente de acuerdo. Estuvimos de acuerdo en que la policía podría ayudarlos a encontrar lo que buscaban.

—Pero ¿no te dijeron lo que era?

Ella no te hace caso y prosigue.

—Pero lo más importante que quería decirte era que llevaban aquellas plumas por todas partes.

—Jolines.

—Plumas que les salían del trasero. Plumas en el pelo. Plumas por todas partes.

—¿Qué clase de armas tenían?

—Oh, ¿quién entiende de armas? —dice ella desdeñosa—. Pero vino la policía y les abrí la puerta y lo arreglaron todo.

—¿Hubo un tiroteo?

—¿Un tiroteo? No seas ridículo. La policía británica es demasiado profesional para eso.

—Pero ¿los detuvieron?

—Naturalmente. ¿Por qué, si no, crees que los llamé?

—Entonces, ¿cómo te hiciste ese corte en la cabeza?

—Bueno, de eso no me acuerdo, claro. A mi modo de ver, es la parte menos interesante de la historia.

—Me alegro de que al final todo saliera bien.

–¿Sabes una cosa, Paul? –dice ella–. A veces me decepcionas de verdad. Fue de lo más divertido y fascinante, pero tú dale que te pego a hacer preguntas y comentarios banales. Pues claro que al final todo salió bien. No hay nada que no salga bien, ¿no?

No respondes. Al fin y al cabo tienes tu orgullo. Y en tu opinión la idea de que todo sale bien al final y la idea opuesta de que nada sale bien son igualmente triviales.

–No te enfurruñes ahora. Ha sido una de las veinticuatro horas más interesantes de mi vida. Y todo el mundo, *todos,* han sido muy majos conmigo.

Los hombres armados. La policía. Los camilleros. El hospital. Los rusos. El Vaticano. Y todo va bien en el mundo, pues.

Aquella noche, mientras nos comíamos unas pizzas compradas fuera, le conté a Anna el truculento episodio. Se lo conté con cariño, preocupado, casi divertido, aunque no del todo. Los pistoleros imaginarios, los policías reales, el lingote de oro, las plumas, los camilleros, el hospital. Omití algunas de las invectivas de Susan contra mi persona. Sin embargo, también me di cuenta de que la reacción de Anna no era la que yo esperaba.

Finalmente dijo:

–Todo eso me parece un gran desperdicio de dinero público.

–Es una forma extraña de verlo.

–¿Sí? La policía, los expertos en armas de la Sección Especial, la ambulancia, el hospital. Todos corriendo de acá para allá, dedicándole toda clase de atenciones simplemente porque se ha ido de copas. Y esa lista también te incluye a ti.

–¿A mí? ¿Qué esperas que haga cuando un inquilino llama y te dice que hay policía armada en la casa?

–No *esperaba* que hicieses algo distinto.

–¿Pues entonces?

–Del mismo modo que no *esperaría* que hicieses algo distinto si saliéramos a comer fuera o fuésemos al cine o llegáramos tarde al vuelo en que nos vamos de vacaciones.

Pensé lo que me decía.

–No, supongo que no lo haría. No me comportaría de otra manera.

Comprendí que estábamos llegando a un punto muerto. Uno de los motivos por los que había elegido a Anna, en primer lugar, era que siempre decía lo que pensaba. Lo cual tenía un lado bueno y un lado malo. Supongo que como todos los rasgos de carácter.

–Escucha –dije–. Hablamos de... todo esto cuando empezamos a salir juntos.

Por alguna razón, no pude decir el nombre de Susan en aquel momento.

–Tú hablaste. Yo escuché. Eso no significa que estuviese de acuerdo.

–Entonces me engañaste.

–No, Paul, no me explicaste la gravedad del problema. Quizá en adelante, cuando coja mi diario para escribir sobre una cena o una obra de teatro o un viaje de fin de semana, siempre debería añadir una nota diciendo: dejando aparte la cantidad de alcohol ingerido por Susan.

–Eso es muy injusto.

–Puede que lo sea, pero resulta que también es cierto.

Hicimos una pausa. La cuestión era si alguno de los dos quería llevarlo más lejos. Anna sí quiso.

–Y ya que hablamos de esto, Paul, también puedo decir que Susan Macleod... no es realmente mi tipo de mujer.

–Ya veo.

–Quiero decir que en atención a ti siempre trataré de ser amable con ella.

–Sí, bueno, es muy generoso por tu parte. Y ya que hablamos de esto, yo también puedo decir que un día le prometí que siempre habría un lugar en mi vida para ella, aunque solo fuese un desván.

–Paul, yo no quiero un desván en *mi* vida. –Y entonces lo dijo–. Y menos aún con una loca dentro.

171

Dejé que este último comentario llenase el silencio que crecía entre nosotros. Al final, dije, sin duda con un tono melindroso:

—Lamento que pienses que está loca.

Ella no retiró su afirmación. Me di cuenta de que yo era la única persona en el mundo que comprendía a Susan. Y aun cuando me había ido de casa, ¿cómo podía abandonarla?

Anna y yo seguimos juntos unas semanas más, los dos ocultándonos a medias nuestros pensamientos. Pero no me sorprendió cuando rompió nuestra relación. A aquellas alturas, tampoco se lo reproché.

En suma, al final has intentado el amor blando y el duro, sentimientos y razones, verdades y mentiras, promesas y amenazas, esperanza y estoicismo. Pero no eres una máquina que cambia sin esfuerzo de un enfoque a otro. Cada estrategia implica tanta tensión emocional sobre ti como sobre ella; quizá más. A veces, cuando está ligeramente ebria, en uno de sus estados exasperantes, fantasiosos, y niega tanto la realidad como tu preocupación por ella, te paras a pensar: Tal vez a la larga se destruya, pero a corto plazo es a ti a quien le está haciendo más daño. Te abruma una rabia impotente, frustrada; y, lo peor de todo, una rabia justificada. Odias tu propia rectitud.

Te acuerdas del fondo de huida que te dio cuando estabas en la universidad. Nunca habías pensado en utilizarlo. Ahora lo retiras entero, en metálico. Vas a un hotelito anónimo, hacia el fondo de Edgware Road, justo encima de Marble Arch. No es una zona elegante ni cara de la ciudad. En la puerta de al lado hay un pequeño restaurante libanés. Durante los cinco días que pasas allí, no bebes. Quieres estar lúcido; tampoco quieres que tu rabia o tu autocompasión sean exageradas o distorsionadas. Quieres tus emociones, sean las que sean.

De una cabina telefónica cercana arrancas un puñado de tarjetas publicitarias de prostitutas. Las han pegado con Blu-Tack, y antes de depositarlas sobre el pequeño escritorio de tu habitación de hotel, despegas las pegajosas bolitas adhesivas y las tiras a la papelera. Lo haces con mucha calma. Después pones las tarjetas como para hacer un solitario y decides a cuál de esas mujeres glamourosas que «visitan en hoteles» te gustaría follarte. Haces la primera llamada telefónica. La mujer, naturalmente, no se parece en nada a la de la foto en la tarjeta. Lo ves sin que te importe y sin la menor protesta: en la escala de decepciones, esa no supone nada. El lugar y la transacción son exactamente lo contrario de lo que previamente has imaginado que es el amor y el sexo. Aun así, está bien tal como es. Eficiente, placentero, exento de emociones; perfecto.

En la pared hay un grabado barato de un trigal de Van Gogh con cuervos. Te gusta contemplarlo: de nuevo, un placer eficiente, de segundo orden, falsificado. Quizá sea más fiable que el de primer orden. Por ejemplo, si tuvieras delante el Van Gogh auténtico podrías ponerte nervioso, lleno de expectativas realzadas sobre si tu reacción era o no la correcta. Mientras que a nadie, y a ti menos que a nadie, le importa tu reacción ante un grabado barato en la pared de un hotel. Quizá deberías vivir así la vida. Te acuerdas de que, cuando eras estudiante, alguien sostuvo que si rebajabas tus expectativas ante la vida, nunca te sentirías decepcionado. Te preguntas si hay algo de verdad en ello.

Cuando renace el deseo llamas a otra prostituta. Más tarde cenas en el libanés. Ves la televisión. Te acuestas y no piensas adrede en Susan ni en nada relacionado con ella. Te da igual cómo te juzgarían si pudieran ver dónde estás y lo que estás haciendo. Obstinadamente, y casi sin verdadero placer, sigues gastando tu fondo de huida hasta que solo te queda lo suficiente para el billete de autobús de vuelta al SE15. No te reprochas nada; no experimentas culpa, ni ahora ni después. Nunca cuentas a nadie este episodio. Pero empiezas a preguntarte –no por primera vez en tu vida– si vale la pena sentir menos.

TRES

A veces se hacía una pregunta sobre la vida. ¿Cuáles son más verídicos, los recuerdos felices o los infelices? Al final decidió que era una pregunta sin respuesta.

Llevaba decenios escribiendo en una pequeña libreta. En ella apuntaba lo que la gente decía del amor. Grandes novelistas, sabios de la televisión, gurús autodidactas, personas a las que había conocido en sus años de viajes. Reunió la evidencia. Y luego, cada dos años o así, la repasaba y tachaba todas las citas que ya no creía que eran verdad. Normalmente esta criba dejaba solo dos o tres temporalmente verdaderas. Temporalmente porque la vez siguiente era probable que las tachara también para que otras dos o tres distintas ocupasen su puesto.

El otro día se encontraba en un tren a Bristol. Al otro lado del pasillo había una mujer con el *Daily Mail* desplegado ante ella. Él vio el radiante titular, acompañado de una gran foto. DIRECTORA DE ESCUELA, 49 AÑOS, SE TOMÓ 8 VASOS DE VINO, SE METIÓ PATATAS FRITAS POR DEBAJO DEL ESCOTE Y LE DIJO AL ALUMNO «VEN A COGERLAS». Tras un titular semejante, ¿para qué leer el artículo? ¿Y qué posibilidad había de que el lector hallase una moraleja diferente de la tan brutalmente implícita?

No más de las que habría habido, medio siglo antes, si el ferviente moralismo del periódico se hubiera aplicado a una historia que, en su día, ni siquiera había llegado a publicarse en el *Advertiser & Gazette* del Village. Durante los diez minutos siguientes caviló sobre el titular que su propio caso podría haber suscitado. Finalmente encontró este: ¿PELOTAS NUEVAS, ALGUIEN? ESCÁNDALO EN EL CLUB DE TENIS: EXPULSIÓN POR ÑACA ÑACA ENTRE UN AMA DE CASA DE 48 AÑOS Y UN ESTUDIANTE MELENUDO DE 19. En cuanto al texto de debajo, se escribiría solo: «La semana pasada hubo ondas de choque detrás de las cortinas de encaje y los setos de laurel del frondoso Surrey cuando surgieron acaloradas acusaciones de...»

Hay gente que decide vivir a la orilla del mar cuando envejece. Contemplan el flujo y el reflujo de las mareas, la espuma que burbujea en la playa, más allá las grandes olas y quizá, aún más allá, oyen las ondas oceánicas del tiempo, y en esa insinuada vastedad exterior hallan cierto consuelo por la pequeñez de su propia vida y la inminente mortalidad. Él prefería un líquido distinto, con sus propios movimientos y su propio destino. Pero no veía nada eterno en ello: solo leche que se convierte en queso. Recelaba de la visión grandiosa de las cosas y los anhelos indefinibles le inspiraban cautela. Prefería el trato cotidiano con la realidad. Y también admitía que su mundo y su vida habían encogido lentamente. Pero eso no le incomodaba.

Por ejemplo, pensaba que probablemente moriría sin haber vuelto a probar el sexo. Probablemente. Posiblemente. A no ser que. Pero sopesándolo pensaba que no. El sexo implicaba dos personas. Dos personas, la primera y la segunda: tú y yo, tú conmigo. Pero actualmente la estridencia de la primera persona que llevaba dentro se había silenciado. Era como si viese su vida, y la viviera, en tercera persona. Lo cual creía que le permitía evaluarla con mayor exactitud.

De nuevo esa cuestión familiar de la memoria. Reconocía que la memoria no era fidedigna e imparcial, pero ¿en qué dirección? ¿Hacia el optimismo? En principio, parecía lo sensato. Recordabas tu pasado de una forma alegre porque validaba tu existencia. No tenías que ver la vida como una especie de triunfo –la suya difícilmente había sido así–, pero necesitabas decirte que había sido interesante, agradable, dotada de un sentido. ¿Sentido? Eso equivaldría a valorarla un poco alto. Aun así, una memoria optimista podría hacer más fácil separarse de la vida, podría suavizar el dolor de la extinción.

Pero igualmente podrías argumentar lo contrario. Si la memoria se inclina hacia el pesimismo, si, retrospectivamente, todo aparece más negro y desolador de lo que fue, podría facilitar el tránsito de la vida a la muerte. Si, como la querida Joan, difunta desde hace más de treinta años, ya has conocido el infierno y has regresado de él con vida, ¿qué miedo vas a tener del infierno real o, más probablemente, de la inexistencia eterna? Le vinieron a la mente palabras captadas por la cámara del casco de un soldado británico en Afganistán, palabras dichas por otro soldado cuando ejecutaba a un prisionero herido: «Ya te tenemos. Sal de este bucle mortal, hijo de puta», había dicho el hombre antes de apretar el gatillo. Impresionante esta cita casi shakespeariana en el moderno campo de batalla, había pensado al oír la frase. ¿Por qué le había venido a la cabeza? Quizá la conexión habían sido los juramentos de Joan. Ponderó, por tanto, el lado bueno de pensar que la vida era solo un puto bucle del que había que salir. Y los hombres no eran más que unos hijos de puta; los hombres, no las mujeres. Cabría pensar también que una memoria pesimista es una ventaja evolutiva. No te importaría hacer sitio a otros en la cola del rancho; podrías considerar un deber social perderte en el desierto, o dejar que te apostaran en alguna ladera en aras de un bien superior.

Pero eso era teoría; y aquí era pragmatismo. A su entender, una de las últimas tareas de su vida era recordar a Susan correctamente. Con lo cual no quería decir: puntualmente, día tras día, año tras año, desde el principio hasta la mitad y el fin. El fin había sido horrible, y una porción excesiva de la mitad de la vida había gravitado sobre el principio. No, quería decir lo siguiente: era su última tarea, para él y para ella, recordar y conservar a Susan tal como ella había sido cuando se conocieron. Remontarse hasta lo que él consideraba todavía su inocencia: una inocencia de alma. Antes de que esa inocencia se desfigurase. Sí, esa era la palabra pertinente: garabatear encima del grafiti salvaje de la bebida. Además de perder su cara y la posterior incapacidad de verla. Ver, recordar lo que ella había sido antes de perderla, perderla de vista antes de que desapareciera en aquel sofá de cretona: «¡Mira, Casey Paul, estoy desapareciendo!» Perder de vista a la primera persona –la única– a la que había amado.

Tenía fotografías, por supuesto, y eran una ayuda. Sonriéndole recostada contra el tronco de un árbol en un bosque olvidado hacía mucho tiempo. Azotada por el viento en una vasta playa desierta y a lo lejos, a su espalda, una hilera de casetas cerradas. Había incluso una foto con aquel vestido de tenis ribeteado de verde. Las fotos eran útiles, pero en cierto modo siempre confirmaban el recuerdo más que liberarlo.

Intentó concentrarse en captar a Susan al vuelo. En recordar su alegría, su risa, su carácter subversivo y su amor por él antes de que todo se cerrase. Su gallardía y su valeroso intento de crear felicidad a pesar de que siempre lo tenían todo en contra, ella y los dos. Sí, lo que buscaba era eso: la Susan feliz, la Susan optimista, no obstante desconocer totalmente lo que depararía el futuro. Era un talento, una afortunada faceta de su carácter. Él, por su parte, tendía a mirar al futuro y decidir con arreglo a una valoración de las probabilidades de que el optimismo o el pesimismo fueran la perspectiva adecuada. Él aportaba vida a su propio temperamento; ella llevaba su temperamento a la vida.

Era más arriesgado, desde luego; te aportaba más alegría, pero te dejaba sin red de seguridad. De todos modos, pensó, al menos no los había derrotado el pragmatismo.

Estaba todo esto y también estaba el modo en que ella le aceptaba tal como era. No, mejor dicho: le disfrutaba tal como era. Y tenía confianza en él; lo miraba y no dudaba de él; pensaba que haría algo de sí mismo y algo con su vida. Y lo había hecho en cierto sentido, aunque no como los dos habían previsto.

Ella decía: «Amontonamos a todos los chicos pijos en el Austin y nos vamos al mar.» O a la catedral de Chichester, o a Stonehenge, o a una librería de viejo, o a un bosque con un árbol milenario en el centro. O a ver una película de terror, por mucho miedo que le dieran a ella. O a un parque de atracciones donde montarían en los autos de choque, se atiborrarían de algodón de azúcar, no lograrían derribar los cocos de sus estantes y serían lanzados al aire por diversos mecanismos hasta perder el resuello. No sabía si había hecho todas estas cosas con ella en aquel entonces; algunas quizá más tarde, algunas incluso con otras personas. Pero era la clase de reminiscencia que necesitaba y que le devolvía a Susan aunque ella, en realidad, no hubiera estado allí.

Sin red de seguridad. Siempre que pensaba en ella había una imagen recurrente. Él la sujetaba por las muñecas por fuera de la ventana, sin poder izarla ni dejarla caer, la vida de ambos en angustiosa estasis hasta que ocurriera algo. ¿Y *qué* había ocurrido? Bueno, él había intentado organizar a la gente para que apilara colchones lo bastante altos para amortiguar la caída de Susan; o bien había llamado a los bomberos para que montasen una lona circular; o... Pero estaban unidos por las muñecas, como trapecistas: no solo él la estaba sosteniendo, ella también lo sostenía a él. Y al final lo venció el agotamiento y la dejó caer. Y aunque cayó sobre una superficie acolchada, siguió siendo muy penoso porque Susan, como ella le había dicho una vez, tenía los huesos pesados.

Por supuesto, una anotación en su libreta era: «Es mejor haber amado y perdido que no haber amado nunca.» La frase resistió unos cuantos años; luego la tachó. Después volvió a escribirla; luego volvió a tacharla. Ahora las dos frases estaban una al lado de la otra, una clara y verdadera, la otra tachada y falsa.

Cuando rememoraba la vida en el Village, la recordaba basada en un sistema sencillo. Para cada dolencia había un remedio específico. TCP para el dolor de garganta; Dettol para un corte; Disprin para la cefalea; Vicks para la congestión pulmonar. Y más allá de esto había cuestiones más graves, pero la solución también era única. La cura para el sexo era el matrimonio; para el amor, el matrimonio; para la infidelidad, el divorcio; para la desdicha, el trabajo; para la infelicidad extrema, la bebida; para la muerte, una frágil creencia en la vida de ultratumba.

Siendo adolescente había deseado mayores complicaciones. Y la vida le había permitido descubrirlas. A veces estaba harto de las complicaciones de la vida.

Unas semanas después de su riña con Anna, abandonó la habitación de alquiler y volvió a Henry Road. En alguna parte, en alguna novela que leyó posteriormente, había tropezado con esta frase: «Se enamoró como un hombre que se suicida.» No era totalmente así, pero en un sentido no tenía elección. No podía vivir con Susan; no podía emprender una vida independiente sin ella; por consiguiente volvió a vivir con Susan. ¿Valor o cobardía? ¿O algo simplemente inevitable?

Por lo menos ahora ya estaba familiarizado con la pautada inexistencia de pautas de la vida a la que volvía a someterse. Su reaparición fue recibida no con felicidad o alivio, sino con una naturalidad desenfadada. Porque siempre iba a producirse aquel retorno. Porque a los jóvenes hay que consentirles sus fechorías, pero no hay que felicitarles cuando vuelven a un lugar que nunca deberían haber abandonado. Tomó nota de esta reacción discrepante, pero no le fastidió; en el escalafón de cosas fastidiosas ocupaba uno de los peldaños más bajos.

Así que siguieron viviendo bajo el mismo techo –¿durante cuánto tiempo?, ¿otros cuatro, cinco años?–, y hubo días buenos y semanas malas, ira contenida, arrebatos esporádicos y un creciente aislamiento social. Todo esto ya no le hacía sentirse un hombre interesante; por el contrario, se sentía un fracasado y un paria. En aquella época nunca volvió a intimar con otra mujer. Al cabo de uno o dos años, Eric no pudo soportar el ambiente y se mudó. Alquilaron a enfermeras las dos habitaciones del ático. Bueno, no consiguió alquilarlas a policías.

Pero durante aquellos años hizo un descubrimiento que le sorprendió y que le facilitó la vida en el futuro. La secretaria del bufete se quedó embarazada; pusieron anuncios para contratar a un suplente, pero no encontraron un candidato idóneo; él se propuso para el puesto. No le ocupaba el día entero, y seguiría llevando asuntos de asesoría jurídica. Pero descubrió que la rutina administrativa, el libro de contabilidad, el correo, las facturas –hasta las nimiedades de mantener en funcionamiento la máquina de café y la fuente del agua– le proporcionaban una satisfacción tranquila. En parte, sin duda, porque muchas veces llegaba de Henry Road en un estado incapaz de algo más que una administración de bajo rango. Pero ocuparse de ella también le producía un placer imprevisto. Y sus colegas le agradecían francamente que les hiciera la vida más fácil. El contraste con Henry Road era patente. ¿Cuándo le había dado las gracias Susan por hacerle la vida menos difícil?

La secretaria del bufete, con muchas explicaciones sobre la emocionante sorpresa del amor maternal, anunció que no volvería al trabajo. Él asumió su cargo a jornada completa; y, años más tarde, esta capacidad práctica resultó ser su vía de escape. Administraba despachos para bufetes, instituciones benéficas, ONG, y podía viajar y cambiar de actividad cuando tenía que hacerlo.

Trabajó en África, en Norteamérica y en Sudamérica. La rutina satisfacía una parte de sí mismo cuya existencia ignoraba. Recordaba que tiempo atrás, en el club de tenis del Village, le había sorprendido la manera de jugar de los socios más antiguos. Eran ciertamente competentes, pero aburridos y sin inventiva, como si se conformaran con seguir las instrucciones de un entrenador que había muerto hacía mucho. Bueno, así eran ellos, entonces. Ahora podía dirigir una oficina —en cualquier parte, en cualquier momento— como cualquier arreglador enrollado. Se guardaba para sí mismo sus satisfacciones. Y a lo largo de los años también había aprendido el valor del dinero: lo que podía y no podía hacer.

Había una cosa más. Era un trabajo por debajo de sus capacidades. No era que no se lo tomase en serio; lo hacía. Pero desde que había rebajado sus expectativas profesionales, comprobó que rara vez se sentía decepcionado.

Tenía el deber de evocar cómo había sido Susan y de rescatarla. Pero no solo se trataba de ella. Tenía un deber que cumplir consigo mismo. ¿Evocarse y... rescatarse? ¿De qué? ¿Del «posterior naufragio de su vida»? No, eso era estúpidamente melodramático. Su vida no había naufragado. Su corazón sí, su corazón había sido cauterizado. Pero había encontrado un estilo de vida y había continuado la vida que le había conducido hasta aquí. Y desde aquí tenía el deber de verse como había sido antaño. Qué extraño es que cuando eres joven no tienes ningún deber con el futuro, pero cuando eres viejo tienes un deber con el pasado. Con la única cosa que no puedes cambiar.

Recordaba que, en la escuela, los maestros le guiaban entre libros y obras de teatro en los que a menudo había un conflicto entre el Amor y el Deber. En aquellas viejas historias, el amor inocente pero apasionado se enfrentaba con el deber para con la familia, la Iglesia, el rey, el Estado. Algunos protagonistas ganaban, otros perdían, otros las dos cosas al mismo tiempo; por lo gene-

184

ral, el desenlace era una tragedia. Sin duda en sociedades religiosas, patriarcales, jerárquicas, tales conflictos seguían existiendo y proporcionando temas a los escritores. Pero ¿en el Village? Su familia no iba a la iglesia. No había mucha estructura social jerárquica, si se descontaba el tenis y los comités del club de golf, con su potestad de expulsión. Tampoco mucho patriarcado: no con su madre de por medio. Y en cuanto al deber familiar: no había sentido ninguna obligación de apaciguar a sus padres. De hecho, ahora se habían invertido los papeles y les incumbía a ellos aceptar las «elecciones vitales» que hubiera hecho su hijo. Como fugarse a una isla griega con Pedro, el peluquero, o presentar en casa a aquella estudiante, madre en ciernes.

Pero esta liberación de los viejos dogmas implicaba sus propias complejidades. El sentido de obligación se interiorizaba. El Amor era un Deber en sí mismo y por sí mismo. Tenías el Deber de Amar, y más ahora que constituía tu núcleo central de creencias. Y el Amor entrañaba muchos Deberes. De modo que, aunque aparentemente ingrávido, el Amor podía ser un gran peso y crear vínculos muy sólidos, y sus Deberes podían causar desastres tan grandes como en los viejos tiempos.

Otra cosa que había llegado a comprender. Se había imaginado que, en el mundo moderno, el tiempo y el lugar ya no eran importantes en las historias de amor. Al mirar atrás vio que habían desempeñado en la suya una función más grande de lo que había pensado. Había sucumbido a la antigua, continuada, indeleble ilusión: que de algún modo los amantes están fuera del tiempo.

Ahora se estaba desviando del asunto: Susan y él, todos aquellos años atrás. Había que abordar la vergüenza de ella. Pero sabía que también existía la de él.

Una anotación de su libreta que había sobrevivido a varias inspecciones. «En el amor todo es verdad y mentira; es el único tema en el que es imposible decir algo absurdo.» Desde que la descubrió le había gustado esta observación. Porque le llevaba a un pensamiento más amplio: que el propio amor nunca es absurdo, y tampoco ninguno de sus protagonistas. El amor se salta todas las severas ortodoxias de sentimientos y de conducta que una sociedad pueda querer imponer. A veces veías en el corral formas de afecto impensables: el ganso enamorado del burro, el gatito jugando sin peligro entre las patas del mastín encadenado. Y en el corral humano existían afectos igualmente inverosímiles, pero nunca absurdos para sus protagonistas.

Un efecto permanente de su relación con los Macleod había sido su aversión a los hombres coléricos. No, no aversión, asco. La ira es una expresión de autoridad, de virilidad, la ira como preludio de la violencia física: aborrecía todo eso. Había en la cólera una horrenda virtud falsa: mírame, furioso, mira cómo me sulfuro porque me embarga una emoción intensa, mira lo vivo que estoy realmente (a diferencia de todos esos témpanos de ahí), mira cómo voy a demostrarlo agarrándote del pelo y estampándote la cara contra una puerta. ¡Y ahora mira lo que me has obligado a hacer! ¡Eso también me enfurece!

Le parecía que la cólera nunca era solo eso. El amor, en sí mismo, era normalmente solo amor, aunque impeliese a algunos a comportarse de un modo que inducía a sospechar que ya no había amor y que quizá nunca lo había habido. Pero la cólera, sobre todo la que se investía de fariseísmo (y quizá todas lo hacían), era muchas veces una expresión de otra cosa: aburrimiento, desprecio, superioridad, fracaso, odio. O incluso de algo en apariencia trivial, como una irritada dependencia del sentido práctico femenino.

Con todo, y para su gran sorpresa, al final había dejado de odiar a Macleod. Cierto era que el hombre había muerto hacía mucho, aunque era perfectamente posible, y hasta razonable, odiar a los muertos; y en una determinada etapa pensó que viviría con ese odio hasta el día de su propia muerte. Sin embargo, no había sido así.

No estaba seguro de la cronología de todo eso. En algún momento, Macleod se había jubilado, pero seguía viviendo en aquella casa espaciosa, atendido por una cocinera y ama de llaves a la que trataba con una cortesía minuciosa y anticuada. Una vez a la semana iba al campo de golf y golpeaba una pelota inmóvil como si fuera un enemigo personal. Cuidaba el jardín furiosamente, fumaba furiosamente, encendía la caja tonta y bebía delante de ella hasta que conseguía levantarse a duras penas para irse a la cama. A menudo la sisadora señora Dyer encontraba al llegar la pantalla en blanco del televisor todavía chispeando.

Luego, una mañana de invierno, mientras plantaba coles, Macleod se cayó al suelo y pasaron horas hasta que lo descubrieron; el ictus ya había producido un daño irreversible. Medio paralizado, pero finalmente acallado, ahora dependía de las visitas regulares de una enfermera, de las mensuales de sus hijas y de las más infrecuentes de Susan. Maurice, su antiguo compadre del *Reynolds News,* pasaba a verlo de vez en cuando y, a sabiendas de que contravenía el consejo médico, sacaba una botella de whisky medio llena y vertía un chorro por la garganta de Macleod mientras los ojos de este parpadeaban mirándolo. Cuando el ama de llaves encontró a Macleod muerto en el suelo, envuelto en las sábanas de la cama, ya hacía tiempo que Susan había otorgado poderes a Martha y a Clara. La casa, con mucho mobiliario indeseado, se vendió a un lugareño turbio que quizá encubriese a una empresa de construcción.

En algún momento de esta secuencia él había dejado de odiar a Macleod. No lo perdonaba —no consideraba que perdonar fuese lo opuesto de odiar—, pero reconoció que su irascible antipatía y sus cóleras nocturnas se habían vuelto en cierto modo intrascendentes. Por otra parte, no lo compadecía, a pesar de todas las humillaciones y achaques que le sobrevinieron. Las consideraba algo inevitable: de hecho, ahora pensaba que lo eran casi todas las cosas que ocurrían.

¿La cuestión de la responsabilidad? Parecía una cuestión para extraños: solo los que carecían de pruebas y conocimiento suficientes podían repartir sin vacilación las culpas. Incluso a tanta distancia, él estaba todavía demasiado involucrado para hacerlo. Y también había llegado a un estadio de la vida en que había empezado a buscar casos que desmentían la realidad de los hechos. ¿Y si hubiera sucedido algo distinto de lo que ocurrió? Era un acto ocioso pero absorbente (y tal vez mantenía a raya la cuestión de la responsabilidad). Por ejemplo, ¿y si él no hubiera tenido diecinueve años, con tiempo por delante y –aunque apenas consciente de ello– ávido de amor cuando llegó al club de tenis? ¿Y si Susan, por escrúpulos morales o religiosos, hubiera desalentado su interés por ella y le hubiese enseñado solo trucos tácticos cuando jugaban dobles mixtos? ¿Y si Macleod hubiese seguido manteniendo una apetencia sexual por su mujer? Tal vez nada de esto habría sucedido. Pero puesto que había ocurrido, si querías atribuir culpas, entrabas de lleno en la prehistoria que ahora, en dos de los tres involucrados, se había vuelto inaccesible.

Aquellos intensos primeros meses habían reordenado su presente y determinado su futuro incluso hasta ahora. Pero ¿y si, por ejemplo, él y Susan no se hubieran atraído? ¿Y si una de sus muchas historias inventadas hubiera sido verídica? Él era un joven que la llevaba en coche porque ella necesitaba unas gafas nuevas. Él era amigo de una o de las dos hijas de ella. Él era una especie de protegido de Gordon. Ahora, en un estado de sosiego adquirido, descubría que fácilmente podía imaginar cosas distintas de las que habían sido; hechos y sentimientos totalmente diferentes.

Curioso que recorriera ese sendero intransitado. Por ejemplo, empezaba a ayudar al viejo Macleod en la jardinería. Así como jugaba al tenis con Susan, se aficionó al golf, recibió lecciones en el club y a menudo jugaba de pareja con Gordon –como le habían pedido que lo llamara– recorriendo los dieciocho hoyos locales cuando el rocío destellaba todavía en las calles del campo. Había algo en la presencia de Paul que relajaba al viejo Gordon: su hosquedad era solo una careta y Paul le ayudaba a relajarse un poco más en el *tee;* hasta le enseñó (después de hojear un manual de golf norteamericano) a amar aquella pelotita con hoyuelos en vez de odiarla. Él –Casey Paul, como ahora lo llamaban otras personas además de Susan– descubrió que no le disgustaba un trago: ginebra con Joan, cerveza con Gordon, una copa de jerez ocasional con Susan; aunque todos convenían en que al llegar a cierto punto había que decir basta, y que una copa de más era demasiado. Y, entonces, ¿por qué no llevar esta vida alternativa si no a una conclusión lógica al menos a una convencional: que él y una de las Macleod se «encariñaban uno del otro» (como lo habrían expresado sus padres)? ¿Martha o Clara? Evidentemente Clara, que había heredado más rasgos de carácter de Susan. Pero eso iba en contra de los hechos, y por eso escogió a Martha.

La consecuencia inmediata fue que los Macleod fueron, en efecto, a tomar un jerez con los padres de él, cosa que Paul y Martha se temían, pero que en realidad transcurrió muy bien. Las dos parejas nunca iban a formar un armonioso cuarteto de bridge, pero solo hizo falta concertar una fecha con el vicario de St. Michael para que todo el mundo pasara por alto las incompatibilidades. Y como esta ficticia versión de la realidad ahora se le había ido de las manos, decidió adornar el día de la boda con el más exagerado buen tiempo, incluso con un doble arco iris. Luego se concedió el capricho de otorgarse la hermana que nunca había tenido. Para complicarles un poco las cosas a sus padres, la convirtió en lesbiana. Ah, y ella llevó a su bebé a la ceremonia. El único bebé del mundo occidental que no lloraba en un momento inoportuno durante una boda. ¿Por qué no?

Se sacudió la cabeza para disipar esta extraña visión que había concebido. Había dos maneras de ver la vida; o, en todo caso, dos puntos de vista extremos, con un continuo entre ellos. Uno sostenía que cada acción humana necesariamente acarreaba la eliminación de todas las demás acciones que podrían haberse realizado en su lugar; la vida, por consiguiente, consistía en una sucesión de grandes y pequeñas elecciones, expresiones del libre albedrío, de suerte que el individuo era como el capitán de un barco de vapor resoplando por el poderoso Mississippi de la vida. El otro mantenía que todo era un conjunto de cosas inevitables, que la prehistoria mandaba, que una vida humana no era más que un bulto en un leño propulsado río abajo del poderoso Mississippi, arrastrado y amedrentado, aporreado y cautivado por corrientes y remolinos y peligros que no era posible controlar. Paul pensaba que no tenía por qué ser uno u otro. Consideraba que una vida –la suya, naturalmente– podía vivirse como algo regulado primero por lo inevitable y más tarde por el libre albedrío. Pero también comprendía que la recreación retrospectiva de la vida era siempre probablemente interesada.

Pensándolo más detenidamente decidió que la parte más inverosímil de esta visión contraria a la realidad era que Martha alguna vez lo hubiera visto como un marido potencial.

¿Se lamentaba de lo que siempre había pensado que era la «devolución» de Susan? No: la palabra apropiada para expresar lo que sentía podría ser culpa; o su colega más agudo, remordimiento. Pero también había en ello un carácter inevitable que confería al acto una diferente coloración moral. Descubrió que sencillamente no podía obcecarse. Como no podía salvarla, tenía que salvarse él mismo. Así de simple.

No, por supuesto no lo era; era mucho más complicado. Podría haberse empeñado en la insensatez de insistir y atormentarse. Podría haber perseverado, haberla calmado y tranquilizado incluso cuando la mente y la memoria de Susan grababan en bucles de tres minutos, desde la sorpresa espontánea ante la presencia de Paul, aun cuando él llevara dos horas sentado en la misma silla, hasta la reprimenda por su ausencia inexistente y hasta la alarma y el pánico, que él sosegaría con palabras tiernas y recuerdos dulces que ella fingiría recordar aunque mucho tiempo atrás los hubiese alcoholizado y expulsado de su memoria. No, podía haberse obcecado, actuando como una ayuda emocional doméstica, vigilando su progresiva desintegración. Pero tendría que haber sido masoquista. Y para entonces ya había hecho el descubrimiento más aterrador de su vida, que probablemente proyectaría una sombra sobre todas sus relaciones posteriores: la constatación de que el amor, incluso el más ardiente y sincero, si se lo ataca de la forma apropiada, puede cristalizar en una mezcla de compasión y cólera. Su amor había desaparecido, se lo habían extirpado mes a mes, año tras año. Pero lo que le conmocionó fue que las emociones que lo sustituían eran igual de violentas que el amor que anteriormente anidaba en su corazón. Y por eso su vida y su corazón estaban tan agitados como antes, solo que Susan ya no era capaz de apaciguar su corazón. Y eso fue, finalmente, cuando tuvo que devolver a Susan.

Escribió una carta conjunta a Martha y Clara. No entró en detalles emocionales. Se limitó a explicar que la obligación de viajes profesionales durante largos períodos –quizá varios años– le impedía obviamente llevarse con él a Susan. Partiría al cabo de tres meses, un tiempo que confiaba en que fuese suficiente para que ellas adoptaran las disposiciones pertinentes. Si más adelante se hacía necesario ingresarla en algún tipo de residencia, les prestaría la ayuda que pudiera, aunque por el momento no estaba en condiciones de contribuir a financiarla.

Y casi todo esto era verdad.

Había una visita que tenía que hacer forzosamente antes de partir al extranjero. ¿La temía o estaba impaciente por hacerla? Ambas cosas, probablemente. Eran las cinco en punto de la tarde cuando llamó al timbre, al que esta vez no contestó un contrapunto de gañidos sino un único y lejano ladrido. Cuando Joan abrió la puerta tenía a su lado a una plácida golden retriever de edad avanzada. Joan parecía tener los ojos tan nebulosos que él pensó que la perra bien podría haber sido un lazarillo.

Era invierno; Joan llevaba un chándal con unas cuantas quemaduras de cigarrillo en el pecho y un par de calcetines gruesos con los que deambulaba tan acolchada como su perro. En el cuarto de estar el humo de cigarrillo se mezclaba con el de leña. Las butacas eran las mismas; los ocupantes también, aunque más viejos. La retriever, que respondía al nombre de Sibyl, jadeaba a causa del trayecto de ida y vuelta a la puerta de entrada.

—Todos los perros se me han muerto —dijo Joan—. Nunca tengas perros, Paul. Todos se te mueren y llega un momento en que no sabes si tener o no otro, el último. La espuela, antes de marchar. Y aquí estamos, Sibyl y yo. O me muero yo y ella se muere de pena o se muere ella y yo me muero de pena. No hay mucha elección, ¿no? La ginebra está allí. Sírvete tú mismo.

Él se sirvió, eligiendo el vaso menos sucio.

—¿Cómo te va, Joan?

—Pues ya ves. Más o menos como siempre, solo que más vieja, más alcoholizada, más sola. ¿Y a ti?

—He cumplido treinta. Voy a vivir unos años al extranjero. Por trabajo. He devuelto a Susan.

—¿Como un paquete? Joder, es un poco tarde, ¿no? ¿La llevas de vuelta a la tienda y pides que te devuelvan el dinero?

—No es así.

Comprendió que podría ser algo difícil explicarle a una mujer borracha por qué abandonaba a otra.

—¿Cómo es exactamente, entonces?

—Te lo cuento. Intenté salvarla y fracasé. Intenté que dejara de beber y fracasé. No la culpo, ni mucho menos. Y me acuerdo de lo que me dijiste entonces: que lo más probable era que ella sufriera más que yo. Pero no aguanto más. No puedo soportar diez días más, y no digamos otros diez años. Así que Martha va a cuidar de ella. Clara se negó, lo cual fue para mí una sorpresa. Les dije que... si en algún momento necesitaban llevarla a una residencia, yo podría ayudarlas. En el futuro. Si me va bien y gano algún dinero.

—Desde luego lo tenías todo pensado.

—Me protejo, Joan. No aguantaba más.

—¿Novia? —preguntó, encendiendo otro cigarrillo.

—No soy tan desalmado.

—Bueno, encontrar a otra mujer puede dar de pronto a un hombre una lucidez extraordinaria. Según mis lejanas experiencias de una polla y un coño.

—Lamento que no te fuera bien, Joan.

—Tu compasión llega con un retraso de alrededor de medio siglo, chico.

—Lo digo en serio —dijo él.

—¿Y cómo crees que se apañará Martha? ¿Mejor que tú? ¿Peor? ¿Parecido?

—No lo sé. Y en un sentido me da igual. Me es indiferente porque, si no, me vería arrastrado de nuevo a la antigua situación.

—No es cuestión de que te arrastren. Todavía estás en ella.

—¿Qué quieres decir?

—Todavía estás en ella. Siempre lo estarás. No, no literalmente. Sino afectivamente. Nada termina nunca, no cuando ha llegado tan hondo. Siempre serás un soldado herido que aún puede caminar. Es la única alternativa, al cabo de un tiempo. Caminar herido o muerto. ¿No estás de acuerdo?

Él la miró, pero ella no le hablaba a él. Se dirigía a Sibyl y le daba palmaditas en la suave cabeza. Él no supo qué decir porque no sabía si creía a Joan o no.

—¿Sigues haciendo trampas en los crucigramas?

—Insolente hijo de puta. Pero eso no es nada nuevo, ¿no?

Él le sonrió. Siempre le había gustado Joan.

—Y cierra la puerta cuando salgas. No me gusta levantarme un montón de veces a lo largo del día.

Él sabía que debía abstenerse de abrazarla o algo parecido y se contentó con asentir, sonreírle y disponerse a marcharse.

–Manda una corona cuando llegue el momento –le gritó cuando se iba.

No supo si se refería a ella o a Susan. Tal vez incluso a Sibyl. ¿Se mandaban coronas a los perros? Otra cosa que ignoraba.

Lo que no le dijo a Joan –o no pudo decirle– fue su aterrador descubrimiento de que el amor, en virtud de un proceso implacable, casi químico, podía transformarse en compasión y cólera. La cólera no contra Susan, sino contra lo que, fuera lo que fuese, la había anulado. Pero cólera, al fin y al cabo. Y la ira en un hombre le asqueaba. De modo que ahora, además de esos dos sentimientos, tenía que lidiar también con el asco de sí mismo. Y eso formaba parte de su vergüenza.

Trabajó en una serie de países. Estaba en la treintena, después rebasó los cuarenta, perfectamente presentable (como su madre habría dicho) y asimismo solvente y no manifiestamente loco. Esto bastó para que encontrase compañía sexual, vida social, el calor cotidiano que necesitaba, hasta que pasó al trabajo, al país siguiente, a un nuevo círculo social, y accedió a otro período en el que siguió siendo agradable para y con personas nuevas, a algunas de las cuales volvería a ver años más tarde y a otras no. Era lo que quería: más concretamente, era la única relación que se sentía capaz de mantener.

Algunos podrían haber considerado que su estilo de vida era egoísta, incluso parasitario. Pero también pensaba en los demás. Intentaba no engañar, no exagerar su disponibilidad emocional. No se paraba a mirar escaparates de joyerías ni guardaba silencio con una sonrisa tonta viendo fotos de bebés; tampoco decía que pensaba asentarse, con esa persona o en ese país. Y –aunque era un rasgo que él no identificaba de inmediato– por lo general le atraían mujeres que eran..., ¿cómo decirlo?, sólidas, independientes y no claramente jodidas. Mujeres que vivían su propia vida, que podían disfrutar de su fiable pero pasajera presencia tanto como él de la de ellas. Mujeres que no sufrirían demasiado cuando él se fuese y que no infligirían demasiado daño si eran las primeras en largarse.

Pensó que esta pauta psicológica, esta estrategia emocional, era sincera y considerada, además de necesaria. No fingía ni ofrecía más de lo que podía dar. Aunque, por supuesto, cuando exponía todo esto, veía que algunos podrían considerarlo puro egoísmo. Tampoco él era capaz de juzgar si su conducta nómada –de un lugar a otro, de una mujer a otra– era valiente porque admitía sus propias limitaciones o cobarde porque las aceptaba.

Y no siempre funcionaba su nueva teoría vital. Había mujeres que le hacían obsequios selectos y eso le asustaba. Otras, con el paso de los años, le habían dicho que era el típico inglés, un agarrado, un tipo frío; también un hombre cruel y manipulador, aunque él creía que su actitud era la que menos manipulaba las relaciones. Aun así enfadaba a algunas mujeres. Y en las raras ocasiones en que había tratado de explicar su vida, su prehistoria y la larga duración de su estado afectivo, las acusaciones se hacían más severas y le trataban como si padeciese una enfermedad contagiosa que debería haber declarado entre la primera y la segunda cita.

Pero tal era la naturaleza de las relaciones: siempre parecía haber algún tipo de desequilibrio. Y estaba bien planear una estrategia emocional, pero no cuando el suelo se abría a tus pies y las tropas que te defendían caían por un barranco que solo hacía unos segundos que aparecía en el mapa. Y así había ocurrido con María, la dulce y tranquila española que de repente empezó a amenazar con suicidarse y que quería esto y quería lo otro. Pero él no se había ofrecido a ser el padre de sus hijos, ni de los de nadie, ni tenía intención de convertirse al catolicismo, por mucho que le hubiera gustado a la madre supuestamente agonizante de María.

Y luego –puesto que los malentendidos están democráticamente repartidos– había aparecido Kimberly, de Nashville, que había cumplido tan instantáneamente todas sus exigencias tácitas –desde llevarlo a la cama con sus risas en la segunda cita hasta personificar el espíritu mismo de la independencia amorosa– que él, en vez de felicitarse en silencio por su suerte, casi se había enamorado perdidamente de ella a las primeras de cambio. Y al principio ella le frenó con alusiones al espacio personal y a «llevar el asunto a la ligera». Sin embargo, eso solo sirvió para ponerlo aún más ansioso de que ella se mudara a su casa aquella misma tarde, y había hecho arreglos florales mucho más esmerados que los que hacía normalmente, y se había sorprendido mirando muestrarios de anillos de diamantes, y hasta soñando con el escondrijo perfecto, quizá la choza de un antiguo trampero (con todas las comodidades modernas, claro está) a la que se llegaba subiendo una vereda sombreada por árboles. Él le había propuesto matrimonio y ella había respondido: «Paul, no funciona así.» En su delirio, cuando ella le dio una palmada en el brazo y le dijo las cosas que él le había dicho a María, él se oyó acusarla de egoísta y manipuladora y de ser la típica persona fría norteamericana, significase lo que significara, porque era la primera con la que salía. De modo que ella lo dejó plantado con un fax y él se castigó con una borrachera hasta un punto de súbita racionalidad en que sucumbió a una risa tonta y a un repentino sentido de lo absurdo de todas las relaciones humanas, y se sintió de pronto llamado a la vida monástica, al mismo tiempo que fantaseaba con Kimberly vestida de monja y los dos enzarzados en un sexo alegre y blasfemo, tras lo cual reservó dos pasajes para un vuelo a México por la mañana temprano, pero naturalmente se quedó dormido y cuando despertó el mensaje de su contestador no era de Kimberly sino de la compañía aérea anunciándole que había perdido el vuelo. De un modo u otro, fue a trabajar aquel día y contó un relato cómico de sus desventuras que hizo reír a sus colegas y a él mismo, por lo que esta ficción más liviana y distorsionada enseguida prevaleció sobre lo que había sucedido realmente. Y años más tarde le agradeció calladamente a Kimberly que hubiera sido más inteligente que él, más emocionalmente lúcida. Él se había figurado que había aprendido un montón de lecciones emocionales en su relación con Susan. Pero quizá solo eran lecciones sobre la manera de relacionarse con ella.

Se mantenía en contacto con sus amistades masculinas cuando estaba en casa de permiso, o entre un trabajo y otro, en reuniones de copas o en cenas que le parecían bruscas sacudidas del botón de avance rápido. Algunos de sus amigos se habían vuelto infatigables habitantes de surco, y eran los más sentimentales cuando rememoraban los viejos tiempos. Otros vivían ahora con su segunda mujer y tenían hijastros. Uno se había vuelto gay, al cabo de tantos años, tras haberse fijado de improviso en la nuca de hombres jóvenes. A unos pocos el tiempo no los había cambiado. Bernard, de cara colorada y barba blanca, le asestaba un codazo, sacudía la cabeza y decía en voz alta: «Mira el culo de *esa*» cuando una mujer pasaba por delante de su mesa en el restaurante. Bernard decía lo mismo a los veinticinco años, aunque por entonces con un impreciso acento norteamericano. Quizá aún sirviera de algo que te recordaran que algunos hombres confundían la franqueza con la grosería. Al igual que otros confundían la virtud con los remilgos.

Estos amigos intermitentes eran de quintas diferentes: de los chicos pijos solo quedaba en su vida Eric. Eran compañeros para las horas de necesidad y el alcohol disolvía cualquier distancia entre ellos. Pero dadas las circunstancias –o más bien sus circunstancias– tendía a recordar sobre todo las frases que presuponían cosas o crispaban:

«Todavía en la brecha, ¿eh, Paul?»

«¿Sin ataduras ni compromisos?»

«¿Todavía no has encontrado a la chica ideal? ¿O debería decir la señorita Rita?»

«¿Crees que algún día sentarás la cabeza?»

«Lástima que no tengas hijos. Habrías sido un buen padre.»

«Nunca es demasiado tarde. No te rindas nunca, compadre.»

«Sí, pero no olvides que el esperma se degrada a medida que nos salen canas.»

«¿No te seduce la casita de campo con un fuego de leña llameante y un nieto en las rodillas?»

«No puedes tener nietos sin ser padre antes.»

«Te asombrarías de lo que la ciencia médica puede hacer hoy día.»

Sus reapariciones ocasionales hacían que algunos se sintieran satisfechos por la trayectoria que habían seguido sus vidas, y a otros, cuando no lo envidiaban, les despertaba un poco de descontento. Después, ya cincuentón, volvió a casa, se trasladó a Somerset e invirtió parte de sus ahorros.

–¿Qué te dio la idea del queso?

–Malos sueños para el resto de tu vida, compadre.

–¿No hay quizá una pequeña lechera de por medio?

–Y mira el culo de *esa*.

–Bueno, por lo menos te veremos más a menudo.

Pero no había una lechera de por medio; y, extrañamente, no acabó viendo más a menudo a sus amigos intermitentes. Si querías, Somerset podía estar tan lejos como Valparaíso o Tennessee. Y tal vez optó por recordar sus pesadas tomaduras de pelo porque ayudaban a mantenerlos a raya, tal como había hecho él con sus amigas. Aunque ahora algunos se mantenían a raya ellos mismos, al haber alcanzado la edad en que llega la enfermedad. Había emails sobre el cáncer de próstata y operaciones de la columna, y sobre esa pequeña de afección cardíaca que quizá no era una buena noticia. Consumían pastillas vitamínicas y estatinas mientras que el World Service de la BBC les hacía compañía en sus insomnios. Y pronto, sin duda, empezarían los años de los funerales.

Se acordaba de un amigo que había tenido, hacía siglos, en la facultad de derecho. Alan no sé qué. Habían perdido el contacto, por una razón u otra. Alan se había pasado siete años estudiando para veterinario, pero al licenciarse se cambió de inmediato a las leyes.

Un día le preguntó por qué había abandonado tan bruscamente su primera carrera. ¿Había descubierto de golpe que no le gustaban los animales? ¿Era por los posibles horarios? No, dijo Alan, nada de eso. Siempre había pensado que era una profesión buena y gratificante curar al ganado enfermo, conducirlo a un parto seguro o a una muerte indolora, trabajar al aire libre, conocer a todo tipo de gente. Y sabía que en su oficio habría de todo eso. Pero al final desistió por una especie de aprensión. Explicó que si te pasabas varias horas con el brazo metido en el trasero de una vaca, no podías evitar respirar las emanaciones nocivas del animal. Y que una vez que las tenías dentro era inevitable que intentaran salir fuera.

Hasta aquí había llegado Alan. Pero, naturalmente, él se lo había imaginado en la cama con una amiga y que todo va bien entre ellos hasta que Alan exhala un catastrófico cúmulo de gases de vaca y la chica se levanta de un brinco, corre en busca de su ropa y no vuelve a verla nunca. O quizá esto no había sucedido, pero Alan no soportaba la idea del trance que supondría si estaba con una mujer a la que amaba.

¿Qué había sido de Alan? Lo ignoraba. Pero nunca había olvidado su historia. Porque una vez que has conocido ciertas cosas, su presencia en tu interior nunca desaparece realmente. Los gases de vaca salían al exterior en una dirección u otra. Después tenías que sufrir las consecuencias hasta que se disipaban. Y sí, por culpa de eso, más de una chica había corrido a buscar su ropa, no solo Anna. Y no, en esas ocasiones él no había sido muy estoico.

En su juventud, lleno de orgullo por su amor por Susan, había sido tan competitivo como son los jóvenes. Mi polla es más grande que la tuya; mi corazón es más grande que el tuyo. Jóvenes ciervos jactándose de los atributos de sus novias. Mientras que su jactancia había sido: mira lo transgresora que es mi relación.

Y también: mira la intensidad de mis sentimientos por ella y los de ella por mí. Que era lo que contaba, por supuesto, ya que la intensidad del sentimiento indicaba el grado de felicidad, ¿no? Esto le había parecido cegadoramente lógico entonces.

Se decía que los butaneses eran el pueblo más feliz del mundo. En Bután había poco materialismo pero un fuerte sentido del parentesco, la sociedad y la religión. Él, en cambio, vivía en el Occidente materialista, donde había poca religión y un sentido más débil de la sociedad y de la familia. ¿Esto le daba una ventaja o representaba una desventaja?

Más recientemente, se decía que los daneses eran el pueblo más feliz de la tierra. No a causa de su supuesto hedonismo, sino por la modestia de las esperanzas que expresaban. En vez de aspirar a las estrellas y la luna, su única ambición era llegar a la farola siguiente y, complacidos cuando la alcanzaban, eran tanto más felices. Volvió a recordar a aquella mujer, la novia de alguien, que decía que había rebajado sus expectativas porque así era menos probable la decepción. ¿Y en consecuencia era más feliz? ¿Era así como eran los daneses?

En cuanto a si la intensidad de sentimiento guardaba una correlación con el grado de felicidad, su propia experiencia le inducía ahora a dudarlo. Era como decir que cuanto más comes, mejor es la digestión; o que si conduces deprisa llegas antes. No si te estrellabas contra un muro de ladrillo. Recordaba aquella vez con Susan en que el cable del acelerador del Mini Morris se había roto o estaba atascado o lo que fuera. Lo cierto es que rugían subiendo aquella cuesta hasta que tuvo el buen juicio de soltar el embrague. Había hecho dos cosas al mismo tiempo: sucumbir al pánico y pensar con claridad. Así había sido la vida entonces. Hoy siempre pensaba claramente; pero de vez en cuando descubría que le faltaba el pánico.

Y había otro factor, ya fueses butanés, danés o inglés. Si la estadística de la felicidad depende de una declaración personal, ¿cómo podemos estar seguros de que alguien es tan feliz como asegura serlo? ¿Y si no dice la verdad? No, tenemos que suponer que sí la dicen, o al menos que el sistema de comprobación tiene en cuenta la mentira. Por tanto, la auténtica cuestión subyace: suponiendo que las personas sondeadas por antropólogos y sociólogos son testigos fidedignos, ¿entonces «ser feliz» es lo mismo que «declararse feliz»? Tras lo cual, cualquier análisis objetivo posterior –de la actividad cerebral, por ejemplo– se vuelve irrelevante. Decir sinceramente que eres feliz es serlo. Llegados a este punto, la cuestión desaparece.

Y si esto era así, entonces quizá el argumento podría hacerse extensivo. Por ejemplo, decir que en una época habías sido feliz, y creer lo que estabas diciendo, era lo mismo que haber sido feliz realmente. ¿Esto podía ser verdad? No, seguramente era engañoso. Por otro lado, el historial emocional no era como un libro de historia; sus verdades cambiaban constantemente y eran verdaderas incluso cuando eran incompatibles.

Por ejemplo, había advertido durante su vida una diferencia entre los sexos a la hora de hablar de las relaciones. Cuando una pareja rompía, era más probable que la mujer dijera: «Todo iba bien hasta que sucedió x.» La x era un cambio de circunstancias o de ubicación, la llegada de otro hijo o, con demasiada frecuencia, la consabida –o no tan consabida– infidelidad. Lo más probable, por el contrario, era que el hombre dijese: «Me temo que todo fue mal desde el principio.» Y estaría refiriéndose a una incompatibilidad mutua, o a un matrimonio contraído bajo coacción, o al descubrimiento de un secreto no revelado por una o las dos partes. Así, ella estaba diciendo: «Fuimos felices hasta que», mientras que él decía: «Nunca fuimos realmente felices.» Y la primera vez que había reparado en esta discrepancia, había intentado dilucidar cuál de las dos versiones tenía más probabilidades de ser cierta; pero ahora, en el otro extremo de la vida, aceptaba que las dos lo eran. «En el amor todo es verdad y mentira; es el único tema en el que es imposible decir algo absurdo.»

Cuando compró la mitad de las acciones de la Frogworth Valley Artisanal Cheese Company se vio como una especie de propietario y gerente. Copropietario y cogerente. Tenía un escritorio y un sillón y un ordenador bastante decrépito; también tenía su propia bata blanca, aunque era raro que necesitase ponérsela. Hillary llevaba la oficina. Se había imaginado al mando de Hillary, pero a ella no le hacía falta que le mandaran. Se ofreció a ayudarla y a arrimar el hombro, aunque más que nada observaba las cosas que ocurrían a su alrededor y sonreía. Cuando ella se iba de vacaciones le permitían sustituirla.

Donde demostró ser más útil para la empresa (que solo constaba de cinco personas) fue atendiendo el puesto de exposición en los mercados agrícolas. No era fácil encontrar a alguien asiduo, y Barry, que se había ocupado del puesto durante años, empezaba a no ser fiable. Él lo atendía de buena gana cuando se lo pedían. Iba en coche a una de las ciudades cercanas, instalaba el expositor, colocaba los quesos y sus etiquetas, las bandejas de degustación y el palillero de plástico. Llevaba una gorra de tweed y un delantal de cuero, pero sabía que difícilmente pasaba por ser alguien nacido y criado en Somerset. Detrás tenía un telón de fondo de plástico con fotos en color de cabras felices. La gente de los demás puestos era amistosa; cambiaba dos billetes de cinco libras por uno de diez y dos de diez por uno de veinte. Él explicaba a los clientes la edad de los quesos y sus características: este de aquí envuelto en ceniza, este otro en cebollinos, aquel en chiles triturados. Disfrutaba con todo eso. Le daba el nivel de interacción social que necesitaba ahora: alegre, mutuamente provechosa, carente de intimidad, aun cuando a veces coqueteaba ligeramente con Betty, la de «las mejores empanadas caseras de Betty». Ocupabas tu tiempo. Ah, esta frase. Un recuerdo súbito de Susan hablando con Joan. «Todos buscamos un lugar seguro. Y si no lo encuentras tienes que aprender a emplear el tiempo.» En aquel entonces le había parecido un consejo para momentos de desesperanza; ahora le sonaba normal y emocionalmente práctico.

A pesar de que no tenía expectativas ni deseo de una relación última –o quizá debido a ello–, muchas veces le atraían todas esas formas públicas de solicitar compañía. Los anuncios personales, las columnas de «almas gemelas», los programas televisivos de citas, y esos reportajes de prensa donde unas parejas comen juntas, se puntúan el uno al otro de uno a diez, se declaran o se confiesan torpes usando los palillos chinos y después responden (o no) a la pregunta de si se han besado. «Un abrazo rápido» o «Solo en la mejilla» eran respuestas frecuentes. Algunos engreídos respondían: «Un caballero nunca cuenta esas cosas.» Pretendían parecer sofisticados, pero denotaban demasiada deferencia de clase: los «caballeros», según su experiencia, eran tan bravucones como los demás varones. No obstante, él seguía aquellas encomiables incursiones afectivas de tanteo con una mezcla de ternura y escepticismo. Esperaba que a ellos les diera buen resultado, aunque lo dudaba.

«Un caballero nunca cuenta esas cosas.» Bueno, en ocasiones podía ser cierto. Por ejemplo, el tío Humphrey, que apestaba a alcohol y a puros y entraba en el dormitorio de Susan para enseñarle lo que era «un beso de tornillo» y después le exigía otro (o algunos más) cada año. Dudaba de que el tío Humph lo hubiera «contado». Pero su silencio no le convertía en un «caballero»; todo lo contrario. El tío Humph, cuya lascivia había provocado que Susan no creyera en la vida de ultratumba. ¿A ella le habría afectado en otros aspectos su conducta? Imposible saberlo, a estas alturas. Así que desterró de su pensamiento al tío muerto hacía mucho tiempo.

Prefería recordar a Joan. Ojalá la hubiera conocido cuando era una saltarina campeona de tenis, después una chica descarriada y luego una mujer mantenida. ¿Era un «caballero» el hombre que la mantenía y que luego la repudió? Susan había ocultado su nombre y no era posible averiguarlo ahora.

Sonrió al pensar en Joan. Se acordó de los perros y de Sibyl, la vieja golden retriever. ¿Cuál de las dos habría muerto antes? Joan le había pedido que enviara flores. Pero no quedó claro a quién. Siempre que se había visto tentado de tener un perro, oía la voz de Joan advirtiéndole de que se le moriría. Y nunca tuvo un perro. Tampoco sintió nunca la tentación de hacer crucigramas o beber ginebra.

–Hombrecillo, has tenido un día ajetreado.

Es el saludo que te canturrea a menudo, cuando la visitas en tus días de permiso.

Excepto cuando canta:

> Aplaude, que viene Charlie,
> aplaude, el divertido Charlie,
> aplaude, que viene Charlie.

Martha, para tu continua sorpresa, nunca pone reparos a tus visitas y nunca te pide dinero. Ella misma cuida de su madre, junto con una enfermera ocasional que la asiste. Da la impresión de que el marido de Martha prospera..., trabaje en lo que trabaje. Te lo dijo una vez, lo que significa que ya no puedes preguntarlo.

La cabeza de Susan está un poco más extraviada cada vez que la ves. Su memoria a corto plazo desapareció hace tiempo, y los recuerdos antiguos son un palimpsesto fluctuante y borroso del que su cerebro menguante extrae de vez en cuando frases claras pero inconexas. Lo que aflora a menudo son canciones y latiguillos de hace decenios.

> Por encima de la valla salta Jim Jovial,
> su vigor lo saca de un alimento sustancial.

¿Viene de su infancia esa sintonía que anuncia un cereal para el desayuno? ¿O de la de sus hijas? En tu casa tú tomabas Weetabix.

Hace mucho tiempo que dejó de beber; de hecho, ha olvidado que fue alcohólica. Parece saber que eres, o fuiste, alguien en su vida, pero no que te amaba y tú la amabas a ella. Su mente es irregular, pero su humor es extrañamente estable. El pánico y el caos ya no la habitan. No le alarma ni tu llegada ni tu partida. Su actitud es a veces satírica, desaprueba a otras personas, pero siempre un poquito superior, como si fueras alguien insignificante. Te resulta angustioso, y tratas de vencer la tentación de creer que mereces lo que te está sucediendo.

–Es un calavera, este chico –confiará a la enfermera con un susurro escénico–. Podría contarle cosas de él que le pondrían los pelos de punta.

La enfermera te mira y tú te encoges de hombros como diciendo: «Qué le vamos a hacer, es muy triste, ¿no?», sin darte cuenta de que incluso ahora la estás traicionando, incluso en esta nueva y última situación extrema. Porque Susan podría, desde luego, contarle a la enfermera un par de cosas de ti que le pondrían los pelos de punta.

La recuerdas diciendo que no temía a la muerte y que lo único que lamentaría era no saber lo que sucedería después. Pero ahora tiene un pasado muy pequeño y –literalmente– no piensa en el futuro. Lo único que tiene es una obra fantasma en alguna pantalla deshilachada de la memoria que ella confunde con el presente.

«*Eres* una generación caduca.»

«Picotea un poco de tierra antes de morir.»

«Aplaude, aquí viene... Jim Jovial.»

«Uno de los peores criminales del mundo.»

«¿Dónde has estado durante toda mi vida?»

Piensas que al menos ha quedado algo entre esos retazos y remiendos.

Dios mío, ¿qué hay sobre el tapete?
Tres viejitas se quedaron encerradas
de lunes a sábado en el re-tre-te,
leyendo el *Radio Times*.

Sí, recuerdas que eso se lo enseñaste tú a Susan. Así que por lo menos no se ha convertido en una persona totalmente distinta. Has oído decir que eso sucede: adalides de la iglesia que gritan obscenidades, dulces ancianitas que se convierten en nazis, y cosas por el estilo. Pero es un pobre consuelo. Quizá fuera menos doloroso de afrontar si se volviese irreconocible y perdiera por completo su personalidad.

Un día –y naturalmente delante de la enfermera– entona un cántico futbolístico que solo puedes haberle enseñado tú:

Si yo tuviera las alas de un gorrión,
si tuviera el culo de un pinzón,
sobre Tottenham volaría mañana
para cagarle encima a esa calaña.

Pero la enfermera ha oído, por supuesto, cosas mucho peores en los años que lleva cuidando a personas mayores y demenciadas, y por eso se limita a arquear una ceja y te pregunta:

–¿Hincha del Chelsea?

Lo que lo hace insoportable, lo que te deja tan exhausto y deprimido al cabo de veinte minutos con Susan que quieres salir corriendo y dar gritos es lo siguiente: aunque no puede llamarte por tu nombre y nunca te pregunta nada, ni responde a nada de lo que le preguntas, en un determinado nivel todavía percibe tu presencia y reacciona ante ella. No sabe quién cojones eres ni qué haces, o ni siquiera tu puto nombre, pero al mismo tiempo te reconoce y te juzga moralmente y te considera deficiente. Es eso lo que te incita a salir corriendo de la casa y gritar; y es eso lo que te hace comprender que quizá en algún nivel inconsciente similar, en alguna parte recóndita de tu cerebro, todavía la amas. Y como esta conciencia es desagradable tienes aún más ganas de gritar.

Y mientras él se estaba atormentando había una pregunta que se hacía a menudo cuando seguía mentalmente un rastro concreto de la memoria. Devolver a Susan había sido un acto encaminado a protegerse. No cabía duda a este respecto; y ninguna respecto a que tenía que hacerlo. Pero, más allá de esto, ¿fue un acto valeroso o cobarde?

Y si no podía decidirse, quizá la respuesta era: las dos cosas.

Pero ella había marcado su vida en muchos aspectos, en algunos para bien y en otros para mal. Le había hecho más generoso y abierto a los demás, aunque también más receloso y cerrado. Le había enseñado la virtud de la espontaneidad, pero también sus peligros. De modo que había acabado siendo cautelosamente generoso y precavidamente espontáneo. Su estilo de vida durante más de veinte años había sido una demostración de cómo ser impulsivo y precavido al mismo tiempo. Y su generosidad con los demás también llevaba estampada una fecha de consumo preferente, como un paquete de beicon.

Siempre recordaba lo que ella le había dicho cuando se fueron de la casa de Joan aquel día. Como la mayoría de los hombres jóvenes, en especial los que vivían su primer amor, había visto la vida –y el amor– como una contienda entre los que ganaban y los que perdían. Él, por supuesto, era un ganador; Joan, suponía, era una perdedora o, más probablemente, ni siquiera competía. Susan le había corregido. Le había señalado que todo el mundo tiene su historia de amor. Aunque fuese un fiasco, aunque se quedara en nada y nunca funcionase, aunque de entrada todo hubiera sido puramente mental: no por eso era menos real. Y era la única historia.

Entonces le habían serenado estas palabras y la historia de Joan le había cambiado totalmente la opinión que tenía de ella. Después, con el paso de los años, a medida que se desarrollaba su vida y la cautela y la prudencia empezaban a prevalecer, comprendió que él, al igual que Joan, había vivido su historia de amor y que quizá no llegara otra. Ahora, por tanto, comprendía mejor por qué las parejas se aferraban a su propia historia amorosa –cada cual, con frecuencia, a una parte diferente de la misma– hasta mucho después de que se hubiese enfriado, incluso hasta el punto de no estar seguros de que pudiesen soportar otra. El mal amor conservaba el vestigio, el recuerdo del buen amor, en algún lugar muy profundo donde ninguno de los dos tenía ya ganas de excavar.

Muchas veces se sorprendió preguntándose por la historia de amor de otras personas; y en ocasiones, como era un hombre tranquilo y nada avasallador, se la contaban. No era sorprendente que casi todas las confidencias se las hicieran mujeres; los hombres –y él mismo era un ejemplo palmario– eran más reservados y menos elocuentes. Y hasta cuando suponía que los idilios de los engañados y los abandonados eran un poco menos auténticos cada vez que volvían a contarlos –que esos cuentos eran el equivalente de Winston Churchill con colorete y maquillado en una callejuela de Aylesbury para la cámara de Pathé News–, hasta en este caso se conmovía igualmente. De hecho, le conmovía más la vida de los desposeídos y los contrariados que las historias de amor dichoso.

Por otra parte, estaban los habitantes de surco, que se introducían más hondamente en la tierra y que, comprensiblemente, no eran comunicativos en relación con su intimidad. Y en el otro extremo estaban los que te contaban toda su vida, su única historia, en una serie de desahogos o en un solo episodio. ¿Dónde estaba él aquella vez? Veía el bar frente a la playa, con sus cócteles ridículos, sentía la cálida brisa nocturna, oía los compases retumbantes de los altavoces de hojalata. Estaba en paz con el mundo, observando el desarrollo de otras vidas. No, esto es una forma demasiado grandilocuente de expresarlo: observaba a los jóvenes emborrachándose y desviando su pensamiento hacia el sexo, el romanticismo y algo más. Pero aunque era indulgente con los jóvenes –incluso sentimental–, y protector de sus esperanzas, había una escena que le volvía supersticioso y que prefería no presenciar: el momento en que tiraban su vida por la borda simplemente porque molaba hacerlo; cuando, por ejemplo, un camarero sonriente entregaba un sorbete de mango con un anillo de compromiso reluciente encima de su montículo curvo y un pretendiente de ojos radiantes se arrodillaba en la arena... A menudo el miedo a una escena semejante lo impulsaba a acostarse temprano.

Estaba sentado en el bar, a mitad de su tercer y teóricamente último cigarrillo de la noche, cuando un hombre en shorts de playa y chanclas se sentó en el taburete de al lado.

–¿Le importa que le gorronee uno?

–Sírvase.

Le pasó el paquete, luego una caja de cerillas de algún hotel con una palmera en la tapa.

–Los fumadores somos una especie en extinción, ¿verdad?

Probablemente el tipo andaba por los cuarenta, estaba tan achispado como él y era inglés, cordial, nada agresivo. No tenía nada de esa falsa campechanía con la que a veces topabas, esa suposición de que tienes que tener más cosas en común de las que tienes. Así que siguieron sentados en silencio, apurando el cigarrillo, y quizá la ausencia de una conversación trivial animó al hombre a volverse y anunciar, con un tono ecuánime, reflexivo:

–Dijo que quería descansar en mi hombro tan ligera como un pájaro. Me pareció poético. Y también puñeteramente agradable, lo que un tío necesita. Nunca fue empalagosa.

El hombre hizo una pausa. Paul siempre estaba dispuesto a espolear a su interlocutor.

—Pero ¿la cosa no fue bien?

—Dos problemas. —El tipo inhaló y luego sopló el humo hacia el aire fragante–. El primero, los pájaros vuelan, ¿no? Es su naturaleza, ¿no? Y el segundo es que antes de volar siempre te cagan en el hombro.

Y dicho esto aplastó la colilla, saludó con la cabeza, bajó a la playa y se fue caminando hacia la mansa marea.

En uno de aquellos estados de ánimo caprichosos, sentimentales, que él siempre procuraba evitar, se le ocurrió intentar hacer uno de los famosos bizcochos boca abajo de Susan. A lo largo de los años se había convertido en un repostero competente, y se imaginó que podría descubrir lo que a Susan le salía mal. Sus conjeturas preferidas eran que usaba demasiada fruta, poca levadura, demasiada harina.

La mezcla ciertamente tenía un aspecto feo y no prometía gran cosa. Pero cuando abrió la puerta del horno, sorprendentemente había subido hasta la altura correcta, la fruta parecía bien repartida y olía a... bizcocho. Lo dejó enfriar y luego cortó una pequeña porción. Estaba bueno. Agradeció que comerlo no despertase ningún recuerdo concreto. También se felicitó por no repetir errores ajenos, sino solo los propios.

Cortó otra porción y luego, con una repentina suspicacia respecto a sus motivos, tiró el resto al cubo de la basura. Puso la retransmisión de Wimbledon y vio a dos tenistas altos y con sendas gorras de béisbol hacer, juego tras juego, un tanto de saque tras otro. Mientras comía el bizcocho se preguntó qué ocurriría si volviese al Village y se presentara en el club de tenis. Si solicitaba ser socio. Si le pedían que jugara, incluso a su edad avanzada. Retornaba el mal chico: el John McEnroe del Village. No, aquello era otro sentimentalismo. Seguro que no quedaba nadie que se acordase de él. O lo más probable era que solo encontrase una pulcra urbanización de viviendas protegidas. No, no volvería nunca. No sentía la más mínima curiosidad por saber si la casa de sus padres, o la de los Macleod, o la de Joan seguían en su sitio. Eran lugares que al cabo de tanto tiempo no le inspiraban emoción alguna. Es lo que se dijo a sí mismo, de todos modos.

Hacia el final de la quincena de Wimbledon, los locutores retransmitieron más partidos de dobles: masculinos, femeninos y mixtos. Naturalmente, los que más le interesaban eran los mixtos. «El punto más vulnerable es siempre la mitad de la pista, Casey Paul.» Ya no: los jugadores eran buenos, rápidos y sólidos en la volea, y las raquetas respondían al golpe con contundencia en toda la superficie. Otro cambio era que, a aquel nivel, desde luego no se mostraban caballerosos. En su época, que él recordase, los tenistas golpeaban lo más fuerte posible si jugaban con un rival masculino, pero cuando peloteaban con una mujer refrenaban su fuerza y en su lugar recurrían a un cambio de ángulo o de profundidad; optaban, quizá, por un *slice* o una dejada. De hecho, era un poco más que caballerosidad: simplemente resultaba aburrido ver a un hombre golpear más fuerte y derrotar a una mujer.

Llevaba años sin jugar al tenis; décadas, en efecto. Cuando vivía en Estados Unidos, un amigo ocasional le había introducido en el golf. Al principio parecía una irónica sorpresa, pero era absurdo albergar un prejuicio contra un juego solo porque Gordon Macleod lo había practicado antaño. Llegó a conocer el gozo del contacto perfecto entre el palo y la pelota, la vergüenza de un cañazo, las complejidades estratégicas desde el *tee* al *green*. Sin embargo, cuando apuntaba desde una calle, con la cabeza debidamente concentrada en los consejos del entrenador sobre que había que mover hacia atrás el palo, el uso de las caderas y las piernas, y la importancia del *follow-through,* de vez en cuando oía, como en un susurro, la encantadora, risueña opinión de Susan Macleod de que no era nada deportivo golpear una pelota inmóvil.

Gordon Macleod: al que en un tiempo había querido matar, a pesar de que Joan le había dicho que no había habido un asesinato allí desde que los cavernícolas habitaban en el Village. Un ejemplar del tipo de inglés que más aborrecía. Condescendiente, patriarcal, amaneradamente meticuloso. Por no mencionar que era violento y controlador. Recordaba que le había parecido que Macleod, en cierto modo, le impedía madurar: no haciendo algo concreto, sino simplemente existiendo. «¿A cuántos chicos pijos vas a traer este fin de semana?» Susan, valientemente, había respondido: «Creo que este fin de semana solo vienen Ian y Eric. A no ser que también se presenten los demás.» Las palabras de Gordon quemaban como fuego; él se reía de ellas, como hacía Susan, pero le chamuscaban la piel.

Y después hubo aquella otra ocasión en que se dijeron palabras que resonaron en él durante toda su vida. Aquel hombre en bata, furioso y achaparrado, con sus ojos invisibles en la penumbra, amedrentándole mientras él se agarraba despavorido a la barandilla.

–¿Comoski? ¿Comoski, querido pollito?

Entonces él se había ruborizado y sintió que la piel le ardía. Pero, aparte de eso, pensaba que aquel tío tenía que estar completamente loco. Es decir, lo suficiente como para haber escuchado de algún modo sus conversaciones privadas con Susan. A no ser que hubiese escondido una grabadora debajo de la cama de su esposa. Y esta idea le había hecho ponerse rojo como un tomate otra vez.

Había tardado años en comprender que aquello no había sido una malevolencia demencial, sino algo totalmente impremeditado que sin embargo poseía una resonancia poderosa y destructiva. Gordon Macleod, cuando lo levantó de la cama la voz del amante de su mujer, simplemente había recurrido en aquel momento, y probablemente sin ningún motivo ulterior, al lenguaje conyugal que había compartido con Susan. ¿Compartido? Más aún: creado. Y que Susan después había reproducido en su relación con él. Inconscientemente. Dices «cariño», dices «mi amor», dices «bésame fuerte», dices «¿comoski?», dices «querido pollito» porque son las palabras que se te ocurren en ese momento. Sin ningún motivo ulterior tampoco por parte de Susan. Y ahora se preguntaba si sus expresiones, que tanto le habían cautivado, pertenecían a ella. Quizá la única era «somos una generación caduca», porque parecía improbable que Gordon Macleod, con su alto concepto de sí mismo, creyera que él y los hombres de su edad estaban caducos.

Recordaba un anuncio oficial de la época en que el gobierno, a regañadientes, había admitido la existencia del sida. Creía recordar que había dos versiones del anuncio: una con una foto de una mujer en la cama con alrededor de media docena de hombres y otra con la foto de un hombre en la cama con alrededor de media docena de mujeres, todos apretujados como sardinas. El texto recalcaba que cada vez que te acostabas con alguien nuevo, también te acostabas con todos o todas con quienes él o ella se habían acostado. El gobierno se refería a una enfermedad que se transmitía sexualmente. Pero sucedía lo mismo con las palabras: también ellas podían transmitirse sexualmente.

Y las acciones también, en realidad. Solo que –extraña y afortunadamente– las acciones nunca habían causado problemas. Él nunca se había parado a pensar: Ah, cuando hacías esto con la mano o el brazo o la pierna o la lengua, también lo hacías con fulano y mengano y zutano. Estos pensamientos e imágenes nunca le habían incordiado, y lo agradecía porque era fácil imaginar que unos antecedentes espectrales en tu mente podían enloquecerte. Pero desde que captó el primer comentario despectivo de Gordon Macleod, fue consciente –a veces absurdamente– de lo que debía de haber ocurrido, verbalmente, desde el día en que Adán o Eva o quien fuese había tomado otro amante.

En una ocasión mencionó este descubrimiento a una amiga: lo hizo a la ligera, frívolamente, como si fuera natural e inevitable, y por consiguiente *interesante*. Uno o dos días después ella, estando en la cama con él, le había llamado «querido pollito».

«¡No!», había gritado él, retirándose al instante a su lado del colchón. «¡No te permito que digas eso!»

A ella le había asustado su vehemencia. Y también a él. Pero estaba protegiendo una expresión que siempre habían usado exclusivamente Susan y él. Con la salvedad de que, antes, la habían usado exclusivamente el recién casado Gordon Macleod y su esperanzada y perpleja mujer.

De modo que durante un tiempo –veinte años o más, pongamos– le había parecido que era morbosamente sensible al lenguaje de los amantes. Era ridículo, por supuesto. Racionalmente entendía que solo existía un vocabulario disponible limitado, y no debería tener importancia que las mismas palabras se reciclasen, que por la noche, en todo el planeta, mil millones de personas reafirmaran el carácter único de su amor con expresiones de segunda mano. Solo que a veces sí importaba. Lo que significaba que allí y en otros lugares regía la prehistoria.

Imaginaba las pistas de tenis del Village reemplazadas por una profusión de los televisores modernos más perfectos, o quizá por un grupo más lucrativo de apartamentos de poca altura. Se preguntó si alguien, en cualquier lugar, había visto una urbanización y había pensado: ¿por qué no echamos abajo todo esto y construimos un bonito club de tenis con las pistas más modernas para todos los climas? O quizá..., sí, ¿por qué no vamos aún más lejos y hacemos unas pistas de hierba como las antiguas, para jugar al tenis como se estilaba en otra época? Pero nadie haría eso, ni lo pensaría, ¿verdad? En cuanto han desaparecido, las cosas no se restauran; ahora lo sabía. Un puñetazo, una vez asestado, no puede retirarse. Las palabras, una vez dichas, no pueden no haberse dicho. Podemos seguir adelante como si nada se hubiera perdido, nada se hubiera hecho, nada se hubiese dicho; podemos proclamar que lo olvidamos todo; pero nuestro fuero más íntimo no olvida porque nos han cambiado para siempre.

Había ahí una paradoja. Cuando estaba con Susan apenas habían hablado de su amor, no lo habían analizado, no habían intentado comprender su forma, su color, su peso y sus límites. Era simplemente algo existente, un hecho inevitable, un dato irreversible. Pero también ocurría que ninguno de los dos poseía las palabras, la experiencia, los instrumentos mentales para hablar de ello. Más adelante, a los treinta, a los cuarenta años, había adquirido gradualmente una lucidez emocional. Pero en esas relaciones posteriores no había habido una sensibilidad tan profunda y había menos de que hablar, por lo que rara vez fue necesario su potencial de elocuencia.

Unos años antes había leído que una metáfora psicológica común en la actitud de los hombres con las mujeres era la «fantasía del rescate». Tal vez despertaba en ellos recuerdos de cuentos de hadas en los que caballeros valientes hallaban a bonitas doncellas encerradas en torreones por tutores malvados. O esos mitos clásicos en los que otras doncellas –normalmente desnudas– estaban encadenadas a rocas con la única finalidad de que las rescataran intrépidos guerreros. Que por lo general descubrían una oportuna serpiente de mar o un dragón a los que antes había que eliminar. En tiempos más modernos, menos míticos, parece ser que la mujer sobre la cual mayor número de hombres albergaban fantasías de rescate fue Marilyn Monroe. Él había contemplado este dato sociológico con cierto grado de escepticismo. Qué extraño que rescatarla pareciera implicar necesariamente acostarse con ella. Un rescate demostrativo, mientras que, de hecho, él consideraba que el modo más efectivo de rescatar a Marilyn habría sido *no* acostarse con ella.

No creía haber sufrido a los diecinueve años una fantasía de este tipo con Susan. Al contrario, sufrió la realidad de un rescate.

Y a diferencia de las vírgenes en torreones o encadenadas a rocas, que atraían a toda una legión de caballeros en busca de acciones caballerescas, y a diferencia de Marilyn Monroe, a la que todos los hombres occidentales soñaban con liberar (aunque solo fuese para encerrarla en un torreón construido por ellos), en el caso de Susan Macleod no había una larga cola de caballeros, espectadores de cine y chicos pijos disputándose el derecho a salvarla de su marido. Él había creído que podía salvarla; más aún, que *solo* él podía salvarla. No era una fantasía; era una necesidad práctica y forzosa.

Advirtió que en la distancia no conservaba un recuerdo del cuerpo de Susan. Recordaba su cara, por supuesto, y sus ojos y su boca y sus elegantes orejas, y el aspecto que tenía con su vestido de tenis; había fotografías que confirmaban todo eso. Pero había desaparecido el recuerdo sexual de su cuerpo. No recordaba sus pechos, su forma, su caída, su firmeza o lo que fuese. No recordaba sus piernas, la forma que adoptaban y cómo las separaba y lo que ella hacía con ellas cuando hacían el amor. No la recordaba desvistiéndose. Era como si se hubiera desnudado como las mujeres lo hacen en la playa, con abundante ingenio melindroso tapadas con una amplia toalla, pero emergiendo con un camisón en lugar de un traje de baño. ¿Hacían siempre el amor con la luz apagada? No lo recordaba. Tal vez él cerraba a menudo los ojos.

Lo que sí recordaba era que tenía un corsé; bueno, sin duda varios. Que tenía –se llamasen como se llamaran– unas cintas para sujetar las medias. Ligueros, se llamaban. ¿Cuántos por cada pierna? ¿Dos, tres? Pero sabía que ella solo se enganchaba el delantero. De pronto ahora se acordaba de esta excentricidad íntima. En cuanto a cómo eran sus sujetadores... A los diecinueve años él no era nada fetichista con la lencería, sentía por ella el mismo desinterés erótico que le inspiraban sus camisetas y calzoncillos. Ni siquiera se acordaba de cómo eran a aquella edad. Hubo un período en que usaba camisetas de rejilla, que por alguna razón se había figurado que eran molonas.

Lo cierto era que Susan carecía de coquetería. Nada de impulsos coquetos como enseñar la piel. ¿Cómo se besaban? Ni siquiera recordaba eso. Por el contrario, más tarde, en el caso de afectos más intrascendentes, hubo momentos de fotogramas sexuales que persistían todavía en su memoria. Quizá, a medida que adquirías más pericia, el sexo se volvía más memorable. O tal vez, cuanto más profundo era tu cariño, menos importancia tenían los detalles eróticos. No, ninguna de estas cosas era verdad. Solo estaba intentando encontrar una teoría que explicase una rareza.

Recordaba que ella le había dicho, sin más, el número de veces que habían hecho el amor. Ciento cincuenta y tres, o un número parecido. En aquel tiempo le había sumido en un mar de reflexiones. ¿Él también debería haberlas contado? ¿Era un desliz en el amor que no llevara la cuenta? Y así sucesivamente. Ahora pensaba: ciento cincuenta y tres, el número de veces en que él había llegado al orgasmo. ¿Y ella? ¿Cuántos había tenido? De hecho, ¿alguna vez tuvo alguno? Existía placer e intimidad, desde luego, pero ¿orgasmos? Por entonces no lo sabía ni lo preguntaba; tampoco sabía cómo preguntar. Por decirlo de un modo más sincero, nunca se le había ocurrido preguntar. Y ahora era demasiado tarde.

Trató de imaginar por qué ella habría decidido contarlos. En principio, por una cuestión de orgullo y consideración, estando en la cama con tan solo el segundo amante de su vida, y ello tras una larga sequía. Pero luego recordó el angustiado susurro de su pregunta: «No me abandonarás todavía, ¿verdad, Casey Paul?» Así que quizá la costumbre de contar había pasado de ser un afán de aclamación a un estado de inquietud y consternación: el miedo a que él la abandonase, el temor a no tener nunca otro amante. ¿Era eso? Desistió. Dejó de examinar el pasado, de perseguir lo que Joan, memorablemente, había denominado «mis lejanas experiencias de una polla y un coño».

Una noche, vaso en mano, estaba viendo indolentemente en la televisión los momentos estelares del Gran Premio de Brasil. No le interesaba mucho la insulsa plutocracia de la Fórmula Uno, pero sí le gustaba ver a hombres jóvenes arrostrando riesgos. En este sentido, la carrera era gratificante. Una fuerte lluvia había hecho peligrosa la pista; charcos de agua estancada provocaban aquaplaning y estrellaban contra las barreras incluso a ex campeones del mundo. Pararon la carrera en dos ocasiones y el coche de seguridad asumió frecuentemente el control de la competición. Todo el mundo conducía con prudencia salvo Max Verstappen, el joven de diecinueve años que formaba parte de la escudería Red Bull. Remontó desde casi el último puesto hasta el tercero, ejecutando maniobras que los pilotos mayores y supuestamente mejores que él desistían de intentar. Los comentaristas, asombrados por aquel alarde de habilidad y agallas, buscaban una explicación. Y uno de ellos la encontró: «Dicen que tu perfil de riesgo no se estabiliza hasta que tienes alrededor de veinticinco años.»

Este comentario lo animó a presenciar el Gran Premio con mayor atención. Sí, pensó: un circuito traicionero, la visibilidad reducida casi a cero por el agua, los rivales temerosos mientras que tú te sentías invulnerable, circulando a tope gracias a que tu perfil de riesgo aún no se había estabilizado. Sí, lo recordaba demasiado bien. Consistía en tener diecinueve años. Y algunos se estrellaban y otros no. Verstappen no se estrelló. Hasta ahora, en todo caso, aunque le quedaban seis años por delante hasta que la neurofisiología lo volviese totalmente sensato.

Pero si Verstappen mostraba una intrepidez juvenil más que una auténtica valentía, ese descargo de la responsabilidad, aplicable a la misma edad, ¿se aplicaba a la inversa: a la cobardía? Él, desde luego, tenía menos de veinticinco años cuando cometió un acto cobarde que le había obsesionado durante toda su vida. Él y Eric estaban hospedados en casa de los Macleod y habían ido a un parque de atracciones situado en una zona montañosa. Bajaban de la cima andando, charlando uno al lado del otro, y no se dieron cuenta de que un grupo de jóvenes subía hacia ellos. Cuando llegaron a su altura, uno embistió contra Eric con el hombro y le hizo girar lateralmente; otro le puso una zancadilla y un tercero le pateó con la bota. Él presenció todo esto con una especie de visión periférica agudizada –¿cuánto tiempo antes de que Eric estuviese en el suelo?, ¿un segundo, dos?– y al instante, instintivamente, había echado a correr. Se repetía a sí mismo: «Busca a un policía, busca a un policía», pero mientras lo pensaba sabía que no era el motivo de que corriera. Tenía miedo de que le pegasen a él también. Su lado racional sabía que los policías escaseaban en los parques de atracciones. Así que bajó corriendo hasta el pie de la cuesta, en aquella búsqueda inútil y simulada, sin preguntar en realidad a nadie dónde podría encontrar ayuda. Después volvió atrás, presa de náuseas por lo que pudiera encontrar. Eric estaba de pie, con la cara ensangrentada, y se palpaba las costillas. Ya no recordaba lo que hablaron –si le comunicó su falsa excusa–, y volvieron en coche a casa de los Macleod. Susan vendó a Eric, utilizando abundante Dettol, e insistió en que se quedara hasta que la contusión desapareciera y los cortes se cerraran. Y Eric se quedó. Ni entonces ni más tarde le reprochó su cobardía ni le preguntó por qué se había marchado.

Es posible pasar por la vida, si tienes cuidado y suerte, sin que tu valor sea puesto a prueba; o, mejor dicho, sin que tu cobardía se manifieste. La vez en que Macleod le había atacado en el cuarto de los libros él también había buscado la salvación en la huida, después de haber lanzado un puñetazo ineficaz en respuesta a los tres de Gordon. Y cuando se escabulló por la puerta trasera, tampoco había intentado buscar a un policía. Había hecho el cálculo probablemente correcto de que Macleod estaba lo bastante borracho y lo bastante furioso para seguir intentando pegarle hasta conseguirlo. A pesar de ser joven y estar razonablemente en forma, no había creído en sus posibilidades en un combate cara a cara. No era como enfrentarse a un colegial menor de doce años, que pesaba menos de treinta y ocho kilos y era igual de miedoso.

Y hubo otra ocasión, más reciente. «Reciente» en el sentido de «hace quince o veinte años». Así trabajaba la mente, y el tiempo, hoy en día. Hacía pocos años que había vuelto a Inglaterra. Había visitado a Susan un par de veces, sin que ninguno de los dos obtuviera un placer visible o algún provecho. Una noche sonó el teléfono. Era Martha Macleod, ahora –durante largo tiempo– señora de tal o cual.

–Han internado a mi madre temporalmente –fue lo primero que dijo.

–Lo lamento mucho.

–Está en... –Y citó el departamento de salud mental de un hospital local. Él conocía su reputación. Un amigo médico, con una sequedad profesional, le había dicho una vez: «Para que te internen allí tienes que estar loco *de atar.*»

–Sí.

–Es un lugar horrible. Como un manicomio. Un montón de gente gritando. O gritan o los tranquilizantes los dejan como zombis.

–Sí.

No preguntó en qué categoría habían incluido a Susan.

–¿Irías a verla? ¿Y a ver el sitio?

Él pensó: Es la primera vez en veinticinco años que Martha me ha pedido algo. Al principio desaprobación; después, una superioridad silenciosa, aunque siempre había sido educada con él. Ya no aguanta más, pensó. Bueno, él también había pasado por eso en su momento; y sabía lo elástico que podía ser el aguante. De modo que consideró su petición.

–Quizá.

Casualmente iba a ir a la ciudad un par de días después. Pero no pensaba decírselo a Martha.

–En el lugar en que está, creo que verte le haría bien.

–Sí.

Él dejó así la cosa. Después de colgar pensó: La he cuidado años. Hice todo lo posible. Fracasé. Te la pasé a ti. Ahora es tu turno.

Pero no creía en su propia lógica acerba. Era como decir: «Busca a un policía, busca a un policía.» Lo cierto era que no podía afrontarlo: no podía verla, lo que quedaba de ella, gritando o zombificada entre los zombis y los que gritaban. Trató de pensar que su decisión era un acto de autoprotección; también de protección de la imagen que conservaba de ella en su memoria. Pero sabía la verdad. Le asustaba ir a aquel lugar.

Según envejecía, su vida se convirtió en una rutina agradable, con suficiente contacto humano que lo reconfortaba y lo distraía, pero no le molestaba. Conocía la satisfacción de ser menos sensible. Readaptó a social su vida emocional. Saludaba y sonreía a mucha gente con su delantal de cuero y su gorra de tweed, plantado delante de una fotografía en color de cabras felices. Apreciaba el estoicismo y la calma, que había alcanzado más gracias a un lento crecimiento interior que por algún ejercicio de filosofía; era un crecimiento como el del coral, que en la mayoría de los climas era lo bastante fuerte para protegerse de las olas del océano. Excepto cuando no lo era.

Así pues, su vida consistía sobre todo en observación y memoria. No era una mala mezcla. Veía con desagrado a esos hombres sexagenarios o setentones que se comportaban como si fueran treintañeros: un remolino de mujeres más jóvenes, viajes exóticos y deportes peligrosos. Magnates gordos a bordo de yates con sus brazos peludos alrededor de modelos delgadas. Por no hablar de maridos respetables que, trastornados por la angustia existencial y el Viagra, dejaban a la mujer que durante varias décadas había sido su esposa. Había una expresión alemana para este temor, una de esas palabras acordeón en que esta lengua era especialista y que se traducía como «el pánico ante las puertas que se cierran». A él no le perturbaba que se cerrasen, si bien no veía motivo para apresurar el cierre.

Sabía lo que decían de él en su localidad: Oh, le gusta retraerse. La frase era descriptiva, no era una censura. Era un principio vital que el inglés respetaba todavía. Y no solo aludía a la privacidad, no solo a que el hogar de un inglés –incluso un adosado– era su castillo. Se refería a algo más: al yo personal, y a dónde lo guardabas, y a quién, si había alguien, le permitías verlo plenamente.

Sabía que en realidad nadie puede mantener su vida equilibrada, ni siquiera cuando la contempla con sosiego. Sabía que siempre había un tirón, que a veces equivalía a una oscilación, entre la complacencia por un lado y el arrepentimiento por otro. Él intentaba favorecer el arrepentimiento porque era el menos dañino.

Pero sin duda nunca se arrepintió de haber amado a Susan. Lo que lamentaba era haber sido tan joven, tan ignorante, tan absolutista y tan seguro de lo que se figuraba que eran la naturaleza y los mecanismos del amor. ¿Habría sido mejor –en el sentido de menos catastrófico– para él, para ella, para los dos, si de hecho hubieran mantenido una relación «francesa»? ¿La de una mujer mayor que instruye al hombre más joven en las artes amatorias y después, ocultando una lágrima elegante, lo introduce en el mundo, el mundo de las mujeres más jóvenes y casaderas? Quizá. Pero ni él ni Susan habían sido tan refinados como para eso. Él nunca había conocido el refinamiento de la vida emocional: de todas formas, le parecía una contradicción en los términos. Y en consecuencia tampoco lamentaba eso.

Recordaba sus tempranas tentativas de definir el amor en el Village, solo en la cama. El amor era, había aventurado, como el vasto y súbito final del ceño fruncido de toda una vida. Hum:

el amor como el cese de una migraña. No, peor: como el bótox. Su otra comparación: el sentimiento amoroso como si los pulmones del alma se llenaran de pronto de oxígeno puro. ¿El amor como el consumo de una droga no del todo legal? ¿Sabía realmente de lo que estaba hablando? Casualmente, unos años más tarde, estaba con un grupo de amigos cuando un excitado médico residente se reunió con ellos después de haber «liberado» un cilindro de óxido nítrico del hospital donde trabajaba. A cada uno le entregó un globo que todos inflaron con el contenido del cilindro y a continuación lo sujetaron con fuerza por el cuello. Tras vaciar los pulmones al máximo, se llevaron el globo a los labios y al aspirarlo les inyectó la hilaridad, la euforia y el parpadeo de un subidón inmediato. Pero no, a él no le había recordado el amor en absoluto.

Aun así, ¿eran mejores las comparaciones de los profesionales? Sacó su libreta del cajón del escritorio. No había escrito nada nuevo desde hacía mucho tiempo. En un determinado momento, frustrado por las pocas definiciones buenas que encontraba, empezó a copiar al final de la libreta todas las malas. El amor es esto, el amor es esto otro, significa esto, significa esto otro. Incluso las formulaciones muy conocidas decían poco más, en efecto: es un juguete blando, es un cachorro de perro, es un cojín de goma. El amor es no tener que decir nunca lo siento (al contrario, con frecuencia significa precisamente eso). Luego estaban todos esos versos de todas esas canciones de amor, con los delirios extáticos del letrista, del cantante, de la banda. Hasta las agridulces y las cínicas –siempre fiel a ti, cariño, a mi manera– las consideraba meras tergiversaciones de la sensiblería. Sí, nosotros lo pasamos muy mal, compadre, pero no hacía falta que tú lo pasaras tan mal: esa era la promesa implícita de la canción. Así que la escuchas con una benévola autocomplacencia.

Ahí estaba la anotación –una seria– que no había tachado en años. No recordaba de quién era: nunca anotaba el escritor o la fuente; no quería que la reputación lo amilanase; la verdad tenía que sostenerse por sí misma, clara y sin apoyos. Era la frase siguiente: «En mi opinión, todos los amores, felices o desdichados, son un auténtico desastre en cuanto te entregas por entero.» Sí, merecía conservarse. Le gustaba la apropiada inclusión de «felices o desdichados». Pero la clave era: «En cuanto te entregas por entero.» A pesar de las apariencias, no era una sentencia pesimista ni agridulce. Era una verdad expresada por alguien en pleno torbellino del amor, y que parecía contener toda la tristeza de la vida. Recordó de nuevo a la amiga que, largo tiempo atrás, le había dicho que el secreto del matrimonio era «zambullirte y emerger a conveniencia». Sí, comprendía que así podías mantenerte a salvo. Pero estar a salvo no tenía nada que ver con el amor.

La tristeza de la vida. Era otro enigma sobre el que reflexionaba a veces. ¿Cuál era la formulación correcta, o más correcta?: ¿«La vida es hermosa pero triste» o «La vida es triste pero hermosa»? Una u otra era obviamente cierta, pero nunca lograba decidir cuál.

Sí, el amor había sido para él un auténtico desastre. Y para Susan. Y para Joan. Y –retrocediendo a su época– bien podía haberlo sido también para Macleod.

Echó una ojeada a unas pocas entradas tachadas y volvió a guardar la libreta en el cajón. Tal vez siempre había sido una pérdida de tiempo. Tal vez el amor no podía encerrarse en una definición; solo se podía encerrar en un relato.

Y luego estaba el caso de Eric. De todos sus amigos, Eric había sido verdaderamente un hombre de buenas intenciones, y por ende siempre se las atribuía a otros. De ahí que no le hubiera recriminado después de haber recibido una paliza en el parque de atracciones. Cuando ya estaba en la treintena y trabajaba en un departamento de urbanismo local y tenía una casa pequeña y decente en Perivale, se relacionó con una norteamericana más joven. Ashley decía que lo amaba; un amor que se expresaba con la voluntad de estar con él todo el tiempo y sin conocer a sus amigos. Y Ashley no se acostaba con él, no, ahora no, de todos modos, pero sí más tarde, por supuesto. Ashley era religiosa, ¿sabes?, y Eric, que lo había sido en su juventud, entendía y apreciaba este hecho. Ella no era miembro de una Iglesia establecida, porque mira el daño que todas habían causado; Eric también comprendía eso. Ella decía que si él la amaba y compartía con ella su desprecio por los bienes terrenales, entonces sin duda abrazaría sus creencias. Así que Eric, temporalmente apartado de sus amigos, puso en venta su pequeña vivienda con el propósito de donar la suma de la venta a alguna secta descabellada de Baltimore, tras lo cual la pareja se trasladaría allí para que la casara un descerebrado teórico religioso, o chamán, o charlatán, después de lo cual Eric, a cambio de su casa en Perivale, obtendría derechos de ocupación a perpetuidad sobre el cuerpo de su reciente esposa. Por suerte, casi en el último minuto, prevaleció un instinto de supervivencia y canceló sus instrucciones al agente inmobiliario, tras lo cual Ashley desapareció de su vida para siempre.

Para Eric había sido un auténtico desastre. Había dejado de creer en las buenas intenciones ajenas y con ello había perdido la plena capacidad de entregarse al amor. Ojalá le hubiera inculcado el recelo que los misioneros le inspiraban a Susan. Pero esto no había formado parte de la prehistoria de Eric.

Era extraño que Gordon Macleod, fallecido hacía tanto tiempo, siguiera dándole la lata. En realidad, más que Susan. Lo de ella ya lo había solucionado mentalmente, y seguiría siendo un problema resuelto, aunque continuara doliéndole. Lo de Macleod, en cambio, estaba sin resolver. Así que se ponía a imaginar qué poblaría la cabeza de Gordon durante aquellos últimos y mudos años, cuando miraba con ojos desorbitados a la mujer que lo había abandonado, al ama de llaves y enfermera cuya presencia lo irritaba, a su viejo compadre Maurice, que le decía: «¡Salud, camarada!» y le vertía whisky directamente de la botella hasta empaparle el pijama.

De modo que día tras día cargaba con Macleod a cuestas, sabiendo que aquello no terminaría bien. Macleod estaba rememorando su vida. Macleod rememoraba la primera vez que se había fijado en Susan, en algún baile o en algún té concurrido por chicas que sobre todo querían divertirse, y por hombres que por lo general no andaban metidos en actividades respetables. Y ella estaba bailando con aquellos estraperlistas y operadores del mercado negro; era en lo que los convertía la envidia de Macleod. Hasta los más honrados eran para él figurines y petimetres. Pero a ella no le interesaba ninguno de ellos. Escogió a aquel memo de sonrisa bobalicona que bailaba realmente bien —era casi lo único que sabía hacer— y al que los pies planos y unas palpitaciones habían librado de vestir uniforme. ¿Cómo se llamaba aquel gilipollas? Gerald. Gerald. Y los dos habían bailado juntos mientras él, Gordon, miraba. Luego el memo había muerto de leucemia; a juicio de Gordon, más habría valido que lo hubieran destinado a un bombardero y obligado a cumplir el servicio antes de estirar la pata.

Susan, por supuesto, estaba afligida —inconsolable, dijeron—, pero él, Gordon, había aparecido y había declarado que él era la clase de chico en quien podía confiar, tanto durante como después de la guerra. A ella le había parecido no exactamente frívolo, sino un poco..., ¿qué? ¿irresponsable? No, no era eso del todo. Ella lo esquivaba y se reía de cosas que él decía —y no solo de sus bromas—, y este impensable, en realidad impertinente, comportamiento de Susan había hecho que él se enamorase locamente de ella. Gordon le dijo que daba igual lo que sintiera por él entonces, porque confiaba en que llegaría a amarlo con el tiempo, y ella le había respondido: «Haré todo lo que pueda.» Luego simplemente se liaron, como hicieron muchos durante la guerra. Ante el altar, él se había vuelto hacia ella y le había preguntado: «¿Dónde has estado durante toda mi vida?» Pero la cosa no salió bien. La convivencia no había funcionado y el sexo tampoco, exceptuando la fecundación exitosa; pero, por lo demás, no hubo intimidad entre ellos. Así que su amor fue un desastre. Lo cual, por supuesto, en aquel tiempo no era un motivo para no seguir casados. Porque quedaba el afecto, ¿no? Y estaban las niñas. Él llevaba mucho tiempo deseando un varón, pero Susan no quiso tener más hijos después de Martha y Clara. Y así acabó esta parte de su vida conyugal. Para empezar, camas separadas; después, como ella se quejaba de sus ronquidos, dormitorios separados. Pero quedaba el afecto; aunque cada vez más exasperado.

Así que, como un ventrílocuo, imitaba a Gordon Macleod, cosa que nunca habría podido hacer mientras todavía lo odiaba. ¿Se estaba acercando más a la verdad?

Se acordó de otro hombre enfurecido: el conductor de las orejas coloradas y velludas, tocando la bocina y gritándole en el paso de cebra del Village. Y se había burlado diciéndole: «Morirás antes que yo.» Por entonces creía que la función de los viejos era envidiar a los jóvenes. Y bien, ¿los envidiaba ahora que le había llegado el turno? Creía que no. ¿Los reprobaba, le escandalizaban? A veces, pero era imparcial: lo que ellos merecían, lo que él merecía. Había escandalizado a su madre con la portada de *Private Eye*. Ahora se había escandalizado él cuando vio un vídeo de YouTube en el que una mujer cantaba una canción sobre el amor malogrado: su título y estribillo era «Hijo de la gran puta mamonazo». Él había escandalizado a sus padres con su conducta sexual. Ahora él se escandalizaba cuando tan a menudo se representaba el coito como un polvo maquinal, desalmado, irreflexivo. Pero ¿por qué sorprenderse? Cada generación presupone que practica el sexo más o menos de acuerdo con los cánones, trata con condescendencia a la generación anterior pero le intranquiliza la siguiente. Era lo normal.

En cuanto a la cuestión más amplia de la edad y la mortalidad: no, no creía sentir pánico ante el cierre de las puertas. Pero quizá aún no había oído chirriar fuerte sus bisagras.

De vez en cuando la gente le preguntaba, maliciosa o compasivamente, por qué no se había casado; otros daban por sentado o insinuaban que debía de haberlo hecho, tiempo atrás, en su día. Recurría a esa reserva inglesa y a un abanico de evasivas, con lo que las preguntas rara vez eran fructíferas. Susan había vaticinado que algún día él tendría su propio número de desaparición, y había acertado. Su número, que en realidad había desarrollado sin darse cuenta, consistía en simular que nunca –no de verdad, no en serio– se había enamorado.

El problema era que no había nada entre una respuesta muy larga y otra muy corta. La larga –en forma abreviada– incluía, claro está, su propia prehistoria. Sus padres, sus caracteres y la interacción con ellos; la opinión que él tenía sobre otros matrimonios; el daño que había visto que se hacían las familias; la huida de la suya al hogar de los Macleod y el breve espejismo de que había entrado en un mundo mágico; después, una segunda desilusión. Si te has quemado una vez, rehúyes el fuego; si te has quemado dos veces, te has quemado para siempre. En suma, había llegado a creer que aquel estilo de vida no era para él; y posteriormente no había encontrado a nadie que le hiciera cambiar de opinión. Aunque era cierto que se había declarado a Susan en la cafetería del Royal Festival Hall y más tarde a Kimberly en Nashville. Lo cual requería un paréntesis o dos para explicarlo.

La respuesta larga exigiría demasiado tiempo. La corta era demasiado dolorosa. Se resumía así: era una cuestión del desengaño amoroso, y del modo concreto en que se produce y de en qué estado se queda el corazón después.

Cuando rememoraba a sus padres los veía a menudo como en una de aquellas obras de teatro de los tiempos en que la televisión era en blanco y negro. Sentados en butacas de respaldo alto a ambos lados de una chimenea. Su padre con la pipa en una mano mientras con la otra alisaba un periódico; su madre con una peligrosa punta de ceniza en el extremo de su cigarrillo, pero encontrando siempre el cenicero unos segundos antes de que cayese sobre su labor de punto. Luego su recuerdo la enfocaba con aquella bata rosa cuando fue a recogerlo una noche y arrojó el cigarrillo despectivamente al camino de entrada de los Macleod. Y después el rencor suprimido por ambas partes cuando regresaron en silencio a casa.

Imaginó a sus padres hablando de su hijo único. ¿Se preguntaron «en qué se habían equivocado»? ¿O solamente «cuándo se había torcido el chico»? ¿O cómo «le habían descarriado»? Imaginó a su madre diciendo: «Podría estrangular a esa mujer.» Imaginó que su padre sería más filosófico y clemente. «No hay nada malo en el chico ni en cómo lo educamos. Lo que pasa es que su perfil de riesgo no se ha estabilizado todavía. Es lo que diría David Coulthard.» Por descontado, sus padres habían muerto mucho antes de las proezas de Max Verstappen en el Gran Premio de Brasil; y a su padre no le interesaba el deporte del motor. Pero quizá hubiese encontrado alguna forma paralela de absolver a su hijo.

Y él, a su vez, ahora sentía una gratitud retrospectiva incluso por la seguridad y la insipidez contra las que se sublevaba cuando conoció a Susan. Su experiencia de la vida le había inculcado la convicción de que el tránsito por los primeros quince o dieciséis años consistía esencialmente en limitar los estragos. Y ellos le habían ayudado a hacerlo. Así que había una especie de reconciliación póstuma, aun cuando se basara en una determinada reescritura de sus padres; una mayor comprensión y, con ella, una congoja tardía.

Limitar los estragos. Se paró a pensar si siempre habría malinterpretado aquella imagen indeleble que lo había perseguido a lo largo de la vida: la de que estaba en una ventana del piso de arriba sujetando a Susan por las muñecas. Quizá lo que había sucedido no fue que le fallaron las fuerzas y la dejó caer. Quizá la verdad era que *ella* había tirado de *él* con su peso. Y él también había caído. Y se había lesionado gravemente en la caída.

Fui a verla antes de su muerte. No fue hace mucho, al menos tal como pasa el tiempo en la vida. Ella no supo que había alguien presente, y aún menos que podía ser yo. Me senté en la silla que me ofrecieron. Anticipando la escena, yo había esperado que me reconociese de algún modo y que tendría un aspecto plácido. Comprendí que lo esperaba tanto por ella como por mí.

Las caras no cambian mucho, ni siquiera en situaciones extremas. Pero no tenía un aire plácido, a pesar de que estaba dormida o inconsciente, una de dos. La frente le fruncía el entrecejo y su mandíbula inferior sobresalía un poco. Yo conocía esas muecas de su rostro; las había visto muchas veces cuando se obstinaba en negar algo, en negárselo incluso más a sí misma que a mí. Respiraba por la nariz y a intervalos emitía un pequeño ronquido. Tenía la boca firmemente cerrada. Me pregunté si llevaría todavía la misma prótesis dental al cabo de las décadas que habían transcurrido.

Una enfermera la había peinado y el pelo le caía recto a ambos lados de la cara. Casi instintivamente alargué una mano con la intención de tapar por última vez una de sus elegantes orejas. Pero mi mano se detuvo, al parecer por su propia voluntad. La retiré sin saber si lo hacía por respeto a su intimidad o por un impulso meticuloso; por miedo a la sensiblería o por miedo a un dolor súbito. Probablemente esto último.

–Susan –dije en voz baja.

Ella no reaccionó, tan solo persistió su ceño fruncido y la tenaz prominencia de la mandíbula. Bueno, estaba bien así. Yo no había ido a dar ni a recibir un mensaje, y mucho menos perdón. ¿Del absolutismo del amor a su absolución? No: no creo en esas cómodas versiones de la vida que a algunos les parecen necesarias, del mismo modo que se me atragantan las palabras reconfortantes como redención y conclusión. La muerte es la conclusión en la que creo; y la herida seguirá estando abierta hasta el definitivo cierre de las puertas. En cuanto a la redención, es demasiado limpia, tópico peliculero; y, aparte de eso, suena a algo demasiado grandioso para que lo merezca la imperfección humana, y sobre todo para que ella misma se lo otorgue.

Dudé si darle un beso de despedida. Otro tópico peliculero. Y, sin duda, en esa película ella respondería removiéndose un poco, se le alisarían las arrugas de la frente y relajaría la mandíbula. Y entonces, en efecto, yo le retiraría hacia atrás el pelo y susurraría en la delicada hélice de su oreja un último «Adiós, Susan». Ante lo cual ella se removería ligeramente y esbozaría un asomo de sonrisa. Luego, sin enjugarme las lágrimas de las mejillas, me levantaría lentamente y la dejaría.

No sucedió nada de eso. Miré su perfil y volví a recrear momentos de mi propio cine íntimo. Susan con su vestido de tenis ribeteado de verde, guardando la raqueta en su prensa; Susan sonriendo en una playa desierta; Susan riéndose mientras fuerza las marchas del Austin. Pero unos minutos después empecé a divagar. No podía concentrarme en el amor y la pérdida, en la alegría y la pena. Me puse a pensar en cuánta gasolina me quedaba en el coche y en que pronto tendría que repostar; después, en que estaban bajando las ventas del queso envuelto en ceniza; y después en los programas de televisión de aquella noche. No me sentí culpable por nada de esto; de hecho, creo que ahora probablemente estoy curado del sentimiento de culpa. Pero el resto de mi vida, tal cual era y sería en adelante, me reclamaba. Así que me levanté y miré a Susan por última vez; ninguna lágrima afluyó a mis ojos. Al salir me detuve en la recepción y pregunté dónde estaba la gasolinera más cercana. El hombre fue muy servicial.

ÍNDICE